elefanti bestseller

Della stessa autrice in edizione Garzanti:
La bambina nata due volte

Carolina De Robertis

La ragazza dai capelli di fiamma

Traduzione di Stefania Cherchi

Garzanti

Prima edizione: settembre 2012
Prima edizione negli Elefanti Bestseller: maggio 2015

Per essere informato sulle novità del Gruppo editoriale Mauri Spagnol visita:
www.illibraio.it

Traduzione dall'inglese di
Stefania Cherchi

Titolo originale dell'opera:
Perla

© 2012 by Carolina De Robertis

ISBN 978-88-11-68890-7

© 2012, 2015, Garzanti S.r.l., Milano
Gruppo editoriale Mauri Spagnol

Printed in Italy

www.garzantilibri.it

LA RAGAZZA DAI CAPELLI DI FIAMMA

Per te, Rafael

Scopo del *Proceso* è la profonda trasformazione delle coscienze.
                    generale Jorge Rafael Videla,
                    comandante dell'esercito
                    argentino dal 1976 al 1981

Non interamente annegato, comunque. Piuttosto, trascinato vivo a profondità prodigiose, dove strane ombre dell'incorrotto mondo primordiale andavano e venivano, sgusciando davanti ai suoi occhi passivi, e l'avaro tritone, la Saggezza, rivelava i mucchi dei suoi tesori [...] Aveva veduto il piede di Dio sulla calcola del telaio, e ne parlava, e perciò i suoi compagni lo consideravano pazzo.
                    Herman Melville, *Moby Dick*

UNO

1.

L'ARRIVO

Ci sono cose che la mente da sola non può afferrare. Perciò ascoltami, se puoi, con tutta te stessa. La storia preme per essere raccontata, qui, adesso, con te così vicina e il passato ancor più vicino, che ci alita sulla nuca.

Arrivò il 2 marzo del 2001, pochi minuti dopo la mezzanotte. Ero sola in casa. Sentii un rumorino provenire dal salotto, un leggero grattare, come di unghie su un pavimento rigido... poi, silenzio. Restai immobile; mi chiesi se per caso non avessi lasciato una finestra aperta, ma no, ero sicura di no. Afferrai il coltello che stava sul bancone della cucina, ancora striato dai filamenti delle zucchine che avevo tagliato, e percorsi lentamente il corridoio verso il salotto, con il coltello ad aprirmi la via, pensando che nel caso di uno scontro fisico ero pronta, l'avrei conficcato fino all'impugnatura. Svoltai l'angolo e lui era là, raggomitolato sul fianco, che inzuppava il tappeto.

Era nudo. C'erano delle alghe appiccicate alla sua pelle bagnata, di un colore cinerino. Puzzava di pesce, di rame e di mele marce. Ogni cosa era come l'avevo lasciata: la portafinestra scorrevole che dava sul patio era chiusa, intatta, le tende lisce e ordinate, nessuna scia bagnata sul pavimento a indicare dove avesse camminato o strisciato. Non mi sentivo più le gambe né le braccia, ero tutta tensione e calore, mentre la stanza fremeva di pericoli.

«Vattene», dissi.

Non si mosse.

«Vattene, maledizione», ripetei un po' più forte.

Sollevò la testa, con uno sforzo tremendo, e aprì gli occhi. Due occhi enormi, che sembravano senza fondo. Mi fissarono, quegli occhi di bambino, occhi di serpente boa. In quel momento dentro di me qualcosa si staccò, come una barca si strappa dagli ormeggi, senza più ancora, con il terrore di acque scure da tutte le parti, e scoprii che non potevo distogliere lo sguardo.

Alzai il coltello e glielo puntai contro.

L'uomo rabbrividì e la sua testa ricadde sul pavimento. D'istinto avrei voluto precipitarmi al suo fianco, aiutarlo a sollevarsi, offrirgli una bevanda calda o chiamare un'ambulanza. Che stesse fingendo, che aspettasse solo di avermi più vicina per sopraffarmi? *Non farlo. Non avvicinarti.* Arretrai di un passo e aspettai. L'uomo sembrava aver rinunciato a sollevare la testa e mi guardava con la coda dell'occhio. Passò un minuto. Lui non sbatté le palpebre né distolse lo sguardo.

Alla fine chiesi: «Cosa vuoi?».

La sua mandibola cominciò a muoversi, lentamente, a fatica. La bocca si aprì e ne uscì un rivolo d'acqua, densa e limacciosa come quella del fiume, subito assorbita dal tappeto. L'odore torbido che già impregnava la stanza divenne più forte. Indietreggiai ancora, schiacciandomi contro la parete. La sentii fresca e dura e avrei voluto che mi sussurrasse: *Shh, non preoccuparti, ci sono ancora delle cose solide,* ma era solo una parete e non aveva niente da dire.

Le sue labbra si muovevano a fatica attorno all'aria vuota. Io aspettavo e lo guardavo sforzarsi di formulare una parola. Finalmente parlò, in modo incomprensibile e troppo forte, come un sordo che non avesse mai imparato a scolpire bene i suoni. «*Coo-iii-aahh.*»

Scrollai la testa.

Lui ripeté quei suoni, più lentamente. «*Coo. Iiii. Aaaahh.*»

Cercai di metterli insieme. «*Coyà?*» chiesi pensando: "Che sia un nome? Un posto che non ho mai sentito nominare?".

«*Coo. Miiiii. Aaah.*»

Annuii, con espressione assente.

«*Coo. Miiiii. Dah.*»

Alla fine compresi. «*Co-mi-da.* Mangiare. Vuoi mangiare?»

Annuì. Gocce d'acqua gli cadevano giù dalla faccia, troppo copiose per essere sudore; gli stillavano dai pori, una spugna umana appena estratta dal fiume... anche se perfino le spugne smettono di sgocciolare, dopo un po', mentre l'umidità di quell'uomo non sembrava diminuire. Senza distogliere lo sguardo da lui, mi premetti il coltello sul braccio per vedere se stavo sognando. La lama tagliò la pelle e versò il sangue, e io provai dolore ma non mi svegliai da quella realtà per rientrare in un'altra. Mio padre, se fosse stato lì, sicuramente non avrebbe visto quel macabro personaggio, oppure l'avrebbe subito accoltellato, senza una parola, dopo di che si sarebbe versato un bicchierino di scotch e sarebbe rimasto a guardare mentre mamma puliva il tappeto. Io invece incrociai lo sguardo dello sconosciuto e sentii il cuore pulsarmi in petto come una sirena. "Dovrei aggredirlo", pensai. "Buttarlo fuori di casa." Ma non riuscii a fare nessuna delle due cose. Più tardi avrei ripensato a quel momento come all'inizio della mia vera vita: il momento in cui, senza un perché, con mio grande stupore e contro ogni logica, abbassai l'arma e andai a cercargli qualcosa da mangiare.

La cucina era esattamente come l'avevo lasciata, solo l'acqua delle zucchine era tracimata e sibilava saltellando sul fornello arroventato. Le stavo preparando per Lolo, la tartaruga, che se ne stava vicino al frigorifero con il collo fuori dal guscio, imperturbata. La sigaretta che avevo lasciato sul bancone aveva finito di bruciare. Ne fui scioccata, perché non sembrava più la stessa sera in cui, solo pochi minuti prima, ero stata lì a fumare e a tagliare le zucchine ripetendomi, come se la ripetizione servisse a convincermi, è bello essere qui da sola, ho la casa tutta per me, non è fantastico, posso fare tutto quello che voglio, cenare con un toast, piroettare nuda per la cucina, se mi va, lasciare i piatti sporchi sul divano, sedermi a gambe divaricate, piangere senza bisogno di dare spiegazioni.

Spensi il fuoco sotto le zucchine e cominciai a rovistare nel frigorifero. Mamma l'aveva lasciato ben rifornito. Sistemai su un vassoio un po' di quel che c'era – formaggio olandese, pane, del pollo arrosto con le patate avanzato dalla sera prima, vino bianco, un bicchiere d'acqua, dei dolcetti in una scatola dorata – e tornai in corridoio. Avevo ancora il coltello, nascosto fra i piatti. Chissà dove, da un punto alle mie spalle, i miei genitori protestarono, ma non avrei saputo come giustificarmi. Sentivo su di me la pesante cappa della loro disapprovazione, lo sgomento che provavano vedendomi infrangere tutte le regole del buonsenso. *Perla, ma cosa stai facendo?* immaginai di sentirli gridare mentre percorrevo il corridoio per tornare in salotto.

Non aveva cambiato posizione e giaceva ripiegato su sé stesso come un feto. Non sussultò. Il tappeto color vinaccia era quasi nero da tanto era zuppo. Non si muoveva, tranne per un piede nudo che tamburellava silenziosamente contro il pavimento. Guardava fisso la parete, senza sbattere gli occhi. "Domani mattina mi sveglierò e sarà sparito, e il tappeto sarà asciutto, asciutto, perché niente di tutto ciò è mai accaduto."

Posai il vassoio sul pavimento, accanto a lui. Lo fissò come se tutti quegli oggetti venissero da un regno stranissimo e sommerso. Non accennò a tirarsi su per mangiare, così pensai che probabilmente non ce la faceva, visto che aveva avuto a malapena la forza di muovere le labbra per parlare. Era vulnerabile come un bambino intontito e forse aspettava che lo imboccassi, un pezzetto dopo l'altro. L'idea mi faceva ribrezzo – la mia mano vicino alla sua bocca, la sua pelle fradicia che sfiorava la mia –, quindi aspettai. Emise un suono, informe e lamentoso, tutto vocali e desiderio. Passò un altro minuto.

Alla fine chiesi: «Ti va del pollo?».

Scrollò la testa, in modo quasi impercettibile.

«Formaggio?»

Scosse di nuovo la testa.

«Cioccolata?»

Ancora.

«Acqua?»

Annuì, spalancando gli occhi. Supplici.

Non c'era modo di evitarlo. Da solo non poteva farcela.

Presi il bicchiere dal vassoio e glielo avvicinai alle labbra, e lui sollevò di qualche centimetro la testa dal pavimento. Quando fui più vicina, vidi che le sue labbra avevano una sfumatura bluastra e che la faccia era lucida d'umidità. Inclinai il bicchiere, con cautela, e lui masticò l'acqua come se la stesse mangiando, quasi fosse solida come il pane. Feci molta attenzione a non sfiorarlo con le dita, ma già allora la repulsione lottava in me con un pizzico di curiosità: come sarà stata, al tatto, quella pelle?

Finì di mangiare, poi la sua testa ricadde sul pavimento. «Chi sei?» chiesi, ma lui aveva chiuso gli occhi.

Non sapevo proprio cosa fare, così restai seduta sul pavimento, vicino allo sconosciuto. Pensai di spostarlo da qualche altra parte, nel patio o magari in strada, però sembrava troppo pesante, e poi cosa sarebbe successo se mentre lo spostavo si fosse svegliato? E se mi avessero visto i vicini? Era più facile non fare assolutamente niente, andarmene a letto, e il mattino dopo l'uomo non sarebbe più stato là, sparito per la stessa via da cui era venuto. Una soluzione non troppo razionale, ma che mi avrebbe permesso di passare la nottata.

Mi sentivo stanchissima. Erano passati dieci giorni da quando avevo litigato con Gabriel, da quando l'avevo lasciato su quella spiaggia uruguaiana con le mani vuote e gli occhi ancora più vuoti, senza promettere che ci saremmo rivisti. Da allora, visioni insopportabili mi avevano impedito di dormire. Ma il mattino dopo mi alzavo e lucidavo la mia superficie, una giovane donna radiosa, sicura di sé, ottima studentessa e brava figlia al quarto anno di università, che si muoveva a suo agio nel mondo, e anche se dentro di me il caos raspava e imprecava io lo schiacciavo dentro i crepacci del giorno, in modo che nessuno potesse vederlo.

L'unica persona che aveva sempre visto attraverso tutte le mie maschere era Gabriel. Quando ci eravamo conosciuti, quattro anni prima, avevo attribuito la cosa al fatto che aveva sette anni più di me, e quindi doveva essere più maturo. D'altra parte, però, conoscevo dei venticinquenni che non potevano nemmeno dirsi uomini e non avrebbero mai visto

17

il buco nero che una diciottenne tanto seria e controllata celava dentro di sé. Ero sempre riuscita a ingannare i professori, le amiche, i miei genitori e i loro amici: tutti tranne Gabriel. Quando una volta gli avevo detto che non potevo uscire perché dovevo studiare per un esame di psicologia, lui aveva commentato: «Tanto Freud, e ancora non riconosci i tuoi stessi demoni». Poi mi aveva baciato, ridendo, e io mi ero arrabbiata. E il desiderio di rispondere al bacio mi aveva fatto arrabbiare ancora di più. «Non parlarmi di demoni», gli avevo detto, «finché non avrai sconfitto i tuoi.» Lui mi aveva guardato come se avessi appena pronunciato un incantesimo di seduzione. Non avevo studiato, quella sera, per lo meno non Freud... solo le curve del suo corpo, l'urgenza delle sue mani, la sua bocca sulla mia pelle, il suo sesso duro contro di me attraverso i jeans. Era stato il nostro primo anno insieme, il meno complicato, quando io ero semplicemente Perla e non tutte le persone a cui ero legata, prima che io e lui parlassimo del suo lavoro e della mia famiglia, e dell'esplosiva miscela delle due cose, prima che l'immagine che avevamo l'uno dell'altra si incrinasse e le linee di frattura si allungassero come in uno specchio colpito da un sassolino. Allora ci bastava baciarci, ridere e parlare, fumare, bere e ondeggiare l'uno contro l'altra finché il calore generato dai nostri corpi non risvegliava il sole.

A questo pensavo mentre lasciavo lo sconosciuto sul pavimento del soggiorno e tornavo in cucina per mettere le zucchine bollite in una ciotola e posarle a terra per Lolo, che in quel momento si era nascosto chissà dove ma che sicuramente sarebbe tornato, di notte, mentre tutti dormivano. Salii le scale verso il mio letto, sentendomi al tempo stesso sfinita e visceralmente sveglissima. Avrei voluto riavvolgere il tempo e tornare a quelle prime notti con Gabriel, tornare dentro Gabriel, il suo odore, la sua voce piena di energia, quello sguardo che mi faceva sentire trasparente. Avvolta dalla sua presenza, avrei potuto cercare la donna che ero stata insieme a lui, o che avevo creduto di poter essere. *Ma chi sarebbe quella donna, Perla?* Una donna più coraggiosa, uscita dal sottosuolo, con le mani piene di segreti come serpenti domati. Indizi di quella donna mi e-rano balenati durante le notti con Gabriel: immaginavo di scavare un buco attraverso la mia realtà con il calore arroventato che avevo dentro per diventare la donna-serpente, con capelli di fiamma, pronta a levarsi. Ma erano solo fantasie assurde e in ogni caso dieci giorni prima le avevo chiuse fuori dalla porta, insieme a Gabriel. Ormai lo avevo perduto, ed ero stata proprio io a volerlo. Ero stata costretta, non avevo alternative, questo avevo pensato, notte dopo notte, riascoltando quelle parole nella mente, nessuna alternativa, nessuna alternativa, come rappresentassero un incantesimo che diventava più potente ripetendolo. Pensavo che mi avrebbe telefonato, invece non l'aveva fatto. Evidentemente era più arrabbiato di quanto immaginassi. "Se non chiama nel giro di una settimana", mi ero detta, "è davvero finita"... e quando la settimana era passata senza Gabriel avevo avuto l'impressione che il cuore mi si spaccasse in due, ma senza versare una sola lacrima ero andata in uno dei bar vicino all'università, avevo scovato un mio timido compagno di corso di nome Osvaldo e gli avevo permesso di portarmi a casa. Era stato facile in modo sconvolgente, il mio sguardo aveva indugiato su di lui per una frazione di secondo in più e cinque minuti dopo mi aveva portato qualcosa da bere, e mezz'ora dopo eravamo usciti dal bar per infilarci nella notte cupa. Mentre camminavamo verso il suo appartamento, lui si era comportato come un minatore che abbia scoperto una vena d'oro. Era un ragazzo gentile, ma quando entrò nel mio corpo trovò solo il mio corpo. Non percepì i contorni di quella forma interiore che nemmeno io sapevo affrontare, ma che Gabriel aveva sempre saputo raggiungere, sfiorare, comprendere. Mi aveva dato piacere il modo in cui Osvaldo mi aveva toccata e si era avvolto le mie gambe attorno al collo come liane, il modo in cui il suo sesso aveva accelerato il ritmo per la troppa eccitazione, ma quel piacere sembrava appartenere a qualcun'altra, a una ragazza che per una notte si era impossessata del mio corpo e che stentavo a riconoscere. Dopo ero rimasta sdraiata sotto di lui, nuda, nella penombra, e avevo pensato: "Ecco, Perla, adesso hai ottenuto ciò che volevi, non sarai mai più esposta, possiedi un io così ben nascosto che nessuno lo troverà". Avrei dovuto sentirmi sollevata, provare un briciolo di trionfo e invece mi ero sentita terribilmente sola.

Ed ero stata sola per altre tre notti, finché lo sconosciuto aveva fatto irruzione in casa mia senza spaccare nemmeno un vetro.

Al mattino lui si sveglia da un sonno che si è gonfiato come la marea. La stanza è inondata dalla luce del sole, più intensa ora che attraversa l'aria invece dell'acqua. Perché lui era nell'acqua, prima, no? Dalla chiazza confusa e umida della sua memoria emerge una sensazione di luce filtrata dall'acqua, il suo ritmo lento, la rifrazione attraverso un regno più denso. Sono molte le cose che non ricorda, ma questo lo ricorda bene: ha perso il suo corpo, in passato, anche se non saprebbe dire come. In qualche modo l'hanno fatto sparire, poi è morto e infine ha fluttuato nell'acqua per un tempo lunghissimo. Il fiume e il mare sono stati la sua casa. Finché la sera prima si è levato in aria, leggero, invisibile, e il buio ha sfiorato la sua mente nuda; non aveva forma, non aveva volume, era traslucido come l'aria – nera, dolce e senza peso – e ha sentito di poter salire fino al sole, peccato che in quella notte buia il sole non ci fosse, e nemmeno la luna. E comunque non era attratto dal cielo: era attratto dalla terra, dalla costa, dove mille piccole luci ammiccavano, brillavano e si pavoneggiavano. Era la città. La sua città. Buenos Aires. Era affamato di qualcosa che si trovava là, ma non sapeva cosa. Conosceva solo la fame e quelle faville di luce.

Si è librato in direzione della città e, nel frattempo, ha cambiato forma. Lentamente ha assunto la forma di un uomo. Ai margini della città c'erano case piene di luce e di buio e lui ne era attratto. Da una, in particolare.

Poi, all'improvviso, si è ritrovato in questa stanza, dove la luce si muove così veloce trapassandolo da parte a parte. Non ci è abituato. Non è abituato a niente: non a questa grande stanza; non al corpo bagnato e flessibile in cui è racchiuso; non a questo sole mattutino che grida ad alta voce la propria presenza, che rimbalza sulle pareti e sui quadri appesi, sulle barche, sulle colline e sugli orologi sfigurati in quei quadri, un sole che fa gridare la stanza. Il divano sembra così soffice, la libreria lo guarda dall'alto in basso, il tappeto splende lungo i bordi e la canzone è spezzata, cromatica, invisibile. Questa luce veloce lo taglia dentro ma lui non sa gridare; sente la stanza, sente la luce e ne sente anche l'odore, si lascia penetrare dall'odore della luce, dalla spremuta di limone e dal sudore verde del mattino.

Poi arriva lei, la ragazza della sera prima. Indossa qualcosa di rosso ed è meravigliosa, davvero stupenda. In lei c'è qualcosa che lo mette in agitazione. Qualcosa di importante, ma non sa cosa. Le informazioni gli arrivano in modo discontinuo, taglienti e improvvise; la sua mente è come una ciotola piena di schegge che lui non può vagliare né raccogliere, che non riesce nemmeno a vedere, non gli resta altro da fare che aspettare di tagliarsi per sapere che ci sono. La ragazza si avvicina, guardandolo con malcelato disgusto.

Sei ancora qui, dice.

Lui la fissa.

Mi sembri un po' più in forze.

Rimane zitto.

Adesso devo uscire.

Colori, pensa lui, sulla faccia della ragazza ci sono colori che non ha mai visto.

Perché sei qui?

Lui scrolla la testa.

Non lo sai?

Le labbra della ragazza sono dello stesso rosso del vestito. I capelli sono lunghi e neri, una fitta tenda attorno alle sue spalle. Un tempo c'era un'altra donna con i capelli neri sulle spalle, si ricorda ora, un pensiero gli trafigge la mente, si chiamava Gloria e il giorno in cui gli stivali neri andarono a prenderlo quel nome gli rimbombò a lungo nella testa, Gloria, Gloria.

21

La ragazza si alza. Adesso devo uscire. Torno stasera.
E se ne va.
Lui fissa la finestra, da dove il sole entra nella stanza insieme al delicato ronzio di un'auto. La scheggia sta penetrando più a fondo. Gli stivali neri e il nome di Gloria vibrano in crescendo. Adesso sì che ricorda.

Nel vagone della metropolitana diretto verso il centro di Buenos Aires per poco non persi la mia fermata e dovetti aprirmi un varco in un groviglio di uomini in giacca e cravatta per raggiungere le porte prima che si richiudessero. Salii di corsa le scale insieme a una folla di persone che avanzavano tutte nella stessa direzione, su mille gambe diverse, senza parlarsi né guardarsi, preoccupate solo della velocità e della loro destinazione. Di solito salivo quelle scale senza far caso ai corpi che mi circondavano, assorbita dai problemi di cuore di un'amica o da un esame imminente; ma quel giorno ne avvertii acutamente la presenza, lo slancio, la psiche autoreferenziale, mentre svuotavano la stazione riversandosi nella vasta luce del giorno.

La strada ci accolse con clacson urlanti e automobili impazienti. Gli alti palazzi incombevano su di noi come al solito, gettando la loro ombra implacabile. Ma quel giorno mi sembrarono più alti che mai. Tutti quegli sconosciuti sembravano camminare al ritmo inudibile di un potente cronometro nascosto, la macchina invisibile che fa muovere Buenos Aires, e anche se di solito stavo anch'io al passo senza pensarci sopra quel giorno sentivo di non poter camminare come tutti gli altri. Le mie gambe erano come allentate, slegate. Avevo perso l'andatura della ragione. Perché non si può camminare in sintonia con la ragione quando si ha in casa un uomo sgocciolante che potrebbe addirittura non essere umano. Zaini e borsette sobbalzavano irritati mentre i loro proprietari mi sorpassavano. "Non è colpa mia", pensavo, "è l'acqua: è tracimata nella mia coscienza e l'ha inzuppata, l'ha fatta gonfiare, rovinandone la meccanica delicata e precisa." Mi domandavo se non fossi impazzita. "Se sì", pensavo, "dunque è così che ci si sente; non avrei mai immaginato che il mondo, anche da pazzi, potesse apparire tanto netto e vivido, le strade come sempre e anche le nuvole, niente di diverso a parte che la tua testa è scardinata e le sue dentellature girano allentate, sregolate e un po' a casaccio."

Mentre percorrevo il rumoroso viale che porta all'università pensai a tutti gli anni in cui, da brava bambina, avevo camminato per il mondo con prudente salute mentale, come se davvero tutto andasse bene, come se la mia fosse una famiglia del tutto normale, come se sotto la superficie non ci fosse niente di marcio, fino al momento in cui avevo bruscamente deluso tutte le aspettative iscrivendomi a psicologia. Era la prima volta in assoluto che osavo contrastare i desideri di mio padre su una questione di qualche rilievo. Da sempre lui aveva progettato per me una carriera da medico, carriera esemplare per una figlia esemplare, l'unica strada che ritenesse accettabile per me, scelta fin dal momento della mia nascita. Quando gli avevo comunicato la mia decisione, non mi aveva rivolto la parola per giorni e la sua campagna era proseguita per tutto il primo anno di università: «Sei ancora in tempo, Perla, puoi ancora passare a medicina; ci metterai un po' più di tempo, ma almeno non avrai fatto questo errore madornale».

«Ma non è un errore, papà. È quello che voglio fare.»

«Sei troppo giovane per sapere cosa vuoi.»

«È una decisione che tutti prendono alla mia età.»

«Qui non si tratta di tutti.»

Le sue mani larghe, grandi e callose erano posate sul tavolo mentre si protendeva verso di me per convincermi: la sua voce era ferma ma gli occhi erano supplichevoli, quasi teneri, solo il meglio per la mia principessa, e io avrei voluto prendergli quelle mani e tenerle fra le mie e rovesciarci dentro tutto ciò che stavo imparando. Guarda, guarda, sono i segreti della mente, i tesori del mare profondo che mi tufferò a cercare, le chiavi perdute che possono liberare ciò che a lungo è rimasto chiuso là sotto al buio. Come mi mancava il contatto con mio padre. Come mi odiavo per quello che stavo facendo.

Arrivai in aula con un quarto d'ora di ritardo. La professoressa alzò un sopracciglio – *Perla*, diceva quel sopracciglio, *questo non è da te* – e andò avanti a parlare. Presi il quaderno e cercai di concentrarmi sull'evoluzione della teoria freudiana dei sogni. Negli ultimi anni la comprensione di quel settore di ricerca si era estesa e approfondita: tutti noi reagiamo agli stimoli onnipresenti dell'inconscio, ma solo le persone malate vedono spettri sgocciolanti nel salotto di casa. Alzai lo sguardo, stupita, ma ovviamente nessuno aveva sentito i miei pensieri. Prendevo disciplinatamente appunti, ma mentre scrivevo la pagina mi sembrava lontana, nebulosa, come se la stessi guardando da dietro un parabrezza rivestito di pioggia. Dentro di me cavalcavo un torrente che portava chissà dove, nel salotto di casa mia, forse, verso la pazzia di quelle alghe nel salotto di casa, verso la figura di un uomo o di un non-uomo nudo che in quel momento giaceva sul pavimento, lamentandosi o borbottando o forse solo sgocciolando nel più assoluto silenzio. Dio mio, ma cos'era? Un fantasma? Un mostro? O solo un uomo triste e pallido? Sarebbe stato ancora là al mio ritorno? Che situazione assurda. "Gabriel", pensai, "se solo potessi telefonarti; tu solo, fra tutti, sapresti cosa fare, o quantomeno ti inventeresti un modo per reagire, o se non questo almeno potresti, all'ultimissimo momento, mettermi un braccio attorno alle spalle quando stasera dovrò affrontare il salotto... Che voglia ho di vederti, ma sicuramente, dopo il modo in cui ci siamo lasciati, non vorrai più sentir parlare di me." La professoressa mi lanciò un'occhiata: probabilmente aveva detto qualcosa che, secondo i suoi calcoli, avrebbe dovuto suscitare in me stupore ed emozione, e io, Perla, la studentessa modello, annuii con fare pensieroso. Non avevo sentito nemmeno una parola. Ero una bugiarda ad annuire quei «sì, sì» come una macchina obbediente.

La mia amica Marisol mi guardò dall'altro capo dell'aula e sorrise un *Ciao!*, poi i suoi occhi aggiunsero *Ma dove sei stata?* Risposi al suo sorriso con una smorfia poco sincera, sperando che dopo la lezione non mi abbordasse. In tal caso avrei tentato una rapida fuga e, se fosse riuscita comunque a incastrarmi, le avrei detto che avevo un appuntamento. Di solito ogni due o tre giorni andavamo a prendere il caffè insieme, ma per tutta quella settimana, dopo essere tornata dall'Uruguay, l'avevo evitata. Ci eravamo parlate solo una volta, per telefono.

«E allora?» aveva detto lei. «Com'è andata?»

«Bene», avevo risposto e solo dopo che la bugia mi era uscita di bocca avevo capito di non potermela rimangiare.

«Non ti hanno beccata?»

Ai miei avevo detto che avrei fatto una gita con Marisol e la sua famiglia. «No, è andato tutto liscio. Grazie per avermi coperta.»

«E la sua famiglia?»

«La famiglia di chi?»

«Perla! Avanti! La famiglia di Gabriel. Com'è stato incontrarli?»

«Scusa, Marisol, ma non è un buon momento. Possiamo parlarne un'altra volta?»

«Certo, certo. Chiamami tu quando hai tempo.»

Ma di tempo non ne avevo più avuto. O, meglio, il tempo l'avrei anche avuto, ma mi era mancato qualcos'altro di essenziale per fare quella telefonata, una telefonata assolutamente normale, peraltro, giusto due chiacchiere con un'amica. E che non avrebbe richiesto nemmeno uno sforzo particolare: Marisol non era certo una grande ascoltatrice e ben presto avrebbe spostato la conversazione sull'ultima lite con sua madre. Ma proprio non me l'ero sentita. E in quel momento meno che mai... con quel chissàcosa nel mio salotto, mi sentivo del tutto incapace di fare quattro chiacchiere come se niente fosse.

Cosa avrebbe detto Marisol se avesse saputo? E gli altri compagni del mio corso? Immaginai la professoressa nell'atto di presentare il mio caso clinico, di raccontare la mia storia: una giovane donna è convinta di vedere un fantasma bagnato, proprio come voi vedete me, crede di dargli dell'acqua in un bicchiere e di vederlo masticare quell'acqua. Ora dovete ricordare che la paziente è pienamente convinta della sua realtà e si aggrappa alla sua verità, anche se le fa male. Quale trattamento suggerireste? E tutte le mani scattano verso l'alto.

Quel mattino, svegliandomi, ero rimasta ancora un po' a letto a fissare il soffitto, quel soffitto sordo, chiedendogli la grazia di una giornata normale. Di un salotto normale. Di un normale pugno di silenzio nella testa. Non quei pensieri rauchi, quei vortici, quel turbine di interrogativi su cosa diavolo poteva essere colato dentro casa mia.

Il giorno in cui gli stivali neri andarono a prenderlo era una bella giornata, con luminose fette di cielo azzurro ritagliate tra i palazzi. Gli torna in mente il bar in cui era entrato mentre tornava a casa. Esattamente a metà strada tra l'ufficio e il suo appartamento. Era bello e comune, con pareti color avorio, caffè amaro, dolcetti. Oltre la vetrina, la gente camminava con movimenti bruschi. Era solo l'ennesima tazza di caffè, per lui, in quel momento, solo l'ennesima vetrina di un bar. Era stanco. La notte prima aveva fatto tardi litigando con Gloria per qualche stupidaggine: la casa, aveva a che fare con la casa, se dovevano o no cambiare casa e cosa avrebbero fatto di quell'appartamento se avessero deciso di traslocare, anche se adesso non ricorda da cosa fosse nata quell'idea di cambiare casa, dove volessero andare a vivere e perché, sa di aver visto la bocca imbronciata di Gloria, di profilo, poi lei si era girata dall'altra parte mostrandogli le scapole, quella notte non si erano toccati nemmeno nel sonno, che idiota era stato a non toccarla. Aveva paura di tornare a casa, forse lei era ancora arrabbiata, il solito balletto delle scuse, per questo si era fermato al bar. Gli avevano servito il caffè con dei biscottini alle mandorle, non quelli al burro che davano di solito, peccato. Se lo ricorda. Sente il sapore del caffè e quello dei biscottini alle mandorle, tinto della sua piccola delusione. Poi a casa. Girò la chiave nella serratura, spinse la porta e davanti a lui c'era Gloria, legata a una sedia, bendata, immobile come una bambola di pezza. Il primo pugno lo mandò subito al tappeto e là rimase, erano in molti, decine, decine di stivali neri attorno a lui, contro le sue costole, che scalciavano, e parlavano, sì, gli stivali parlavano, volevano sapere delle cose ma lui non riusciva a rispondere. Aveva la bocca piena di sangue. Poi una mano lo afferrò per i capelli sollevandolo da terra, un altro pugno e crollò di nuovo, affondando in quel gorgo di uomini. Capì che erano lì per lui, che era venuto il suo turno, che sarebbe sparito, Gloria aveva ragione quando diceva che alcune persone sparivano e lui avrebbe dovuto crederle, si aggrappò ferocemente a quel desiderio come se il fatto di crederle potesse allontanare da lui quel momento; c'era del rosso nei suoi occhi, rame umido nella bocca, due denti galleggiavano sulla sua lingua come relitti nascosti, e Gloria supplicava, vi prego non fategli del male, chiudi la bocca Gloria, uno schiaffo e poi il suo pianto, va bene così, tesoro, non dire niente, sta' tranquilla finché non sarà tutto finito e allora forse non prenderanno almeno te, ti prego, sta' zitta. Lei però non stava zitta e loro non avevano ancora finito, lui era sul pavimento e lo tiravano su e lo buttavano giù di nuovo e volevano che gli dicesse dov'era Carraceli ma lui questo Carraceli non lo aveva mai sentito nominare, era tutto inutile, poi gli infilarono in testa un cappuccio, sulla stanza calò il silenzio, ormai era notte fonda, lo arrotolarono in un tappeto e lo portarono giù dalle scale passando davanti alle porte dei vicini che non si aprirono, lo sapevano tutti che in notti come quelle bisognava tenere le porte chiuse e sprangate, e alla fine si ritrovò nel vano tra i sedili di un'auto che andava e andava e andava e andava ed è stato così – adesso lo ricorda – che è scomparso.

2.

Arrivai a casa con due sacchettoni di carta pieni di cose da mangiare. Ero pronta a tutto: a trovare il salotto deserto e ad accettare il fatto che avevo avuto un'allucinazione e quindi ero clinicamente malata, ma anche a ritrovarlo dove l'avevo lasciato, nel qual caso forse era il mondo a essere pazzo e non io. Immaginavo il mondo steso sul lettino, il suo gran corpaccione sdraiato prono e angosciato, un grande globo mezzo sgonfio nella morsa della confessione, e la mia professoressa intenta a scarabocchiare sul suo quaderno: "Soffre di allucinazioni, psicosi. Acuta".

Era ancora là. Sentii il suo odore non appena ebbi aperto la porta, una zaffata di pesce metallico e mele marce. Sembrava ancora fradicio, come appena uscito dall'acqua. Era seduto sul pavimento e fissava un quadro appeso alla parete, la raffigurazione azzurra che Tía Mónica aveva fatto di una nave in un mare tempestoso. L'approccio monocromatico si ispirava al periodo blu di Picasso; questo almeno stando a ciò che diceva papà. Ogni tanto mamma proponeva di eliminarlo o almeno di trasferirlo nel corridoio del piano di sopra: «l'ultima cosa che desidero quando sono nel mio salotto è dover pensare a tua sorella». Ma i suoi appelli cadevano nel vuoto. Sulla maggior parte delle questioni d'arredamento mio padre la lasciava fare, ma eliminare l'unico ricordo di Tía Mónica era fuori discussione.

«Ho portato altre cose da mangiare», dissi.

Non si mosse.

«Non so cosa ti piace.»

Si girò dalla mia parte, lentamente.

«Hai fame?»

Non rispose e io mi sentii un'idiota, lì in piedi in mezzo al salotto con due grosse buste del supermercato piene di alimenti scelti con cura – andando su e giù per le corsie, pensando: "Pasta? La pasta dovrebbe piacergli, no?" – per un ospite che non avevo invitato, che non sapevo nemmeno se fosse umano, che non avevo nessuna ragione di voler nutrire e che non si degnava nemmeno di parlarmi. «Sarai affamato.»

«Pioggia.»

«Cosa?»

«Sta per piovere.»

«Ah.» Gettai un'occhiata fuori dalla finestra: il cielo dietro gli alberi era pesante. Era stata una calda giornata estiva, umida come sempre, e l'idea che potesse piovere non mi aveva nemmeno sfiorata. «Forse.» Posai le buste sul tavolo. «Dunque sai parlare.»

Annuì. «Mi sta tornando in mente.»

«Cosa ti sta tornando in mente?»

Non rispose.

«Cosa sei?»

Oltre la parete sentii Belinda, la figlia dei vicini, emettere dei gridolini di gioia fuori in cortile. Poi sentii ridere un secondo bambino: doveva aver invitato un amichetto. Mi venne voglia di tirare una pagnotta a quello sconosciuto che non mi rivolgeva quasi la parola.

«Preparo qualcosa per cena. Ti va di mangiare?»

«Acqua.»

«Cosa?»

«Acqua.»

«L'acqua non è mangiare», dissi e mi bloccai prima di aggiungere: non per le persone vere, almeno.

I suoi occhi mi scandagliarono e mi entrarono dentro; mi stavano guardando nel cervello, occhi tutti vista, completamente scuri, senza fondo. «Acqua. Per favore.»

Lui mangia l'acqua, la mastica, l'acqua ha sostanza, è l'unica cosa sostanziosa a questo mondo. Gli luccica in gola e poi va giù. Scorre in quella sua carne così poco familiare, del tutto diversa dalla carne vivente che aveva prima di scomparire, una cosa completamente diversa; nemmeno lui lo capisce; non sa cosa rispondere alle domande della ragazza, non ha ancora compreso bene tutto, il perché e il percome della sua presenza lì, ma dopo tanta assenza sente di dover difendere la propria presenza, dunque è così, è questo il mondo, un mondo molto asciutto, vuole dell'acqua da versarsi dentro, ancora e ancora, per riempirsene come negli anni cullati, negli anni in fondo al fiume, quando tutto era acqua e non solo lui mangiava l'acqua ma l'acqua – scintillante, vorace – mangiava lui.

Mangiai un po' di pane strappandolo direttamente dalla pagnotta, senza burro né niente. Mi sentivo al tempo stesso irrequieta e come paralizzata, ansiosa di muovermi ma incapace di fare una cosa qualsiasi come aprire un libro, preparare la cena, telefonare agli amici e mettermi d'accordo per andare a bere qualcosa insieme. Avevo bisogno di qualcosa di forte, ma cosa avrei detto ai miei amici? Come sta andando la settimana? Ah, davvero? Io invece ho in salotto un uomo pallido e bagnato che puzza come una spiaggia sporca. No, non so per quanto tempo si fermerà. No, mi sembra troppo debole per rubare lo stereo. Non c'è di che preoccuparsi. Ordiniamone un altro.

Mi versai uno scotch dalla bottiglia buona di mio padre. Ne avrei dato un po' anche all'uomo, ma lui sembrava volere solo la sua acqua, che consumava con tanta intensità da farlo sembrare un atto intimo. Vuotò il bicchiere e alzò gli occhi su di me.

«Grazie.» La sua voce era più limpida, adesso, solo un po' sfocata.

Gli feci un cenno con la testa. La finestra era aperta. Fuori un cane abbaiava e la voce di un uomo cercava di zittirlo. Ma non stava piovendo.

«Ero nell'acqua.»

Era difficile reggere il suo sguardo. «Nell'acqua?»

30

«Sì.»

«Quale acqua?»

«Tutta.»

Finii di bere il mio scotch e me ne versai un altro. «E prima ancora?»

«Sono scomparso.»

Tesi la mano verso sigarette e fiammiferi. La fiammella scese lungo il bastoncino di legno, avvicinandosi alle mie dita. Mi lasciai scottare e mi sembrò strano che le mie dita non tremassero. «Sei vivo?»

Piegò la testa di lato e mi fissò; era una cosa da impazzire, terribile, corrosiva, quel suo modo di non sbattere le palpebre. «Non credo.»

Fumai guardando il fumo creare volute nello spazio d'aria che ci separava. «Nemmeno io.»

Mi versai un terzo bicchierino di scotch e strappai un altro pezzo di pane, senza mangiarlo. Ne tolsi la morbida mollica bianca e la schiacciai a formare una pallina. "Scomparso", pensai. *Desaparecido.* Avrei dovuto sentirmi perplessa, disturbata, quantomeno sorpresa, ma sentivo solo il lento bruciore dello scotch giù in gola.

«Perché sei venuto qui?»

Stava fissando la pallina bianca fra le mie dita. Pane con tutta l'aria spremuta fuori. «Non lo so.»

Trascorremmo le ore seguenti in silenzio. Lui fissava il quadro di Tía Mónica, la nave e il mare realizzati con la stessa tinta e le stesse pennellate. Quel quadro sembrava intrigarlo molto più di quello appeso alla parete di fronte, la *Persistenza della memoria* di Dalí, con i suoi orologi fusi drappeggiati su un ramo spoglio, su una superficie ad angolo, su una creatura addormentata dalle origini imperscrutabili. Non l'avevo visto guardare la riproduzione di Dalí nemmeno una volta, mentre il quadro di Tía Mónica sembrava catalizzarlo come una storia avvincente, come se una parte di lui fosse in grado di saltare oltre la cornice per tuffarsi in quel mondo azzurro. Da bambina l'avevo fatto anch'io: avevo guardato quel quadro con una sorta di nuda fascinazione, sicura che la nave si stesse muovendo e

31

che da un momento all'altro si sarebbe avvicinata a me per salvarmi dal pericolo di scogli affioranti. Le pennellate dense e dinamiche fondevano insieme nave e mare creando l'illusione di una loro compenetrazione. Una nave che si scioglieva fra le onde, o che ne sorgeva: la mia mente infantile non sapeva decidere fra le due cose, e avrebbe voluto domandarlo alla donna che aveva realizzato il quadro. *È la nave a formare l'acqua o l'acqua a formare la nave?* Ma ovviamente non potevo domandarglielo, perché lei se n'era andata chissà dove, una donna più enigmatica ancora della sua arte. Bevvi e fumai e finsi di non guardare l'uomo che fissava il quadro. La strada levava la sua fievole voce fin dentro la stanza. L'aria vorticava. Posai la testa sul tavolo e mi addormentai.

«Perla, Perlita», disse mia madre, «non devi credere a tutte quelle frottole sui *desaparecidos*. Sentirai delle cose, a scuola, ma voglio dirti fin d'ora che non sono vere, Perlita, quelle persone sono isteriche, ci sono così tante cose che non sanno. Non devi parlare con loro. Tu sta' zitta e ricordati che sono persone confuse.»

Io feci di sì con la testa e le trecce mi spazzolarono il vestito. Mamma sorrise, mi aiutò a infilare il cappotto e mi abbracciò. Come sempre, avrei voluto che l'abbraccio durasse di più per potermi dissolvere nella morbida camicetta di mia madre e nel suo acceso profumo, ma si trattava di un contatto di circostanza, nient'altro che un mezzo per ottenere un fine, dato nella fretta di una mattinata piena di cose da fare. Mamma mi voleva bene, ma aveva altre cose importanti a cui pensare e dei vestiti bellissimi che non voleva stropicciare fin dalla mattina presto.

Avevo sei anni, allora. La democrazia, quasi uno. E, sì, era evidente che alcune persone non avevano simpatia per gli ufficiali della Marina come papà. Gli zii di Romina Martínez erano scomparsi da sette anni, o almeno così mi raccontò lei nello spogliatoio della scuola. «È capitato a molte persone», sussurrò. «Gente che non è mai tornata a casa, negli

32

Anni Terribili.» Sua nonna marciava ancora in una piazza del centro, ogni giovedì, con un fazzoletto bianco in testa per chiedere il ritorno dei suoi zii. «Mamma, però», aggiunse Romina sfilandosi le galosce verdi, «dice che è una pazzia e che gli zii non torneranno più perché sono morti.»

Io non dissi niente, perché ero una brava bambina. Ma qualche settimana dopo, un pomeriggio, dopo aver finito i compiti interrogai mia madre: «Dove sono finiti gli zii di Romina? Tu credi che torneranno?».

Mamma sospirò. Aveva in mano un bicchiere di scotch e lo faceva oscillare avanti e indietro per sentire i cubetti di ghiaccio tintinnare contro il vetro. «Chi può dirlo?»

«Ma dove sono finiti?»

«Probabilmente a Parigi, a vivere nella pigrizia.»

Mi dispiacque per Romina, con le sue galosce da poco prezzo e la nonna che vagava inutilmente per le piazze del centro e gli zii troppo pigri per tornare a casa. Lei non aveva una mamma come la mia, una mamma che andava dalla manicure tutte le settimane e indossava foulard importati dalla Francia drappeggiati attorno alla scollatura come un brillante piumaggio. Mamma era tutta avvolta di bellezza, papà era un uomo forte che la sera tornava a casa con l'uniforme ancora perfettamente stirata e io ero una bambina molto fortunata ad avere dei genitori come loro.

Romina, però, non era l'unica a dire certe cose. «Adesso siamo una democrazia», diceva la signora dai capelli cotonati che leggeva le notizie del telegiornale; «la dittatura ce la siamo lasciata alle spalle.» Io non l'avevo mai sentita, quella parola: *dictadura*. Cercai di capirne il significato. Aveva dentro la parola *dura*, quindi forse c'era stato qualcosa di duro in quegli anni, il che poteva spiegare come mai Romina li chiamasse Anni Terribili, ma non spiegava come mai papà non sembrasse contento che fossero finiti. Forse non si trattava di una durezza negativa. Come per i muri, per esempio. Tutti sanno che è un bene che i muri siano duri, così la pioggia non può entrarti in casa. Ma nessuno vorrebbe che il cuscino fosse duro, o la mano di un padre, o molte altre cose.

Ogni volta che alla televisione compariva la signora dai capelli cotonati la fissavo con grande attenzione per capire meglio quella parola, *dictadura*. Da lei appresi che in quegli anni si era verificata una cosa detta *El Proceso*, che per alcuni era una cosa buona, mentre altri dicevano che aveva fatto del male a moltissima gente, soprattutto ai cosiddetti *desaparecidos*. Gli scomparsi. A quel punto mi aspettavo sempre che la signora dai capelli cotonati facesse il nome degli zii di Romina o mostrasse a tutto schermo una foto di Romina e della sua famiglia, ma lei non lo faceva. Invece si metteva a parlare di un certo generale Jorge Videla, che aveva comandato sul paese (questo lo immaginavo benissimo, il comandare: l'Argentina seduta a tavola come una scolaretta e Videla, come il preside, che le passava il pane e le diceva di togliere i gomiti dal tavolo e di masticare con la bocca chiusa) e adesso tutti ce l'avevano con lui e con degli altri generali per via dei *desaparecidos*, ragion per cui ci sarebbero stati dei processi. Il primo giorno delle udienze, dopo cena, i miei guardarono il telegiornale senza fiatare. Io guardai più loro che non le schiere di rigidi ufficiali e le folle urlanti per la strada. Il secondo giorno guardarono il telegiornale per non più di cinque minuti, poi mio padre si alzò e spense il televisore.

«Non la guarderemo più, questa merda.»

«Modera il linguaggio», disse mamma.

Mamma e papà comprarono un secondo televisore e lo installarono in camera loro. Per me, niente più telegiornale. Ciò nonostante a scuola sentii dire che quelli che prima erano stati al potere adesso erano finiti in prigione. E con gli anni venni a sapere che gli scomparsi non erano più ricomparsi. La parola *desaparecido* rimbalzava da una stanza all'altra, nelle strade, tra gli scaffali del supermercato, nelle piazze, sulle pagine dei giornali, sussurrata e gridata e in tutti i toni intermedi. Il numero dei *desaparecidos* fu calcolato, negato, difeso. Trentamila. Quel numero era una menzogna architettata da gruppi stranieri. No, era la pura verità. Tante erano le persone fatte sparire dal governo. No, quelle persone se n'erano semplicemente andate da

34

qualche altra parte. C'erano delle fosse comuni. Erano solo esagerazioni. Erano tutti morti. Dovevano per forza esserci dei sopravvissuti. *El Proceso* era stato una vergogna nazionale. *El Proceso* era stato necessario. I *desaparecidos* erano persone innocenti. I *desaparecidos* avevano messo in pericolo la sicurezza nazionale.

Tante parole, tante versioni discordanti che mi stiracchiavano di qua e di là. Io avrei voluto credere a tutti, trovare uno spazio in cui tutti – mio padre, i giornalisti, gli sconosciuti al supermercato – potessero avere un pezzetto di verità. A undici anni, a scuola, lessi Borges e arrivai alla conclusione che tutto era possibile. Nei racconti di Borges c'erano uomini che sognavano dei vecchi e sognando li facevano esistere, e punti nello spazio che contenevano tutto l'universo, e giardini in cui si biforcavano i sentieri del tempo. Se tutto ciò poteva accadere, forse si potevano capire anche le persone svanite nel nulla. Forse *El Proceso* era sfociato in una settima dimensione, sconosciuta a tutti. Fra il nostro piano di realtà e un altro reame segreto si era aperta una falla, e trentamila persone c'erano cadute dentro, per uno scivolone del piede, o della lingua, o della realtà stessa. In tal caso gli scomparsi potevano ancora essere da qualche parte. Vivi. Ma non insieme a noi.

Come tema di spagnolo scrissi un racconto in cui i trentamila si ritrovavano tutti insieme, in attesa, vigili, intrappolati in una dimensione segreta. Avevo dodici anni quando lo scrissi; la democrazia, sette. Videla era uscito di prigione, perdonato dal presidente Menem. Nel mio racconto i trentamila affollavano nuove case e sopravvivevano respirando ricordi invece di aria, affamati di reminiscenze come tutti noi siamo affamati d'ossigeno. Le loro bocche si allargavano sempre più a forza di raccontare quel che era loro successo. Continuavano a cercare la crepa nella realtà, la fessura attraverso cui erano scivolati dall'altra parte, un modo per tornare a casa o almeno per far sapere ai loro cari cos'era successo, affinché non stessero in pena. Ma il passaggio era sparito. Scrissi quel racconto per me stessa, nel cuore della notte, travalicando i confini del compito assegnato, che era di scrivere un racconto di tre pagine mentre la mia storia ne riempì ben tredici, ogni pagina una sorpresa, mi domandavo da dove venisse, da dove uscissero quelle parole, quei respiri-ricordi, quegli intrichi di strade traslucide e quelle eteree persone sperdute dalla bocca distorta, e quale forza facesse andare avanti la mia penna sul foglio di carta. Alla fine non osai rileggerlo. Lo infilai sotto il cuscino e dormii per le tre ore che restavano della notte. Il mio tema vinse un concorso scolastico e il giornale ne pubblicò una versione abbreviata. La professoressa mi chiamò alla cattedra mentre i miei compagni battevano le mani e, anche se probabilmente lo fecero per puro senso del dovere e con un po' d'invidia, quel suono mi inondò dentro fino a raggiungere stanze interiori che non sapevo nemmeno di avere.

Quella sera arrivai a casa tardi, alle dieci, perché ero stata a studiare da un'amica. Mio padre mi aspettava in salotto. Sbronzo. «Vieni qui.»

Non avrei voluto andare, ma lo feci.

«Siediti.»

Mi sedetti.

Tirò fuori il ritaglio di giornale con il mio racconto. «E questo cosa sarebbe?»

«Un racconto.»

«Chi l'ha scritto?»

Mi strinsi forte le dita in grembo. «Io.»

«Ah sì? E tu chi saresti?»

Papà sembrava invecchiato, tutto ingrigito ai margini. Pensai che si sarebbe messo a gridare, che mi avrebbe picchiata, ma non lo fece. Il suo tono di voce era già di per sé uno schiaffo. Guardò la parete, poi guardò me, e sotto quello sguardo avrei voluto stracciare il racconto e ingoiarlo, un pezzo dopo l'altro, rimettere quella cosa dentro il mio corpo e farla sparire.

«Perla, ci sono cose che non puoi capire.»

Annuii.

«Noi siamo i tuoi genitori. Io e mamma.»

Lolo venne lentamente verso di me. Quando sentii il suo

guscio freddo contro la caviglia, la cosa mi calmò un poco. Annuii di nuovo.

«Saresti contenta di perderci?»

Scossi la testa.

«Saresti contenta di restare orfana?»

«No.»

«E allora perché diavolo hai scritto una cosa del genere?»

Mamma comparve nel vano della porta. «Héctor», disse. «Basta così. Adesso smettila.» Avanzò di qualche passo, i tacchi duri che risuonavano sul pavimento, e posò la mano sulla spalla di papà, le lunghe unghie laccate di rosso vicino al bianco della camicia come esotici insetti. Mi sporsi in avanti per farmi sfiorare dall'orlo dolce del suo profumo.

Papà mi guardò con un viso aperto, il viso più aperto che gli avessi mai visto, spaventato, esposto, come un uomo che si sia smarrito nella giungla. E in quel momento ebbi la sensazione di non capire niente, nemmeno una singola cosa fra quelle che accadevano al mondo, a parte questo: che non avrei mai scritto. Feci un passo avanti e gli posai la mano sul ginocchio per consolarlo, o per calmarlo, o per farmi forza.

«Perla», disse lui. «Così mi uccidi.»

«Ti chiedo scusa», dissi.

«Va tutto bene», disse mamma. «Adesso andiamo a letto.»

Lui ha gli occhi chiusi, ma non sta dormendo. Ripensa a quando non aveva occhi. Lo tenevano sempre incappucciato, il modo più semplice per togliere gli occhi a un uomo. Portava il cappuccio giorno e notte, e giorno e notte non esistevano più, c'era solo il buio, buio dappertutto intorno a lui, nell'aria mentre penzolava dal soffitto, nell'acqua gelata rovesciata sul suo sonno, nella grata d'acciaio del tavolo elettrificato. Quegli uomini gli dicevano Tu non sei niente, noi siamo Dio, e gli pisciavano e sputavano addosso, quei suoi compatrioti, durante una normale giornata di lavoro. A volte lo dicevano urlando, a volte in modo meccanico, ho fatto il mio dovere, missione compiuta; nell'altra sua esistenza, quando ancora aveva gli occhi, avrebbe potuto chiedere il loro nome, farsi raccontare qualche frammento della loro vita, forse si conoscevano, forse i loro piedi gli avevano passato il pallone in un parco cittadino, era possibile, si giocava spesso al pallone nei parchi, ma stavolta non era una partita e lui non era un pallone e quei piedi avevano un loro ordine di marcia.

All'inizio gli erano mancati tanto, i suoi occhi. Desiderava la luce, pensava quasi che la luce lo avrebbe salvato. Voleva poter vedere i propri lividi, i gonfiori, era preoccupato per i suoi testicoli. Da come li sentiva penzolare fra le gambe sembrava si fossero gonfiati come due pompelmi a forza di essere strizzati e folgorati con la corrente elettrica, li sentiva pulsare, e dire che c'era stato un tempo in cui Gloria li cullava fra le dita, li prendeva in bocca, li stringeva ma solo per gioco, con una pressione ardita, chi avrebbe mai immaginato che si potessero fare tante cose con dei testicoli? Che si potesse essere tanto più arditi con dei poveri testicoli? E lei, dov'era lei in quel momento? Sua moglie, *salva, salva, salva,* a prendere il caffè con le amiche, a battere a macchina le lettere del suo capo, a togliersi gli orecchini davanti allo specchio del bagno, a sfilarsi la camicetta, ma senza togliere la fede, a domandarsi dov'era lui. Con la mente tornava sempre a lei, la vedeva a letto, il suo corpo caldo, i capelli profumati, gli apriva le braccia e le gambe, *shh, adesso sei qui, sei tornato, non pensare a niente,* ridiventava piccolo come un neonato e si lasciava avvolgere, strisciava fra le sue gambe ed entrava nel suo corpo, là dove stava crescendo il loro bambino, *shh, c'è posto per tutti e due,* restava dentro di lei, al calduccio, comodo, a metà strada fra due mondi, loro tre accoccolati in un unico nido di carne... finché l'acqua gelida e lo sputo non lo costringevano a tornare.

Passarono i giorni. Le settimane. Impossibile dirlo. Imparò che c'erano cose peggiori del buio. Come la luce nel posto sbagliato, per esempio nel suo culo, nel buco del suo culo riempito da una verga metallica collegata alla corrente elettrica. E poi altre domande, ancora e ancora, non sapeva più nemmeno lui cosa stesse rispondendo, cosa volessero sapere, a cosa il suo corpo potesse ancora sopravvivere. Ormai lo desiderava, il buio, ci si rintanava come un microscopico ricciolo d'uomo.

Poi quegli uomini dissero Tu non esisti.

Lo dissero a voce alta e lo dissero a voce bassa e non ci fu più né giorno né notte, né declivio di tempo fra luce e buio.

Tu non esisti. Non sei niente.

Non sapevano che quelle parole potessero trasformarsi in un rifugio. Ciò che non esiste non prova nemmeno dolore. Il dolore si scagliava ancora contro di lui con le fauci spalancate, ma non trovava niente da mordere. Niente aveva più importanza. Scivolò via. Aveva perso perfino il suo nome, l'avevano cancellato dal suo passato, da tutte le bocche che ne avevano assunto la forma per farlo rientrare dalla strada all'ora di cena, per richiamarlo in classe, per addormentarlo con una ninnananna, per formulare una domanda: sei stato tu a rubarlo? Hai freddo? Mi vuoi ancora bene? Quante arance ti do? Dove credi di andare? Senza domande non c'è vita. E senza nome non possono chiamarti. Meglio non essere chiamati, non sentirsi vivere, non sentire la propria pelle e la gelida acqua notturna e gli stivali, né gli altri tre uomini stipati nella piccola cella, ne sentiva l'odore, vicino, ma gli avevano assolutamente proibito di parlare con loro. Anch'essi non avevano nome. Solo un numero, urlato dalle guardie quando andavano a prenderli per portarli nella stanza degli interrogatori, in fondo al corridoio.

Gli uomini in quella stanza. Loro sì che esistevano. Erano violenti e inflessibili, erano dappertutto. Li odiava. Ma ne aveva anche bisogno. A volte sentiva addirittura di amarli... Si disprezzava per questo, però non poteva evitarlo perché avevano il potere di concedere una tregua, potevano interrompere il pestaggio dicendo Lo vedi cosa faccio per te, e riempirgli la bocca di una pasta dolce quando moriva di fame, era la stessa mano a somministrare la pasta dolce e la scossa elettrica, ad asciugargli con un panno la fronte madida di sudore e a spingere la leva, e lui era così abietto che quando gli toccava la pasta dolce e la voce ordinava Di' grazie, signore, non solo ripeteva le parole ma lo faceva con convinzione. Voglio vivere, quindi ho bisogno che tu mi ami. Quegli uomini potevano lasciarlo vivere oppure condannarlo all'oblio. Le guardie erano un'infinità, a volte gli davano del *mate* o una crosta di pane, una ciotola di zuppa d'avena, un breve istante per togliere il cappuccio e mangiare. A volte ridevano, come un uomo che si annoi o come un bambino che guardi le formiche affogare nell'acqua che ha versato sul formicaio.

Alla fine fu la luce a spezzarlo, una luce peggiore di qualsiasi buio. Una luce che svelò colori che nessuno mai dovrebbe vedere. Era legato al tavolo, come al solito, a faccia in giù, picchiato, bruciato con la corrente, infilzato, stirato, tutto come al solito. Una mano gli sfiorò il viso come per accarezzarlo, due dita morbide lungo la guancia, e gli tolse il cappuccio. Qualcuno gli sollevò la testa tenendola per i capelli. Gli occhi furono trafitti dalla luce, era da giorni o da mesi che non la vedeva, sbatté più volte le palpebre, poi la voce disse Le riconosci? e lui sbatté di nuovo gli occhi, cercando di mettere a fuoco. C'era un'altra mano davanti a lui, reggeva uno straccetto zuppo di sangue; non sapeva cosa rispondere e comunque non ne ebbe il tempo perché la voce riprese – Sono le mutandine di tua moglie, ecco cosa sono – dopo di che gli rimisero il cappuccio e il buio, il buio, il buio lo afferrò e ingoiò la sua mente.

Mi svegliai, ma non nel mio letto. Ero seduta al tavolo. Cosa avevo sognato? Che nuotavo in un'acqua scura, piena di pesci spezzati. E che avevo freddo. E poi? Non lo ricordavo già più.

L'uomo era ancora sul pavimento del salotto. Aveva gli occhi chiusi, così potei osservarlo a lungo. La sua pelle bagnata era traslucida, di un pallore innaturale che non apparteneva certo al mondo dei vivi. Braccia e gambe flosce come tentacoli. Le labbra bluastre, gonfie, e i genitali ritratti. Non gli avevo offerto niente da mettersi, pensai, né lui me l'aveva chiesto; in qualche modo, l'idea dei vestiti sembrava essergli estranea o addirittura sconosciuta. In fondo non sembrava aver freddo, né potersi mai asciugare. Quanto al pudore, probabilmente non ne aveva affatto, e io non desideravo attirare l'attenzione sulla sua nudità avanzando suggerimenti. Comunque non ero imbarazzata come sarebbe logico aspettarsi davanti a uno sconosciuto nudo; tanto varrebbe imbarazzarsi per la nudità di un pesce. Aveva dei pezzetti di alghe appiccicati ai capelli. Ripensai alle alghe su quella spiaggia dell'Uruguay, l'ultima notte che avevo passato con Gabriel, al loro luccichio osceno nel chiarore lunare. A come ero corsa via lasciandolo là, solo sulla spiaggia, a gridare il mio nome. Al suo viso un momento prima che mi voltassi, inondato dalla luce della luna, lo sguardo perso di chi è sceso dal treno alla fermata sbagliata. Non volevo ripensare a quel momento, mi era insopportabile, ma la presenza di quell'uomo premeva contro la diga che avevo eretto per tenerlo fuori dai miei pensieri. Quella presenza bagnata e pesante sembrava avere proprio quell'effetto su di me, minacciava di far crollare la diga, e allora sì che qualsiasi cosa avrebbe potuto allagarmi la mente: ricordi, desideri, punti interrogativi liquefatti. Mi faceva paura ciò che sarebbe potuto accadere se fosse rimasto lì, la persona che rischiavo di diventare.

La stanza era immersa nel silenzio; niente automobili in strada, tutti i vicini in casa dietro le porte chiuse. La lampada a stelo, dal suo angolo, illuminava un grande cerchio di pavimento orlato di ombre silenziose. La luce era tenue, ma risplendeva delicatamente nelle gocce d'acqua sulla pelle dello sconosciuto. Chissà se si sarebbe mai asciugato, o se sarebbe sempre stato così, bagnato e viscido come appena uscito dal fiume. Nessuno l'aveva invitata a entrare, quell'umidità. Si era infiltrata dentro casa. Avrei avuto tutte le ragioni di esserne offesa, di arrabbiarmi per quella invasione, o quantomeno di scacciarlo con fermezza. Mi faceva sentire irrequieta, in pericolo nella mia stessa pelle. Tuttavia, pur non sapendo perché, pur trovando sconvolgente quella situazione, in realtà non volevo che se ne andasse. Avevo la sensazione che ci fosse qualcosa che dovevamo fare insieme, noi due, un qualcosa di ineffabile, che da sola non avrei potuto fare.

"Perla", pensai, "la notte ti fa delirare."

Fuori, molto piano, cominciò a piovere.

3.
ACQUE E TRISTEZZE

Venne il mattino. Non andai a lezione. Lasciai un messaggio sulla segreteria telefonica della mia professoressa, una cosa che non avevo mai fatto, ma era così raro che non andassi in università per una ragione qualsiasi che sentii il bisogno di dare spiegazioni. «Ho la febbre alta», dissi, «uno strano virus estivo. Non sarebbe un comportamento responsabile, da parte mia, esporre al contagio i miei compagni e comunque, con la testa in queste condizioni, non riuscirei a concentrarmi.» Lo dissi pensando che era una frottola colossale, ma quando riattaccai mi venne in mente che, a parte la febbre, tutto il resto era vero.

L'uomo bagnato dormiva sul suo pezzo di pavimento, il corpo raggomitolato in una grossa palla floscia. Il tappeto attorno a lui era scuro d'acqua. Lo guardai respirare, inspirare, espirare, con la bocca semiaperta. Chissà quanti anni aveva. Al sole mattutino i suoi capelli erano neri con qualcosa di verde, sul viso cinerino non c'erano rughe... poteva avere la mia età, ventidue anni o qualcosa di più, venticinque al massimo. Ma forse dov'era stato gli avevano modificato la pelle, scurito i capelli, stirato le borse, trattamenti che non riuscivo nemmeno a immaginare. Cercavo di sondarlo, di penetrare fino alla nuda sostanza del suo essere; mi sforzavo di aprire i miei pensieri e il mio mondo per accogliere ciò che quell'uomo dichiarava di essere con la sua sola presenza: un *desaparecido*. Una delle persone che un bel mattino erano uscite per andare al lavoro e non ci erano mai arrivate, o che erano arrivate al lavoro ma non erano più tornate a casa, o che erano tornate a casa e non ne erano più uscite.

43

Persone che avevano lasciato un vuoto più grande di quello lasciato dagli altri morti, perché i loro cari non avevano potuto né piangerle né seppellirle, ed erano stati costretti a portare la loro perenne assenza come se l'assenza stessa fosse qualcosa di vivo. Come Romina, alla quale erano scomparsi due zii e che insieme alle Madres de Plaza de Mayo marciava davanti al Palazzo presidenziale con un fazzoletto bianco in testa in segno di protesta. Nell'unico anno della nostra amicizia avevo pensato all'assenza dei due uomini come a una corrente onnipresente in casa sua, che illuminava le pareti insieme alla luce del sole, mormorava sotto le chiacchiere del dopocena e orlava i molti scaffali carichi di libri. Tutto ciò, ovviamente, prima del nostro quattordicesimo compleanno, quando Romina aveva reciso il nostro legame con un unico, brutale gesto di disgusto – o di rabbia? o di dolore? o di... –, dopo di che non ci eravamo più scambiate confidenze né tanto meno sogni, solo occhiatacce da un capo all'altro del corridoio della scuola, sguardi che esprimevano una forza talmente nuda e feroce che avevo finito con il passare gli anni del liceo a evitare con cura la sua faccia. Immaginai di rivederla in quel momento – un'apparizione dagli occhiali austeri, sospesa a mezz'aria in corridoio – e di dirle *Guarda, guarda, uno di loro è qui, non so come abbia fatto a entrare ma è vero, sgocciola e osserva con occhi da trota umana ma dice di essere uno di loro, un mezzo morto, un nonmorto che si è liberato dalle trame della non-esistenza, non è invecchiato per nulla, credi che possa essere un tuo zio?*

L'apparizione di Romina disse *Impossibile.*

Lo so che sembra impossibile, ma è qui.

Non hai capito, stronza. È impossibile che mio zio entri in casa tua.

Mi alzai per scacciare la visione, con le gambe che mi tremavano. Non volevo restare in casa, ma non mi sentivo pronta a uscire. Mi lavai il viso, ma senza fare la doccia. Per colazione, due tazze di caffè. Zucchine bollite per Lolo; lui le assaggiò appena e poi le abbandonò. Gli avevo fedelmente preparato le verdure bollite fin da quando ero stata abbastanza grande da essere lasciata sola accanto ai fornelli. Lolo non mangiava lattuga fresca da trentanove anni, da prima

44

della mia nascita, quando ancora era la tartaruga di mio padre e, stando a quanto mi avevano raccontato, si comportava così male che una volta mio nonno gli aveva dato un calcio, rompendogli la mascella. Aveva ancora la bocca storta per il colpo. A volte spariva per giorni interi e le zucchine che gli avevo preparato restavano intatte. Io mi preoccupavo che patisse la fame e che potesse morire, ma poi lo rivedevo, fuori in cortile, all'erta, impassibile, con la bocca storta ben chiusa sul segreto di dove era stato. Era capace di un'immobilità assoluta, ma anche di uno stupefacente galoppo su e giù per il corridoio, se ne aveva voglia. «Quel piccolo bastardo è forte, cattivo e forte», diceva mio padre e scrollava la testa con contrariata ammirazione. Mentre lo guardavo avviarsi lemme lemme fuori di casa, pensai che mi sarebbe piaciuto entrare in quella sua testolina di cuoio duro e disseppellire i suoi ricordi come vecchi sassi. Perché lui c'era già quando mio padre era bambino, molto prima che diventasse mio padre, quando era solo un ragazzino di nome Héctor che un giorno aveva visto suo padre prendere a calci sul muso una tartaruga rompendole la mascella. Uno stivale grosso e pesante, una mascella che si era spaccata subito. Lolo se l'era cercata, secondo la leggenda familiare. Ma cosa poteva aver fatto? Forse camminava troppo lentamente? O troppo svelto? Era stato troppo fra i piedi? Forse era stato lui a mordere per primo la mano del suo aggressore, anche se io non l'avevo mai visto mordere nessuno e non riuscivo a immaginare che potesse farlo senza essere provocato. Ma di certo le provocazioni non mancavano nella casa che aveva plasmato il ragazzino che sarebbe diventato Héctor, una casa a quattro chilometri di distanza dalla mia, sempre odorosa di medicinali e di pavimenti disinfettati, fra le cui pareti si era dipanata un'infanzia di cui sapevo pochissimo, nient'altro che una manciata di informazioni.

Una volta, da piccola, ero in camera mia a piangere perché papà mi aveva sgridato dato che ero stata cattiva e meritavo una punizione, e mamma mi aveva detto: «Tuo padre è molto buono con te, lo sai, non ti picchia mai come faceva suo padre con lui». Ero una bambina fortunata, io, nessuno mi picchiava, ero sfuggita al destino di Héctor e di Lolo. Quando andavamo a trovare il nonno, vedevo un uomo che tutti dicevano essere molto malato ma che sembrava possedere ancora un fascino terribile, un uomo che si metteva la giacca da colonnello della Marina anche per sedersi con noi al tavolo della cucina, capace di ipnotizzare una bambina convincendola a giocare a un suo nascondino speciale in giro per casa senza che nessuno l'andasse a cercare, senza che nessuno la trovasse e la trascinasse di nuovo alla luce. Ciò nonostante mi nascondevo al buio, respirando forte per l'eccitazione, e contavo fino a sessanta come mi aveva detto lui, poi uscivo dal mio nascondiglio ed ero una bambina completamente cambiata, una bambina nuova, ma trovavo il nonno intento a parlare con i grandi e dovevo aspettare pazientemente (gli occhi fissi sui suoi piedi, cercando di capire con quale dei due avesse colpito Lolo tanti anni prima) finché lui non guardava dalla mia parte, sorrideva e diceva: «Ebbene?». E io rispondevo: «Bene», non sapendo cos'altro dire. «Ti sei nascosta in un posticino buio?» Annuivo. I posticini bui erano sempre i migliori, gli unici posticini veri in cui nascondersi. «E com'è stato?» Non sapevo cosa rispondere, chissà qual era la risposta giusta per quel gioco, ma indipendentemente da ciò che rispondevo lui mi mandava di nuovo a nascondermi. «Stavolta conta fino a ottanta, se sei capace.»

L'uomo bagnato si svegliò mentre accendevo la terza sigaretta. «Buongiorno.»

Il suo corpo non si era mosso. Solo gli occhi erano spalancati.

«Dormito bene?»

«Non so.»

Feci cadere la cenere in un piattino e mi sforzai di sorridere. «Oggi resterò a casa con te.»

Lui gettò un'occhiata alla finestra senza muovere la testa. Poi guardò di nuovo me. Occhi delle profondità marine. Occhi da polipo.

Mi alzai, andai in cucina e tornai con un bicchiere e una caraffa. «Hai fame?»

Annuì come per dire: *Sono così affamato che potrei divorare il mare.*

Mentre tenevo il bicchiere vicino alle labbra del mio ospite mi sentii terribilmente triste, la tristezza si spalancò dentro di me senza volto, senza forma, senza fondo, pronta a inghiottire ogni altra cosa, libri, cieli, sigarette, la consistenza stessa del giorno. Non era una sensazione sconosciuta, per me, ma arrivava sempre senza preavviso. Io mi sforzavo di nasconderla e di solito ci riuscivo, ma quella volta tutti i miei sforzi furono vani: l'uomo mi fissava con occhi così limpidi che avrebbero potuto leggere le emozioni di un sasso.

A volte, per nascondere la tristezza, dobbiamo tagliarci in due. Così possiamo seppellire una metà di noi, quella indicibile, lasciando il resto a fronteggiare il mondo. Ora ti racconterò della prima volta in cui lo feci. Avevo quattordici anni ed ero nel gabinetto della scuola con in mano l'ultimo biglietto che avrei mai ricevuto dalla mia amica Romina, contenente un'unica domanda scritta in maiuscole furiose.

Eravamo state nella stessa classe per anni, ma diventammo amiche intime solo a tredici anni, quando Romina cominciò ad avere la sua *esperienza*. Era così che la chiamava lei, l'*esperienza*, e pronunciava quella parola con un tono di venerazione che le conferiva un'aura di grande mistero.

«Un'*esperienza*», le feci eco io con espressione ottusa la prima volta che me ne parlò.

«Vieni a casa mia, dopo la scuola, che ti faccio vedere», disse lei.

Annuii. Mi domandavo se quell'*esperienza* potesse avere a che fare con il seno. Perché in tal caso la trasformazione di Romina non era poi quel gran segreto: anzi, era stata così improvvisa e sorprendente che nel giro di pochissimo tempo aveva trasformato una ragazzina grigia e scialba nell'asse portante di un'attenzione ammutolita. Ragazzi e ragazze avevano cominciato a sbirciare con la coda dell'occhio la camicetta della sua divisa scolastica, sotto la quale quelle rotondità così precoci e voluminose ronzavano – sì, ronzavano! – spingendo verso l'esterno curve che suscitavano bisbigli, occhiate e risolini. Quel seno era fecondo; più sfrontato della sua portatrice; e cantava sé stesso nell'aria arrotondata. Anch'io ne ero affascinata; avrei voluto (ma non avrei mai osato dirlo) toccarlo, esplorarne il volume e la forma, l'allegra curvatura, la presenza silenziosa ma indiscutibile. Fino a quel momento il mio seno era cresciuto pochissimo e sicuramente non avrebbe potuto competere con la capacità del suo di occupare il centro ottico di una stanza. La notte, a letto, accarezzavo il mio piccolo seno e mi stupivo del suo fresco turgore, dei capezzoli morbidi e poi duri, e nel frattempo mi domandavo che effetto avrebbe fatto sotto le mie dita il seno di Romina, come sarebbe stata la sua curva e come avrebbe reagito la sua pelle morbida ed elastica. L'unica cosa più incredibile ancora del seno di Romina era la reazione che suscitava in lei. Romina sembrava notare appena la nuova attenzione che la circondava. Era sempre stata il tipo di ragazza che si perde a guardare fuori dalla finestra masticando la matita fino a ridurla in minuscole schegge, sempre perfettamente a proprio agio nel mangiare da sola, e la recente popolarità non l'aveva cambiata.

Di lì a poco, però, avrei scoperto che l'*esperienza* di Romina non aveva niente a che vedere con il seno, né col fatto di parlarne e assolutamente non con la possibilità di toccarlo; era né più né meno l'espansione estetica e filosofica del suo mondo. Aveva cominciato a esplorare la biblioteca dei suoi. Tutto qui. Cercai di nascondere la mia delusione. Quel pomeriggio andò su e giù davanti agli scaffali indicandomi i volumi di Kierkegaard, Sartre, Storni, Parra, Baudelaire, Nietzsche, Vallejo, tirandoli giù e lasciando che si aprissero fra le sue mani quasi fossero dotati di volontà propria. Ci dormiva insieme, tenendoli sotto il cuscino. Si svegliava nel cuore della notte e li apriva a una pagina qualsiasi, assorbendone le parole e recitandole poi fra sé e sé finché non si riaddormentava. Si rigirava le parole in bocca, consumandole come se fossero cibo, a volte addirittura al posto del cibo. Romina *pensava*... e questa, mi resi conto, nel suo mondo era considerata un'azione molto concreta e importante: dopotutto suo padre era un filosofo, aveva costruito tutta la sua vita sull'attività del pensare, l'università lo pagava addirittura per farlo, un'idea che mi era sempre sembrata molto buffa, tanto era lontana da qualsiasi cosa avessi visto nella mia famiglia. Te lo immagini? Un uomo pagato per pensare! Cosa può mai succedere in quella testa (e in quella famiglia)? Romina parlava e il sole sbiadiva lentamente nel salotto, gettando una luce più velata sulla parete coperta di libri; io ne toccavo i dorsi, con i titoli e i nomi in rilievo, chiedendomi che sensazione si provasse ad attingere con tanta passione da una semplice pagina stampata o, quanto a quello, ad attingere con tanta passione da una qualsiasi altra cosa. Prima che venisse buio, però, la delusione aveva lasciato il posto alla curiosità: c'era qualcosa di sacro, di estatico nel rapporto di Romina con i libri, una cosa che non avevo mai visto prima. Volevo provare anch'io quello che provava lei.

Quella sera restai a cena da lei e Romina mi presentò come la «Ragazza che ha scritto il racconto sui *desaparecidos*», con un entusiasmo che mi stupì e che mi fece arrossire. Era passato un anno dalla pubblicazione del mio racconto e lei non ne aveva mai fatto cenno con me. I suoi genitori esclamarono: «Un racconto davvero fantastico, ci è piaciuto tanto, sei stata molto coraggiosa», e io mi sentii invadere da una vergogna bollente nell'accettare quelle lodi per un racconto che a casa mi aveva creato solo problemi e al quale avrei rinunciato volentieri, perché sicuramente non era un buon racconto, giusto?, e io ero stata cattiva a scriverlo, avevo messo tutti in imbarazzo perché dentro c'erano solo bugie. Ma i genitori di Romina non la pensavano così: suo padre sorrideva, sua madre mi serviva altre patate, delle patate davvero deliziose, giuste di sale, croccanti lungo i bordi. A quella tavola, mi resi conto, non era il mio racconto a essere imbarazzante ma qualcos'altro, altre parti della mia esistenza, per esempio quello che dicevano i miei genitori. Perfino alcune delle cose che avevano fatto. Era un pensiero inquietante, irto di spine cacofoniche. Lo ricacciai indietro e tacqui, per restare seduta a quella tavola e mangiare quelle buone patate senza spezzare l'incantesimo.

Cominciammo a passare molto tempo insieme dopo la scuola, dopo i compiti, esplorando libri, idee, poesie, i grandi interrogativi sulla vita. Saccheggiavamo la biblioteca dei suoi, tirando giù i libri, leggendo e condividendo le nostre scoperte. Erigevamo tutt'attorno a noi delle piccole fortezze di libri. Leggevamo in modo caotico, aprendo i libri a casaccio, leggendo una pagina ad alta voce e guardandoci per cogliere l'eccitazione o il disinteresse dell'altra, senza bisogno di parole. Se scattava l'illuminazione, andavamo avanti. Se no, scartavamo il libro senza pensarci due volte, come bambine golose alle prese con una grande scatola di cioccolatini che dopo un solo morso abbandonano un gusto per provarne un altro. Spesso non avevo idea di cosa significassero quelle parole, ma non lo dicevo, e se anche Romina non capiva, nemmeno lei lo diceva. Ci bastava assaporarne il suono. Le avvicinavamo in piena libertà, senza la tensione dell'analisi e nemmeno della comprensione, per un puro piacere. Quelle parole cominciarono a vorticare dentro di me, cantando di risvegli, di desideri, di mistero e di dolore, infiltrandosi nelle mie giornate e accompagnandomi quando andavo a scuola, a letto, a tavola con mio padre e mia madre, i quali secondo me non avrebbero mai potuto capirmi perché loro leggevano solo quotidiani e romanzi d'intrattenimento e mai parole come quelle che leggevo io, parole che ti sferzavano dentro.

È così che in un pomeriggio piovoso scoprii Rimbaud. La prima volta che aprii le *Illuminazioni* lessi: «In un solaio dove fui rinchiuso a dodici anni ho conosciuto il mondo, ho illustrato la commedia umana». Mi tremavano le mani. Mi sentivo come tagliata in due. Ma non era una frase che potessi leggere a Romina. Voltai in fretta le pagine, tornando all'inizio.

«Acque e tristezze, salite e ridestate i Diluvi.»

Questa frase mi agganciò per non lasciarmi più, come quando senti una canzone alla radio e non te la togli più dalla testa. Camminando i miei piedi risuonavano al suo ritmo: piede sinistro, *Acque*, piede destro, *tristezze*, sinistro, *salite*, destro, *ridestate*, e così via mentre andavo ovunque stessi andando. «Dove vai, Perla?» "Sulla luna", pensavo, "in centro, dentro di me." Non avevo idea del significato di quella frase, ma mi turbava profondamente. Si prova una sensazione strana quando si legge qualcosa e sembra che le parole si rivolgano proprio a noi, a noi soli, anche se chi le ha scritte è morto prima della nostra nascita o, se non è morto, ignora del tutto la nostra esistenza. Quelle parole ci filtrano nella testa. Colano nei nostri vuoti più segreti e ne prendono la forma, aderendovi perfettamente, come l'acqua. E siamo un po' meno soli nell'universo, perché qualcuno ci ha testimoniati, ci ha riempiti, perché una volta qualcuno ha trovato le parole precise per dire ciò che abbiamo dentro e che noi stessi non avremmo saputo nominare: un qualcosa che sembra alludere non solo a ciò che siamo, ma a ciò che potremmo diventare. In questo senso i libri ti fanno crescere come i tuoi genitori non potranno mai fare. Ti emancipano.

Quando compii quattordici anni, Romina mi regalò una copia delle *Illuminazioni* con una sua dedica: «A Perla, perché la tua verità arda sempre luminosa. *Abrazos*, R.». Dormii con il libro sotto il cuscino. Al mattino, prima ancora di alzarmi, lo aprivo a una pagina qualsiasi e ne leggevo una riga. Le mie mani aprivano il libro, il libro apriva la giornata. La riga che avevo letto mi accompagnava, ripiegata nella mia testa come un mantra che andava al di là del suo stesso significato.

Inutile dire che la nostra nuova amicizia sembrò strana, addirittura ridicola alle altre compagne di scuola. Non me ne importava niente. Nessuna amica mi aveva mai infiammato come Romina. Non mi faceva più pena come qualche anno prima, quando avevo saputo dei suoi zii, anzi, mi sembrava libera e indomita, e avrei voluto essere come lei, anche se ciò significava che le altre non mi avrebbero più chiamato e mi avrebbero evitata come la peste. In un certo senso ero libera, forse più che in qualunque altra fase della mia vita... ma pur sempre con dei limiti. Tutti i giovedì Romina andava in Plaza de Mayo a marciare in un grande, lento cerchio insieme a sua nonna e ad altre donne con il fazzoletto bianco in testa e grandi fotografie in bianco e nero di uomini e donne scomparsi molti anni prima, con la scritta: VOGLIAMO GIUSTIZIA, oppure RIDATECELI VIVI. Quella parte del suo mondo mi causava una fitta di disagio. Stentavo a conciliare quell'aspetto della sua vita con il resto di lei. Mamma infatti continuava a ripetere che le accuse riguardanti i *desaparecidos* erano false; ma, se quelle donne che marciavano in piazza si sbagliavano e semplicemente non riuscivano ad accettare il fatto di aver perso i propri figli per colpa del loro stesso spirito vagabondo (non sarebbe stato bello se le cose fossero andate proprio così, se gli zii di Romina fossero semplicemente partiti per girare il mondo, come Rimbaud? Se fossero tornati, un giorno, con i capelli lunghi e un sacco di storie esotiche da raccontare?), Romina, intellettualmente sofisticata com'era, non avrebbe dovuto accorgersi degli abbagli della sua famiglia?

A meno che non si trattasse affatto di abbagli. A meno che non fossero loro, le persone che scendevano in piazza, a possedere la verità, e io quella che aveva sempre respirato bugie. Quello strano pensiero galleggiava dentro di me come una granata inesplosa. Non sapevo più a cosa credere. Mi domandavo se Romina fosse davvero sicura delle sue idee come voleva farmi credere. Mi chiedevo cosa le passasse per la testa mentre camminava in tondo per la piazza, cosa significasse per lei quella protesta, cosa pensasse dentro di sé di quel rito settimanale della sua famiglia. Se vi partecipasse perché ci credeva o solo per far contenta la sua *abuela* e, soprattutto, se anche lei nutrisse come me qualche dubbio.

Ma erano domande che non osavo formulare ad alta voce. Il tema era scabroso e bisognava evitarlo a ogni costo. A volte mi chiedeva di andare con lei alla manifestazione – «Dopo possiamo andare a casa mia» – ma io trovavo sempre qualche scusa, che enunciavo in un tono di voce prudentemente distaccato. Le avevo raccontato che mio padre lavorava al porto, una definizione abbastanza vaga ma non del tutto menzognera, dato che il porto ha a che fare con l'acqua e anche la Marina, no? Si trattava solo di un leggero offuscamento della verità. No. Era inutile che mi prendessi in giro. Era una bugia bella e buona. Ma c'ero stata costretta, mi dicevo, per difendere la nostra intimità, le nostre ore insieme, il radioso legame che non volevo perdere.

Fino al giorno in cui la invitai a casa mia. Fu un errore madornale. Eravamo sedute al tavolo da pranzo, chine sui compiti, con i libri di testo sparpagliati attorno. Mamma e papà erano fuori.

«Ci sono altri libri nello studio di tuo padre?»

«Qualcuno.»

«Fammeli vedere.»

«Non si può.»

Lo dissi un po' troppo in fretta, e Romina posò la penna e alzò gli occhi. «Perché?»

«Papà non vuole che ci andiamo.»

Sembrò stupita, poi esitante. Ma tornò ai suoi compiti. "Scampato pericolo", pensai, ma un'ora dopo andò in bagno e dopo venti minuti non era ancora tornata.

La trovai nello studio. Ferma immobile davanti a uno scaffale, di profilo rispetto alla porta. Aveva le mani lungo i fianchi, con le dita allargate e rigide, come paralizzate, simili a stelle marine stupefatte. Pensai che mio padre sarebbe tornato a momenti, avrebbe scoperto l'invasione e mi avrebbe sgridato davanti alla mia amica. Dovevamo andarcene da lì, subito. Cercai le parole per dirlo.

Ma Romina chiese: «E questa cosa sarebbe?».

Con una voce tesa che non conoscevo. Seguii il suo sguardo fino alla libreria, alla fotografia incorniciata d'argento di mio padre in alta uniforme in fila con altri ufficiali davanti all'ESMA, la Escuela de Mecánica de la Armada, con il maestoso portone e le slanciate colonne bianche che mi avevano sempre fatto pensare alle leggi immutabili di un mondo antico. Romina la fissava con la furiosa concentrazione di chi cerca la soluzione a una complessa equazione algebrica.

53

"Parla", pensai. "Devi assolutamente dire qualcosa." Aprii la bocca, ma era vuota.

«È uno di loro, vero?» disse Romina. «Tuo padre.»

Il silenzio dilagò in tutta la stanza, con lunghi tentacoli che mi si avvilupparono alla gola insinuandosi dentro di me fino al basso ventre. Avevo la nausea. Romina si voltò e mi guardò, con l'espressione di chi si è perso in un mare nero e in quelle acque scure, per la prima volta e nella forma più selvaggia, ha incontrato il male. Di una ragazzina che si ritrova a guardare in faccia il male assoluto. "Nella mia faccia? Proprio nella mia?" No, non era possibile, era tutto terribilmente sbagliato, il ghiaccio si era spaccato e noi due eravamo precipitate in un mondo completamente sbagliato. Feci un passo verso di lei per provare a cambiare il finale della storia ma la sua faccia si contrasse in un gemito brutale che non avrebbe lasciato uscire.

«Non mi toccare», disse e scoppiò a piangere senza emettere suono. Tremava violentemente per lo sforzo di singhiozzare, di non singhiozzare, in guerra con sé stessa.

«Romina», dissi.

Mi passò accanto di corsa e si precipitò in sala da pranzo, dove la sentii raccogliere libri e quaderni e infilarli nello zaino. Sapevo che avrei dovuto seguirla, dire qualcosa, convincerla a restare, a cercare di capirmi. Ma non capivo nemmeno io cosa stesse succedendo, che cosa avesse invaso lo studio di mio padre, perché avessi la nausea, cosa fosse lo sguardo che avevo visto negli occhi di Romina. Non riuscivo a muovermi. Fissavo la scrivania di mio padre, lunga e larga e fresca di cera, il legno color ciliegia lucido e liscio come uno specchio. Un portamatite di cuoio si rifletteva sulla sua superficie e io sapevo che tutte le penne che c'erano dentro scrivevano; mio padre era intransigente con le penne che non scrivevano. Fissai il riflesso delle penne. Le contai. Erano sette. Le contai di nuovo. E stavo ancora contando quando sentii un rumore di passi di corsa e la porta d'ingresso che si apriva e si chiudeva sbattendo forte.

Il giorno dopo, a scuola, Romina non mi guardò nemmeno, la sua schiena era come una sbarra di ferreo rimprovero. Il suo nudo orrore era stato sostituito da qualcos'altro, qualcosa di chiuso, freddo. Fingevo che non mi importasse, ma la mano mi tremava mentre copiavo la lezione di latino dalla lavagna. La paura di perdere la mia amica mi consumava. La voce di Romina, stranamente roca, che leggeva ad alta voce da un libro nella penombra del suo salotto. Il suo viso, con gli occhi chiusi per il piacere, mentre assorbiva il suono di un paragrafo o di una poesia. Il suo seno. Romina china sui compiti, i capelli come una sottile parete marrone attorno al viso, la matita sbriciolata fra i denti. Romina nello studio di papà, che lottava per trattenere i singhiozzi. Non c'era nient'altro che desiderassi tanto quanto ricostruire la nostra amicizia. Sembrava un compito arduo, ma in quei primi giorni almeno non del tutto impossibile. Più ci pensavo, più quella situazione mi appariva come un semplice fraintendimento... anche se un fraintendimento di proporzioni epiche, di dimensioni storiche, una tragica disconnessione fra due poli della realtà, non una semplice incomprensione fra due scolarette. Avevo l'impressione che la spaccatura che ci allontanava fosse più grande di noi, più grande della nostra individuale capacità di comprendere – non è vero? non è così che stavano le cose? – perché per comprenderla fino in fondo avremmo dovuto vedere le cose da tutti i lati, e nessuna di noi l'aveva fatto. Per quel che ne sapevo io, in Argentina non l'aveva mai fatto nessuno. Nessuno si era mai addentrato nell'uragano che si era scatenato fra uomini come papà e uomini come gli zii di Romina, impregnandosi di tutto quello che c'era da assorbire, del senso completo della storia, di ogni centimetro delle sue luci e delle sue ombre. Forse perché nessuno aveva mai amato una persona su ciascun lato del baratro. Sembrava una cosa impossibile, una voragine troppo grande per un cuore che volesse allungarsi per toccarne entrambe le sponde. Ma io cercavo di farlo ed ero distrutta dallo sforzo; almeno in quei primi giorni desiderai con tutta me stessa di poter riempire quel vuoto ingoiando tutto, di poter riparare ogni cosa. All'epoca credevo ancora in queste riparazioni, con tutto il fervore e la sorda speranza dell'adolescenza. *Ro-*

mina, avrei voluto dirle, *non è come pensi, non sono quella che pensi, non so cosa siamo ma voglio scoprirlo grazie al vagabondo ardimento intellettuale che abbiamo sperimentato insieme. Io e te possiamo riscrivere la storia; vieni da me, torna, ti spiegherò tutto. Cercherò di spiegarti.*

Non ne ebbi l'occasione.

Una settimana dopo l'incidente trovai un biglietto infilato nel libro di scienze, un frammento di carta strappata con le inconfondibili maiuscole di Romina:

SEI ANCHE TU UN'ASSASSINA?

La mano mi tremava reggendo quel pezzo di carta. Non riuscivo a respirare. Girai lo sguardo sul resto della classe: i miei compagni stavano rimettendo i libri negli zaini, rumorosamente, prendendo accordi per il pranzo, ma di Romina nessuna traccia. Nessuno mi aveva vista leggere il biglietto. Me lo cacciai in tasca e corsi in bagno, mi chiusi in un gabinetto e restai lì, immobile, con gli occhi chiusi e il viso premuto sulla porta. Il gabinetto puzzava di urina, di fumo di sigaretta e del profumo da poco prezzo che qualcuno ci aveva spruzzato per coprire l'odore del fumo. Il biglietto sembrava bruciare attraverso la stoffa della mia tasca, ustionandomi: sicuramente quella sera, togliendomi i pantaloni, avrei trovato una piccola zona di pelle arrossata e raggrinzita. Chiusi gli occhi e vidi mio padre, la sua espressione innamorata quando si sedeva sul mio letto, di notte, e mi accarezzava i capelli canticchiando una ninna-nanna stonata. Lo sentii ridere davanti alla televisione, con quei suoni rotondi e generosi dall'altezza decrescente, *ha-ha-ha,* che sembravano fare le capriole giù per una ripida scala. Sentii il lungo soffiare del suo respiro quando d'estate gonfiava per me la piscinetta di plastica, *pffhhh, pffhhh,* il suono della sua dedizione alla mia gioia. Lo vidi fare colazione, pronto per andare al lavoro nella sua orgogliosa, immacolata uniforme, con i bottoni dorati che scintillavano sui polsini. No, lui non era... No. Non poteva essere. Ero arrabbiata. Piena di vergogna. Avrei voluto spaccare tutto, solo che non c'era niente da spaccare, solamente la vernice scrostata della porta del gabinetto.

E la porta del gabinetto restava chiusa davanti a me, indifferente, rigida, rovinata.

Non mi mossi, il tempo si allungò, gemette e mi schiacciò, finché sentii suonare la campanella che annunciava la fine della pausa pranzo. Avevo dimenticato di mangiare, ero in ritardo per la lezione, non avevo fame. Presi il foglietto dalla tasca dei pantaloni, lo spiegai e lo lessi di nuovo. Non era cambiato. Lo lessi, lo rilessi e lo rilessi ancora, poi lo feci in mille pezzettini, li gettai nella tazza e feci scorrere l'acqua, una cosa del tutto inutile che nei mesi seguenti non mi avrebbe impedito di rileggere continuamente quelle parole, anche al buio, di notte, fiammeggianti sopra il mio letto.

Dopo quell'episodio i crimini commessi da mio padre – ma anche i crimini commessi dal paese, che non avevo mai voluto mettere in parole – si insediarono dentro di me, mi pesarono sulla schiena, mi circondarono le spalle, mi si appiccicarono e non vollero più andar via. Non erano un abbaglio. Non potevo più credere che fossero un abbaglio. Quelle cose erano accadute davvero nel mio paese, erano vere, e la famiglia di Romina vi aveva avuto una parte mentre la mia famiglia ne aveva avuto un'altra, una parte da cui non era facile ripulirsi e che restava saldata al lato interno della mia pelle come uno spesso strato di piombo che al mattino mi rendeva difficile alzarmi dal letto. Non riuscivo a vedere con chiarezza cosa poteva aver fatto mio padre – le immagini mi arrivavano a schegge frammentarie: i suoi polsini scintillanti sul legno di una scrivania, il suo viso che guardava attraverso delle sbarre – ma non volevo vedere altro. Ormai avevo accettato che i *desaparecidos* fossero davvero scomparsi, e tanto bastava per formulare una condanna. Io stessa ero colpevole per successione ereditaria. Niente processo, nessuna possibilità di scelta, solo il "tutto questo ora ti appartiene" del senso di colpa, che cresceva a ogni pezzo di pane mangiato al tavolo da pranzo, a ogni sorriso assente di papà quando alzava gli occhi dal giornale del mattino, a ogni bacetto volante che accettavo da mamma al momento di uscire per andare a scuola, a ogni notte in cui mi rintanavo tra fresche lenzuola di lino lavate e stirate da una donna pagata con i pesos che mio padre aveva guadagnato come li aveva guadagnati. A ogni passo, a ogni gesto, a ogni abitudinaria azione quotidiana, la macchia si allargava sotto la mia pelle. Ormai non potevo più sfuggirle. Non avrei potuto liberarmene più di quanto potessi liberarmi della mia stessa faccia.

Ai miei genitori non dissi mai niente, né loro sembrarono accorgersi del fatto che ero cambiata e che il segreto al centro della nostra famiglia era stato svelato. Perché allora, ovviamente, ero sicura che lo fosse stato per davvero.

Le mie amiche di prima mi accolsero di nuovo nel loro gruppo, seppur gradualmente e non senza qualche broncio, al quale reagii con un'amabile alzata di spalle. Non diedi spiegazioni e loro non chiesero niente. Erano ragazze alla moda, che non si interessavano di poeti francesi né di marce del giovedì né di *esperienze* che possono condurre su strade pericolose. Si occupavano solo di ombretti e di pettinature copiate dalle riviste, di come perdere chili in più che non avevano e di film hollywoodiani in cui le cose si mettevano sempre malissimo ma poi finiva tutto bene per tutti, tranne che per il cattivo, naturalmente. Seppellii profondamente le parti di me che sembravano radioattive. Le amiche mi facilitarono la finzione e finsi in modo così convincente che nelle giornate buone ingannavo perfino me stessa, diventando una ragazza che non era ossessionata dall'eco di una domanda scritta su un pezzo di carta. Essere quella ragazza era molto più facile. Così divenni lei.

Da quel momento in poi ci furono due Perla: una tutta superficiale, che prendeva bei voti, aveva tante amiche simpatiche, sorrideva un sacco e pensava che tutto andasse a meraviglia, e una segreta, sotto la superficie, dove peccati, vergogna e domande giacevano sepolti vivi come mine antiuomo.

4.

Il mattino si schiude fiammeggiando, lentamente, satura l'aria, trapanandogli il cervello. Sono insieme, in silenzio. La guarda fumare, dare una scorsa a una rivista, ai canali televisivi. Non ride con le risate registrate dello schermo. L'ascolta muoversi in cucina, far tintinnare i piatti, senza cucinare niente. La tartaruga cammina verso di lui sulle zampe corte e scagliose. Allunga il collo fuori dal guscio. Apre la bocca di scatto, poi la richiude con un piccolo *clac*. C'erano bocche nell'acqua, molte bocche di forma e di durezza diversa, quelle piene di denti delle anguille, quelle viscide delle trote, quelle a tutto corpo delle meduse. L'acqua ha tantissime bocche. Avevano mangiato il suo corpo mentre il resto di lui scivolava via, pervaso, poroso, imperturbato. Adesso però non ha più acqua in cui scivolare via e non vuole più essere mangiato, né vuole andarsene. Scopre i denti alla tartaruga. La tartaruga apre la bocca e lascia penzolare la piccola lingua. Nessuno dei due sbatte le palpebre. La tartaruga richiude la bocca per prima.

Si mette a sedere. La sua colonna vertebrale scricchiola. Ha delle sensazioni, potenza del tatto, sente il proprio corpo sotto le dita. La sua carne è reale, per quanto fradicia. Sente il dolore. Sente il dolore della luce solare nella testa.

C'è un mondo fuori da quella casa. Sente il gemito di un motore d'automobile, là fuori, una cadenza di voci. Dev'essere vicino alla città, la sua città, ma non proprio in centro: c'è troppo silenzio, le strade non rombano e non ronzano come nel posto in cui viveva prima. In quell'altra casa la presenza della città si sentiva sotto ogni rumore come l'acuto brusio di un'ape in volo. Non era mai solo, in città, perché laggiù anche la solitudine era tinta di voci sconosciute, del suono smorzato di una radio, del profumo della bistecca alla griglia di qualcun altro, del fugace contatto di una spalla qualsiasi mentre camminava per strada. Tutte quelle cose gli tornano in mente in un caos di sensazioni. La città: l'accompagnava sempre e dovunque, come il credente afferma di sentirsi sempre accompagnato da Dio. Quando andava fuori città – pampas ondulate, spiagge ventose, l'immenso gelo della Patagonia – apprezzava la bellezza dei posti ma si sentiva sollevato non appena, tornato a casa, l'avvolgeva di nuovo la grande tela di un posto vivo, impregnato del respiro e del rumore di milioni di persone. Ripensando a tutte quelle cose prova una fitta di nostalgia per la sua città, per Buenos Aires. Per un attimo pensa di tendere la mente come quando era nel mare per andarle vicino e percepirlo, quell'eterno pulsare e strisciare, legioni di piedi. Ma no, non lo farà. Il posto in cui si trova non è il mare, tendersi qui è difficile e doloroso. E comunque non ce n'è bisogno: perché quella stanza è un mondo dentro il mondo. Sposta l'attenzione sugli oggetti che lo circondano, cercando l'anima interiore del luogo. Sullo scaffale i libri se ne stanno chiusi, con tutti i loro segreti schiacciati dentro. Non vengono aperti spesso, né lo vorrebbero. Sembrano dire, rivolgendosi alle parole che hanno dentro, *siete nostre prigioniere, non vi lasceremo mai uscire, non potete ribellarvi.* I dorsi sono lindi e ordinati, e non recano traccia di quelle battaglie. Davanti ai libri c'è un cigno di porcellana, la testa china in segno di sconfitta o forse per aver retto troppo a lungo un peso gravoso. Palpita di pensieri non detti. Un ripiano più su rispetto al cigno ci sono due fotografie: in una si vedono uno sposo e una sposa, nell'altra una bambina. È la prima volta che le nota. La bambina è pettinata con i codini e siede su un divano, il divano di quella stanza. Il suo sorriso sembra troppo grande per quel faccino, il viso è perfetto, raggiante e come traboccante di ciò che i lineamenti non riescono a contenere. Lo sposo e la sposa sono giovani, belli e sorridono a bocca chiusa, il mento della donna è sollevato a comunicare orgoglio o sfida, gli occhi dell'uomo fissano l'obiettivo della macchina fotografica quasi cercando la soluzione a un enigma irrisolto. La macchina fotografica non è più lì, ma gli occhi dell'uomo continuano a cercare, frugando il salotto alla ricerca di indizi su ciò che stava inseguendo. Sull'altra parete, sopra l'inquietante divano, c'è il quadro raffigurante il mare, un mare sferzato di dense pennellate blu che non sono acqua ma che lui riconosce come mare, e sopra ci galleggia qualcosa dello stesso colore dell'acqua, una nave immersa nell'acqua, fatta d'acqua, una nave che sembra uscire dalle umide braccia del mare stesso, e lui può nuotare-riversarsi-straripare in quelle pennellate e cavalcare le gonfie curve d'azzurro sognando le onde della sua patria perduta.

La ragazza torna dalla cucina con un piatto di *empanadas*. Mentre cammina, guarda la tartaruga muoversi in direzione contraria alla sua con un'espressione che riconosce come tenerezza. Quella ragazza vuol bene alla sua tartaruga, pensa, e i suoi pensieri sono trafitti dalle parole «vuol bene». La ragazza si siede al tavolo e mangia senza alzare gli occhi. Ha i capelli legati con un elastico. Anche Gloria si legava i capelli con un elastico per affrontare le attività più serie: pulire la cucina, preparare un esame, avere la meglio in un litigio. Quando litigavano vinceva sempre lei. Era brava a rigirare le sue parole e a restituirgliele dure, levigate, la prova definitiva del suo trionfo. Sarebbe diventata il migliore avvocato del paese, le diceva sempre, alzando le mani in segno di resa. Credeva moltissimo in lei. Grazie alla sua abilità negli scontri verbali non avrebbero dovuto vivere per sempre in un appartamentino così piccolo, con dell'acqua grigiastra che gocciolava dal soffitto. Sarebbero accadute tante cose belle. Ne erano sicuri. Lo dicevano entrambi. Erano felici. L'acqua grigiastra non aveva alcuna importanza, in fondo. Ma loro due non lo sapevano; non sapevano, allora, quanto poco contassero le perdite d'acqua, fino a che punto fossero felici. Come fosse bello avere ancora tutte le dita dei piedi. Poter bere troppo vino rosso. Godere delle gioie animali, nudi, viscidi

61

di sudore. Dare per scontati i pomelli delle porte, le docce, i discorsi, e lamentarsi amaramente di doversi alzare presto la mattina, quasi fosse chissà quale enorme sacrificio. Che bambini siamo, pensa, quando siamo felici.

La ragazza seduta al tavolo lo guarda di sfuggita, ma quando i loro occhi s'incontrano abbassa i suoi sul piatto vuoto. Il suo corpo è giovane e bello, così integro, non tagliato, non gonfio, non bruciato. Può permettersi il lusso di affondare in una vaga tristezza. Non è mai stata stuprata con una barra metallica collegata alla corrente elettrica. Non le hanno mai strappato la pelle dalla pianta dei piedi. Non è mai stata appesa a un gancio al soffitto, spalmata di merda. Nessuno le ha mai mostrato un paio di mutandine lacere, piene di sangue, tra le mani di un uomo dalla voce intensamente familiare ma dal volto sconosciuto. Non ha mai ricevuto nemmeno la più piccola ferita da arma da fuoco. E tutto ciò è un bene: si sente nutrito dalla sua interezza. Un'interezza di cui lei, ne è consapevole, non si accorge nemmeno.

Esiste senz'altro un legame fra lui e la ragazza. Ma quale? Una corda di luce, una verità che lampeggia un attimo prima di affondare di nuovo nel pantano della sua mente.

Suonò il telefono. Non volevo parlare davanti all'uomo sgocciolante, quindi corsi nello studio di papà.

«Pronto?»

«Perlita.»

«Ciao, papà.»

«Il telefono ha squillato a lungo, pensavo non fossi in casa.»

«Sono in casa.»

«Sì. Bene, ho chiamato solo per assicurarmi che fosse tutto a posto.»

La stanza era in penombra, con le tende tirate, ed entrando non avevo acceso la luce. Mi appoggiai al bordo della scrivania. «È tutto a posto.»

«E tu stai bene?»

«Sì.»

«E la casa?»

«Cosa potrebbe esserci che non va, nella casa?»

«Perla, era solo una domanda.»

«Ma cosa potrebbe succedere? Non capisco il motivo di questa domanda.»

«Perché è casa mia.»

«Solo tua?»

«Si può sapere cosa ti prende?»

Me lo stavo domandando anch'io. Non avevo avuto intenzione di litigare, né di esporlo al mio caos personale. «E Punta del Este, com'è?»

«Bellissima. Ci divertiamo molto.» Poi sospirò, il pesante sospiro di un uomo tormentato dai capricci di una bambina. «Ascolta, Perla, volevo solo dirti di essere prudente. Ti passo tua madre.»

Attesi. Mormorii distanti, poi mamma prese l'apparecchio. «Perla?»

«Ciao, mamma.»

«Cosa sta succedendo, laggiù? Va tutto bene?»

«Sì, tutto bene. È papà che è paranoico.»

«Si preoccupa per te, tutto qui.» Lo disse in tono rasserenante, quasi facendo le fusa, e io vidi papà, all'altro capo della stanza, versare qualcosa da bere per tutti e due. «Dunque non hai bisogno di niente?»

«No.»

«Bene. Ci manchi tanto. Avrei voluto che venissi anche tu.»

Ma, mamma, allora chi sarebbe rimasto a casa per innaffiare il fantasma? «Non potevo perdere l'inizio delle lezioni.»

«Giusto. Bene, sarà per la prossima volta.»

«Forse.»

«Chiama se hai bisogno di qualcosa, okay?»

«Va bene.»

«Prenditi cura di te, Perlita.»

Riagganciai. Il sole indugiava alla finestra, quasi non volesse riempire la stanza. Pensai ai miei genitori a Punta del Este, che si godevano il sole e la buona cucina e dimenticavano i loro problemi. Mia madre lo diceva sempre: «Punta del Este è il posto dove andiamo per dimenticare i nostri problemi». Un tempo, da piccola, molto prima di Romina, non riuscivo a immaginare a cosa alludesse, quali problemi potessero avere mamma e papà. Sapevo solo che quando salivamo sul traghetto per l'Uruguay, come per miracolo, tutti i problemi restavano attaccati alla sponda argentina, incapaci di attraversare lo specchio d'acqua, in attesa del nostro ritorno. Da qualsiasi cosa stessimo fuggendo ero contenta di farlo, contenta che la nostra famiglia potesse rifugiarsi in un appartamento a un piano elevato e affacciato sull'oceano Atlantico.

Per me la cosa più bella di Punta del Este non erano le boutique, gli yacht sfavillanti ancorati al porto, le onde brulicanti di persone o gli affollati ristoranti in cui mamma sfoggiava ogni sera i suoi più eleganti abiti estivi. Era il momento in cui il tramonto lasciava sulla spiaggia le sue impronte più leggere, sussurrando a proposito del buio imminente: *Lo so, tu non ci credi, forse non vuoi crederci, ma presto sarà qui.* A quell'ora, di solito, mio padre proponeva una passeggiatina sulla spiaggia. Io dicevo sempre di sì, ogni tanto veniva anche mamma, ma il più delle volte ci diceva: «No, andate pure voi due». A me piaceva di più quando andavamo noi due. Camminavamo sulla striscia di sabbia bagnata vicino all'acqua, senza parlare, e ogni tanto mi fermavo a raccogliere una conchiglia e poi lo raggiungevo di corsa. Tutto attorno a noi le famiglie giocavano a spruzzarsi oppure cominciavano a ripiegare i teli di spugna e a chiudere gli ombrelloni. Non in tutti i gruppi c'erano dei bambini, ma quando c'erano erano sempre più di uno. Li guardavo correre incontro alle onde tenendosi per mano o azzuffarsi per una spada di plastica. Non dovevano costruire i loro castelli di sabbia da soli, come me. Noi eravamo una famiglia piccola, solo noi tre, senza fratelli né sorelle, senza zii o zie che abitassero nelle vicinanze, ma a quel tempo non mi sarebbe mai venuto in mente di considerarci una famiglia incompleta. Noi eravamo così e basta. Una costellazione formata da tre stelle, e io ero la più piccola, come la lucina in fondo alla spada di Orione. Che forma avessimo lassù in cielo, non lo sapevo.

Durante le passeggiate con papà pensavo spesso a cosa

sarebbe successo se avessimo continuato a camminare oltre la piccola penisola di Punta del Este, lungo il bordo dell'Uruguay, fino alla fine del paese. Punta del Este era perfetta come punto di partenza, perché sorgeva proprio sul confine ufficiale tra il Río de la Plata e l'oceano Atlantico, quasi fosse una sentinella incaricata di sorvegliare il rimescolamento delle masse d'acqua. Camminando con l'acqua a sinistra avremmo seguito la riva del grande fiume e a un certo punto saremmo rientrati in Argentina. Con l'acqua a destra, invece, non ci sarebbe stato il fiume bensì l'oceano, e alla fine saremmo arrivati in Brasile. Io chiedevo sempre a papà di passeggiare con l'acqua a destra. Certo, per raggiungere un altro paese avremmo dovuto camminare moltissimo. Ci sarebbero voluti giorni, mesi forse, il che era quasi come dire per sempre. Mi piaceva l'idea di prolungare la passeggiata per sempre, o almeno fino a quando il ritmo dei nostri passi non avesse fatto cadere dalle spalle di papà anche l'ultima tristezza. «Tu sei la mia luce», mi diceva a volte quando lo raggiungevo di corsa con una conchiglia particolarmente bella. Dovevo calcolare bene i tempi, affinché il mio intervento non fosse per lui un fastidio ma una piacevole interruzione del suo stato d'animo. Quando ci riuscivo, lui tratteneva la mia mano nella sua e ammirava la conchiglia, indugiando per commentarne il disegno, il colore, le dimensioni. «Guarda questa voluta, proprio lungo il bordo, è bellissima. E che bel rosa, così profondo, sembra quello dei lamponi. O del vino. Tu sei la mia luce, lo sai, vero?» Come se, senza di me, fosse condannato a procedere inciampando nel buio. Allora la mia piccola stella brillava più luminosa. Le mie dita dei piedi giocherellavano nella sabbia. Presto il sole sarebbe tramontato, ma non importava; io ero la luce per mio padre, e anche per il mondo.

Peccato che in quel momento, nel suo studio, lo sentissi così lontano. La stessa parola «papà» era nuda e aperta nella mia mente come una ferita.

Frugando nella mente alla ricerca dell'immagine sfarfallante che ha perduto, gli capita di pensare a Dio e a come ha perduto Lui. Quando lo fecero sparire ce l'aveva, un Dio, e quando il buio gli inghiottì la mente lui barcollò, si spezzò e spiccò il volo per cercarLo, per pregarLo, Dio come rifugio ultimo. Salvaci da questo inferno, perdona i miei peccati, perdonami per il delitto di non aver saputo proteggere Gloria, manda i tuoi angeli, ti prego, un esercito alato per salvare lei e il bambino che porta in grembo. Gloria è viva, deve esserlo, in fondo lo straccetto rosso di sangue poteva essere un trucco, uno straccio qualsiasi con cui hanno asciugato un pavimento. Perché Tu l'hai protetta, vero? Dacci oggi il nostro pane quotidiano e liberala dal male. Perché, nel nome del Padre, del Figlio e dello Spirito Santo, giuro che se solo potessi volare fino a lei darei la vita per sanare le ferite del suo corpo, mi offrirei a lei come ago da sutura, aggiusterei il nido in cui dormiva il nostro bambino, no, in cui dorme, perché lui dev'essere ancora là. Ma non so volare, quindi Ti supplico, vacci Tu per me. E benedetto sia il Tuo nome. Erano anni che non pregava così tanto. Non era stato un buon cattolico, gli piacevano troppo le partite di calcio e i lenti giochi sessuali della domenica, ma sicuramente Dio si ricordava di lui, del bambino che era stato, del chierichetto con la veste traforata di un bianco immacolato che fissava con devozione le candele, la croce insanguinata, il corpo lievitato di Cristo che il prete spezzava fra le dita. Come aveva amato l'aria fresca sotto le alte volte della chiesa, i soffitti che non sarebbe mai cresciuto abbastanza da poter toccare, nemmeno saltando, nemmeno salendo sulle spalle di dieci uomini, quell'aria fredda di pietra che gli tendeva la pelle e gli faceva il solletico con un refolo di quello che sicuramente era il respiro di Dio. E anche se, da grande, non si era più preso la briga di pregare, non per questo aveva smesso di percepire l'inconfondibile presenza di Dio, nei colori dell'alba dopo una lunga notte passata a bere nei bar, nel dondolio delle spighe di grano al vento, nello spazio che si spalancava dentro di lui quando apriva un buon libro, nelle carezze e nei gemiti di Gloria, nel ricor-

66

do delle preghiere sulle labbra di sua madre, ora languide, ora veloci, sussurrate sui banchi di una chiesa o mormorate all'infinito, in casa, con l'urgenza di uno sciame di api, *Pater noster qui es in caelis*, a volte in latino, a volte in spagnolo, a volte nell'italiano che aveva imparato stando dietro a sua madre, parole che in qualunque lingua le pronunciasse erano infuse di poteri magici, anche se nessuno avrebbe saputo dire se quei poteri venivano da Dio o dalla robusta frusta della lingua di sua madre. Perché qualsiasi cosa si mettesse in testa sua madre, o veniva approvata subito o dava origine a una guerra infinita per la quale lei sfoderava tutte le sue armi: parole, forza di volontà e manciate di grani di rosario. Non voleva assolutamente pensare a cosa avrebbe fatto sua madre ora che lui era sparito dal mondo normale, a cosa le avrebbe fatto la sua assenza; non sopportava proprio di pensare a sua madre e così pensava a Dio, resuscitando vecchie preghiere, *Pater noster qui es in caelis*, Padre nostro che sei nei cieli salvala, la mia Gloria, tirala fuori da questo posto, andrò a messa tutte le domeniche per il resto della mia vita, lo giuro, ma dammi un segno. E il segno arrivò. Lui era disteso sulla macchina. Esplosioni in bocca e sui genitali. Poi, all'improvviso, si fermarono, gli tolsero il cappuccio e lui vide la faccia compunta di un prete.

Confessa, figliolo.

Padre.

Devi collaborare.

Padre, la supplico, gli dica di smetterla o mi uccideranno.

Ma, figliolo, come possono smetterla se tu non li aiuti?

Non ho nient'altro da dire. Non so niente.

Confessa, figliolo. Confessa.

La supplico, ho moglie, non lasci che la uccidano.

La morte è nelle mani di Dio.

Allora dica a Dio di non farla morire.

Il prete sorrise tristemente. Dio sa che tutto ciò è per il bene del paese.

Gli rimisero il cappuccio, la macchina ripartì e *il Signore sia con te* tutto si incendiò di luce e *tu, uomo di poca fede* la pelle gli si spaccò con tagli pieni di dolore e *sia fatta la Tua vo-*

lontà lui gridò e gridò ma senza più invocare Dio, perché Dio non l'avrebbe ascoltato, l'aveva abbandonato, stava dalla parte di quelli che l'avevano portato via e ormai la loro volontà era la Sua volontà: oppure, e sarebbe stato anche peggio, quelli che l'avevano fatto sparire avevano rubato anche Dio dall'alto dei cieli e ora lo stavano lentamente spaccando in due su una delle loro macchine, e se le cose stavano così Dio era perso per sempre, perché Lui stesso era diventato un *desaparecido*.

La ragazza fuma una sigaretta. Si sta facendo buio. Sente un cane abbaiare, poi silenzio, poi il rumore di un'automobile. Riporta l'attenzione dentro la stanza; non è più legato alla macchina; è profondamente sollevato all'idea di essere lì e non là. Più tornano i ricordi più la sua mente è spaccata, ferita, e più si rivolge a quella casa perché lo abbracci, anche se nemmeno quello è un posto sicuro: lo sa, lo avverte, quella casa ha i suoi fantasmi. Ma lì ha una possibilità, una possibilità di... di cosa? Di fare ciò per cui è venuto, uno scopo che ancora non conosce ma di cui avverte la presenza, fluttua nell'aria, vago e al momento ancora non percepito. Ma c'è uno scopo. Deve stare lì, in quella casa, con la tartaruga, le finestre e la ragazza. È quanto è riuscito a mettere insieme di ciò che sa, i pezzi che sono andati al loro posto. Siede accovacciato sul pavimento, un po' chino in avanti, come un cane. Il tappeto è fradicio come una spugna per il suo sgocciolare. Chinarcisi sopra è come chinarsi sul fango subacqueo, o tra i coralli. C'è una voluttuosità pericolosa nel corallo, una qualità cullante che ti ninna e ti avvolge. Il divano lo guarda in cagnesco perché ha inzuppato il tappeto, *guarda cos'hai fatto, non sei il benvenuto, intruso! Inzuppatore di tappeti!* I cuscini si sporgono verso di lui come bestie pronte al balzo, ne ha un po' paura, il divano è grande e potrebbe schiacciarlo facilmente, ma non si è più mosso da quando la ragazza è entrata e ci si è seduta sopra, bloccandolo sul pavimento, rinforzandolo nella sua funzione di divano, dominandolo senza bisogno di parole. Lei ha fatto la

doccia e ora i suoi capelli sono diversi, brillano, pesanti
d'acqua. Risplendono alla luce della lampada, e la luce della lampada gli riempie completamente la coscienza (senza
lacerarlo come fa la luce del sole, non è altrettanto veloce,
sono lame di luce più smussate che penetrano lentamente),
la sua coscienza è chiara e aperta, tutto è qui, ora, mentre
guarda la ragazza fumare. Non riesce a smettere di guardarla. Sente la presenza pesante della sua mente.

A cosa pensi? le chiede.

A niente.

Che tipo di niente?

Il solito.

Voglio saperne di più.

Si stupisce lui stesso della forza che ha nella voce. È la prima volta che sente un desiderio risuonare nella propria voce.

Sei diventato un chiacchierone, così all'improvviso.

Mi sto svegliando, dice lui, e mentre lo dice il risveglio si
dipana ulteriormente: c'è più spazio dentro di lui.

Vedo.

A poco a poco.

La tartaruga entra lentamente in salotto. Si avvicina alla
ragazza. Appoggia il guscio alla sua caviglia nuda.

E com'è? Essere sveglio, intendo.

Mi fa venire il mal di testa.

Ricordi?

No, i ricordi non fanno male. Li vedo e basta. È il sole a
farmi male.

Non capisco.

La tartaruga sbadiglia con la bocca aperta, poi la richiude
di scatto. Senza sbattere le palpebre. Vorrebbe prenderla in
mano e scrollarla, non sa nemmeno lui perché.

Non importa, dice.

Almeno adesso puoi parlare.

Sì.

Sei stato via per molto tempo?

Sì. Credo di sì. Più o meno.

Sei stato rapito?

Sì.

E sei morto?

Sì.

La ragazza accende un'altra sigaretta e tamburella con l'accendino sul bracciolo del divano, come se si annoiasse, come se stesse solo ammazzando il tempo con delle domande insignificanti. Ricordi cosa ti è successo in mezzo?

Quasi.

E non ti fa male ricordarlo?

Non tanto come la luce del sole. O come la sete.

Vuoi dell'altra acqua?

Sì, grazie.

Va in cucina e torna con una grande caraffa azzurra.

Grazie, dice lui.

Fa' con comodo.

Fa con comodo. Acqua duttile fra i denti, corrusca, brillante nella sua gola. Acqua solida e resistente, liquida carne del mondo. Lui mangia e mangia e lei lo guarda senza dire niente, in un vago alone di fumo, poi, quando lui ha finito e si asciuga gli ultimi rivoletti dal mento, gli domanda: E cos'altro ricordi?

Perché?

Voglio saperlo.

Perché?

Voglio capire.

Capire cosa?

Perché sei qui.

La luce, piccoli ritagli di luce intrappolati nei suoi capelli. Entra con foga dalla finestra e si posa su tutto, pareti, libreria, cornici, ma c'è qualcosa nel modo in cui la luce si mescola ai suoi capelli che gli fa male. Dice: E perché non dovrei essere qui?

Sei morto...

Lui annuisce, attende.

...e prima non ci conoscevamo. Non c'era qualcuno a cui volessi bene?

Ma certo.

Scusa. Non è quello che intendevo.

Volevo bene a molte persone. A mia moglie.

70

Scusa.

Hanno preso anche lei.

La sigaretta è finita, ma lei la regge ancora fra le dita. Tacciono. La tartaruga ha chiuso gli occhi. La ragazza guarda fuori dalla finestra, verso il cielo di un azzurro profondo. Voci allegre si levano dalla strada. Poi si alza e va in cucina, e lui, nell'attesa, guarda ancora il quadro. Vaga sulle onde dipinte, ne assaggia l'esuberante salinità e trova conforto in quelle curve che dissolvono ogni barriera fra mare e nave, fra rotta e viaggiatore, fra oggetto e mondo. Come se le pennellate potessero unificare la realtà. La ragazza torna con un bicchiere e una bottiglia di liquore brunodorato. Non si è ancora seduta che ne ha già bevuto un bicchiere. Non lo guarda, sono lontanissimi, si è ritratta da lui in un suo guscio invisibile e lui sente di non poterla sopportare, quella distanza, la linea dura della sua mandibola; vorrebbe avvicinarsi a lei, stringersi contro la sua caviglia nuda, se non pensasse che lei si ritrarrebbe, inorridita.

Le chiede: Sei felice?

Come?

Nella tua vita.

Non lo so. Finisce il secondo bicchiere e se ne versa un altro. Si parla molto di voi, sai.

Di me?

Di tutti voi. I *desaparecidos*.

E cosa si dice?

Dipende. Soprattutto che a quel tempo le cose andavano molto male.

Tu non eri ancora nata?

Sono nata proprio allora.

Ah.

Non è la sua caviglia nuda a cui vorrebbe stringersi: è il suo Chi, la sua sonorità interiore, la segreta consistenza aurale del suo essere. Vorrebbe ascoltare il coro delle sue profondità, dove il passato e tutti i futuri ancora non vissuti si incontrano per cantare.

Parlami di com'eri a quattordici anni.

Lei sobbalza per lo shock. Perché proprio a quell'età?

E perché non a quell'età?

Lei lo fissa in silenzio. Non sa perché gli sia venuto in mente proprio quel numero, quattordici. Avrebbe potuto cominciare da qualche altra parte, da qualunque parte. Alla fine lei dice: Ero molto studiosa. Bravissima in latino. Volevo diventare una poetessa.

E poi?

Avevo i capelli lunghi.

Con la coda di cavallo?

A volte. Fa dondolare il bicchiere.

Scommetto che piacevi ai ragazzi.

Non a quelli che piacevano a me.

Che altro?

Non so. Ero triste.

Perché?

I miei genitori erano persone tristi.

Per questo?

No. Ero io. Non so perché. Avevo paura.

Di cosa?

Di tutto.

Piangevi spesso?

Mai.

Scrivevi poesie?

Solo raramente.

E amici, ne avevi?

Sì. No. Ho perso un'amica quell'anno, l'anno in cui ho compiuto quattordici anni. Poi me ne sono fatta delle altre.

Com'è che l'hai persa?

Abbiamo litigato.

Per cosa?

Perché mai dovrei dirtelo?

Lei comincia a opporre resistenza, c'è come uno scudo tutto attorno a lei, lo sente, ma la sua fame di sapere non gli permette di fermarsi. Si china in avanti, puntando i gomiti sul tappeto bagnato. E poi cos'è successo?

Ho compiuto quindici anni. E poi sedici.

Ed eri ancora triste?

Sì.

E poi?

Sono andata all'università.

Com'era?

Perché vuoi saperlo?

Perché sì. Voglio saperlo e basta.

Non vedo perché.

Voglio sapere tutto di te. Ogni singolo istante dal momento in cui sei nata.

Lei lo guarda dritto negli occhi, adesso, e la stanza si riempie di luce, c'è troppa luce, qualcosa nello sguardo della ragazza sembra tagliarlo in due, il senso di benessere è sparito e la ripugnanza è tornata, e c'è anche qualcos'altro, un elemento nuovo che lo riempie di confusione.

Ci metteremmo un'eternità.

Ho tutto il tempo, dice lui.

La ragazza scatta in piedi, così in fretta che la bottiglia si rovescia. Il liquore si versa sul tavolo. Lei lo fissa, poi si allontana in direzione delle scale e sale, sparendo dalla vista. Lui sente i suoi passi percorrere un corridoio sopra la sua testa.

Io invece non ne ho, di tempo! grida, e un attimo prima di sbattere forte la porta aggiunge: Non sono morta, io!

Mi chiusi in camera. Per un attimo pensai che lo sconosciuto si sarebbe trascinato su per le scale per bussare alla mia porta con le sue nocche fradice, ma non arrivò. Presi una rivista e cercai di distrarmi con le sue pagine, di interessarmi o almeno fingere di interessarmi agli articoli di moda e alle foto di personaggi famosi dalle dentature ostentate, cercando di convincermi che era una sera del tutto normale e che anche il silenzio proveniente dal salotto era del tutto normale, *perché non dovrebbe esserci silenzio se i miei sono via e io sono sola in casa?* Ma non potevo prendermi in giro, non ero affatto sola, lui era là, al piano di sotto, in salotto. Quella mancanza di suoni mi era insopportabile. Un silenzio formicolante per le punture dell'incursione. "Non sono pazza", mi dissi, sforzandomi di crederci. A volte, da piccola, se piangevo davvero troppo mio padre mi diceva: «Adesso basta, non fare la pazza», e io mi zittivo subito, mi asciugavo le lacrime e cercavo di dimenticare la bambola perduta o il ginocchio sbucciato o la punizione ricevuta. Perché avevo paura di impazzire, di cadere fuori dai confini della famiglia. Una paura paralizzante. Alle bambine che cadono fuori dai confini della famiglia non resta niente a cui appoggiarsi in questo mondo. O almeno così sembrava, e nemmeno la più piccola fibra del mio essere avrebbe osato verificare la teoria. Lo stesso valeva per quella sera. Quell'uomo, quella *cosa*, la sua presenza al piano di sotto rappresentavano una minaccia per la mia salute mentale, per la mia casa e per i dogmi con cui ero cresciuta, e i miei pensieri si stavano arricciolando su sé stessi e si torcevano assumendo forme pericolose: dovevo assolutamente liberarmene. Avrei voluto che quell'uomo svanisse nel nulla. Se solo avessi potuto indurlo ad andarsene di sua spontanea volontà: ma come? "Prendi le tue cose e vattene" sembrava una formulazione piuttosto sciocca, dato che l'uomo non possedeva nulla. Potevo dirgli semplicemente "Vattene", e poi stare a guardarlo mentre cercava una via d'uscita... Lo immaginavo scrutare ogni angolo della stanza, senza sapere dove fossero le porte e forse nemmeno come usarle; lo vedevo sforzarsi di sollevare quel suo corpo bagnato senza riuscirci; e trascinarsi fuori, sul vialetto, con passi sciaguattanti, mentre i vicini lo scrutavano da dietro le tende. Ma forse non avrebbe accettato di andarsene. Forse avrebbe cercato di restare nel salotto a tutti i costi, rifiutando di spostarsi con uno di quei suoi sguardi spettrali, e allora sarei stata costretta ad afferrarlo per un braccio e a trascinarlo fuori, sul pavimento e poi lungo il vialetto, ancora più vicini dietro ancora più tende, che si sarebbero aperte senza pudore per vedermi trascinare lungo il marciapiede un uomo fradicio e nudo. Dopo di che sarebbe rimasto là, in strada, bagnato, abbandonato, nudo, incapace di orientarsi in quei quartieri periferici, la stazione ferroviaria, i bar, le automobili spietate. Lo vedevo investito da un taxi lanciato a folle velocità, oppure che cadeva in un giardinetto elegante (sembrava così debole, non l'avevo nemmeno visto camminare), o veniva arrestato dalla polizia per via del suo inspiegabile comportamento. Ma soprattutto lo vedevo aggrappato alla porta di casa mia, suonare il campanello, bussare e suonare ancora, aspettando che gli aprissi, inondando la soglia, il vialetto d'ingresso e la strada con quel suo odore di pesce marcio, e io dentro, intrappolata nella mia stessa casa. "In trappola", pensai, "sono già in trappola." Avevo voglia di urlare.

"Perla", pensai, "se resti chiusa qui dentro ancora a lungo finirai con l'andare fuori di testa, anzi, a ben vedere mi sembri già sulla buona strada."

Così mi cambiai e uscii dalla mia stanza, scesi le scale e afferrai la borsetta senza guardare lo strano uomo bagnato, che alzò gli occhi come chi si sveglia bruscamente da un sogno e disse: «Dove vai?».

Per tutta risposta mi chiusi la porta alle spalle, sbattendola.

Non sapevo dove stessi andando. Non mi importava, non poteva importarmene. Presi la metropolitana per il centro. Ne uscii che era passata da poco la mezzanotte e le strade erano piene di gente. Ero di nuovo nel mondo, ero a Buenos Aires, dove tutti vivono fuori dall'acqua e i ristoranti sono pieni di candeline e di coltelli tintinnanti, dove la gente va a spasso o sta seduta senza chinarsi in avanti su natiche fradice, dove – guarda! guarda! – la gente sorride come se il passato fosse una cosa schiacciata sotto i piedi che si può scansare facilmente o almeno ignorare abbastanza a lungo da avere il tempo di uscire a bere qualcosa. Certo, non tutti stavano sorridendo, ma la strada è fatta così, la città è fatta così. Fin da bambina, quando camminavo per Buenos Aires nel mio cappottino invernale con la mano di mamma stretta saldamente nella mia, in centro sentivo una strana voce. Una voce sottile e imprevedibile, trasparente come un'ala di fata, che diceva solo *psshhh, psshhh, ehi tu*: mi voltavo e guardavo lungo il marciapiede e di là dalla strada, ma nessuno aveva aperto bocca né cercava di incontrare il mio sguardo. Tutti quegli sconosciuti avevano un'espressione annoiata, affaccendata o distratta, gli occhi rivolti da un'altra parte, e in quei momenti mi domandavo se per caso mio padre non avesse ragione, se non fossi effettivamente un po' pazza... oppure quella che avevo sentito era davvero la voce della città, un suono disincarnato che emergeva dall'intrico di tutti gli altri suoni, dal frastuono delle automobili e dai passi incessanti, dalle esistenze private che uscivano dalle finestre aperte, dal cigolio di portoni scolpiti, dall'allegro gemito della luce solare, dal mormorio dell'umidità, dai contorti sussurri di muri fatiscenti, tutto mescolato in un qualcosa che non era né umano né disumano, né reale né immaginario. Mia madre mi guidava come se niente fosse, camminando con passo vivace, concentrata più sulla nostra destinazione che non su quello che ci circondava. E io mi chiedevo che cosa sarebbe successo se mi fossi liberata dalla sua mano per seguire la voce, inseguendola dietro quell'angolo e poi giù per tutto l'isolato, lungo i vicoli e fuori dall'altra parte e poi svoltando ancora, finché non fossi stata sicura di essere completamente sola nel grande labirinto della città, sublimemente persa, libera di vagare su acciottolati e asfalti verso qualcosa per cui non avevo parole. Non l'ho mai fatto, ovviamente, ho sempre avuto troppa paura, la mano guantata di mamma era per me un ancoraggio sicuro... ma ancora me lo chiedevo, a volte. Chissà se quella voce mi avrebbe condotto nel posto a cui appartenevo? Anche in quel momento, pur essendo ormai una donna adulta, una parte di me era in ascolto per cogliere la fluida voce della città. Ma non la sentii. Camminai. Le strade odoravano di pane e di benzina, di grondaie e di caffè, di pietra, di età e di tristezza. L'aria estiva era umida ma non somigliava affatto alla pioggia.

Entrai in un locale, uno dei miei posti abituali, e scrutai i tavoli dalla porta. Le mie amiche non c'erano. Due uomini seduti in fondo alzarono gli occhi e cercarono di intercettare il mio sguardo. Non li guardai e non mi sedetti. Conoscevo il barista, che mi sorrise e alzò la mano in un cenno di saluto – «Perla», disse sorridendo –, ma girai sui tacchi, uscii e ripresi a camminare. Mi sarebbe piaciuto trovare le mie amiche, ma probabilmente era meglio così; ero sempre stata io quella che raccoglieva le loro confidenze,

quella matura, la spalla a cui appoggiarsi quando erano u-
briache o infelici, le mie amiche erano così abituate al mio
autocontrollo da non vedere più le altre mie facce. Si può
sempre contare su Perla. Parlane con Perla, lei capirà. Mi
vedevano come una persona generosa, con tanto spazio interiore per accogliere i loro problemi, ma non capivano
che quel ruolo mi dava anche potere, mi faceva da scudo
contro lo scrutinio altrui, «Perla che conosce tutte le risposte», «Perla ti può aiutare», «Perla senza problemi
suoi». Mi piaceva specchiarmi negli occhi di un'amica rico-
noscente. Come sembravo forte, capace di veleggiare a una
spanna da terra e da tutte le complicazioni umane. Non
ero la ragazza che si sentiva fuori posto perfino a casa sua.
Le mie amiche mi apprezzavano, dicevano che ero gentile,
Leticia con i suoi eterni problemi di cuore, Marisol con la
madre che beveva troppo, Anita con i suoi brutti voti e
quello stupro da bambina che ancora infestava i suoi sogni.
Loro avevano bisogno di me e io avevo bisogno del loro bisogno: una simbiosi perfetta. Quelle erano le amicizie che
mi ero scelta, i legami che avevo stretto con ragazze che a-
vevano solo bisogno di essere ascoltate e che provavano
gratitudine per l'amica che non chiedeva mai alcuna attenzione in cambio. Ma quella sera non avrei potuto sostenere la recita; la facciata sarebbe sicuramente crollata, cari-
cando i miei rapporti di un peso maggiore di quello che e-
rano stati concepiti per reggere. Quella sera mi ero persa,
la gabbia si era rotta, perfino le regole di mia madre erano
andate in pezzi – rassetta sempre i tuoi abiti prima di uscire, rifletti prima di parlare, assicurati di avere i capelli sempre in ordine –, così profondamente innestate dentro di
me, così familiari e ora così selvaggiamente abbandonate:
dalla mia bocca poteva uscire qualsiasi cosa e i miei capelli
erano sicuramente un disastro. Avrei potuto vagare senza
meta per tutta la città, ed effettivamente lo stavo facendo.
Non avevo mai vagabondato molto, da ragazza; le uscite
della mia famiglia avevano sempre una meta e uno scopo
ben precisi, e comunque per la maggior parte del tempo i
miei mi tenevano confinata nel nostro quartiere. Erano

molto protettivi. Mi avvolgevano sempre con grandi ali protettive. Avrebbero fatto qualsiasi cosa per me, dicevano, e di fatto era vero. «Perla, noi faremmo qualsiasi cosa per te.» C'erano così tante grida dissonanti nella mia testa, su mio padre, su mia madre, dubbi e domande che negli ultimi giorni avevo disperatamente cercato di contrastare. Ora, con l'arrivo del fantasma, non potevo più sottrarmi a quelle domande; ciò nonostante non sopportavo di metterle in parole, nemmeno in silenzio, nemmeno fra me e me. Camminavo e camminavo per quelle strade che mi lambivano e non avevo un posto dove andare. Avrei potuto ingoiare tutti gli edifici della città, avrei potuto ingoiare tutto, il cielo, un cadavere, una menzogna, una verità, il mare. Ero affamata di un qualcosa senza nome. Buenos Aires era così bella, piena di rumori, piena di notte. Non ero ancora pronta per tornare a casa. Avevo bisogno di sentire la voce di un altro essere umano, di una persona che non puzzasse di fiume né di morte e che potesse ascoltare tutta me stessa, indipendentemente da ciò che dicevo. Di persone così, però, ce n'era una sola. Esitai un momento, magari avrebbe buttato giù il telefono, poi cercai una cabina e feci il suo numero. Rispose dopo due squilli.

«Sono io», dissi.

Gabriel rimase zitto. Per un attimo temetti che fosse caduta la linea.

«Ci sei?»

«Sì, sono qui.»

«Volevo solo sentire la tua voce.» Ora che le avevo pronunciate, quelle parole mi sembrarono stupide. E nude. Perché diavolo avevo chiamato?

Gabriel non disse niente.

«Ti ho disturbato?»

«No. No.» Sembrava confuso. «Sono solo stupito.»

«Lo so. Voglio dire, lo immagino. Ascolta, se è un brutto momento...»

«No, non lo è. Davvero.»

«Okay», dissi.

Una pausa. «Cominciavo a pensare che non avresti più chiamato.»

«Non volevi che lo facessi?»

«Non ho detto questo.»

«Okay», dissi ancora, come una cretina.

«Stai bene?»

«Sì, sto bene.»

«Sembri strana.»

«Sono strana.»

Lo dissi senza riflettere e lui rise, un po' esitante, ma abbastanza per allentare la tensione. «Dimmi tutto.»

Sorrisi alla cornetta del telefono.

«Perché hai chiamato?»

Non risposi. Erano parole dure. Fino a dieci giorni prima non avrei avuto bisogno di una ragione particolare per telefonargli. Mi sarei rivolta a lui anche solo per avere compagnia, consolazione, piacere; per sentire come stava, per stare con lui. Adesso invece fra noi c'era un muro, un muro che bisognava assolutamente abbattere. Ammesso che lo si potesse abbattere, perché adesso che avevo sentito la sua voce sembrava possibile che fosse troppo tardi. Ovviamente avrei dovuto saperlo, avrei dovuto mettermi una corazza e tenere a portata di mano tutti i miei arnesi, invece, disorientata com'ero, avevo allungato la mano verso il telefono per puro desiderio, impulsivamente, senza prepararmi.

Dopo un lungo silenzio, Gabriel disse: «Come sei silenziosa».

«Anche tu.»

«Ma sei stata tu a chiamare.»

«Lo so, lo so.»

«Allora? Perché l'hai fatto?»

Perché c'è il fantasma di uno scomparso nel mio salotto e non se ne vuole andare, e solo tu potresti capire le cose che sta lacerando dentro di me. «È complicato.»

«Cosa non lo è?»

«Niente. Hai ragione. È tutto complicato.»

«Eppure», disse lui esasperato, «ci sono anche cose semplicissime, Perla. Come dire "perché mi manchi". Oppure "scusa".»

Il dolore e la rabbia erano quasi palpabili nella sua voce. "Che errore", pensai, "questa telefonata." «Sai...» dissi, ma mi bloccai subito.

«Che cosa?»

«Non importa.»

«Perla?»

«Non è importante.»

«Come puoi dire una cosa simile?»

«Non intendevo quello. Noi. *Noi* sì che è importante.»

«Esiste ancora un *noi*?»

Con quanta facilità poteva ferirmi, anche quando non era sua intenzione. «Perché, tu pensi che non ci sia più?»

«Io non so più cosa pensare. Se ci fosse ancora un *noi*, avresti chiamato.»

«Neanche tu l'hai fatto.»

«Ma sei tu quella che è scappata.»

Avrei potuto ribattere: "Perché tu mi hai fatta scappare", ma saremmo solo sprofondati ulteriormente in una voragine che sembrava senza fondo e io non avevo parole, catene verbali a cui potessimo aggrapparci per tornare in superficie. «Ascolta, Gabo, non è il momento. Chiamo da un telefono pubblico.» Chiusi gli occhi. Mi faceva male la fronte. «E anche per altre ragioni.»

«Tipo?»

«Non posso dirtelo.»

La sua voce si ammorbidì un po'. «Sei sicura di star bene?»

«Sì. No. Starò bene. Devo solo risolvere alcune cose, poi ti chiamo.»

«Quanto pensi che ci vorrà?»

«Non ne ho idea.»

«Ma non vuoi dirmi cosa sta succedendo.»

«No. Non è possibile.» Non c'era una lingua per dirlo, dopotutto, nessun punto da cui cominciare. «Ma per favore, non lasciarmi.»

Silenzio.

«Gabriel?»

«Non so cosa dire.»

«Di' solo: "Certo che non ti lascerò".»

«Perlita. Ti stai ascoltando?»

«Preferirei di no.»

Rise. Avrei voluto vivere per sempre nel drappeggio diafano del suo riso. Avrebbe potuto riempirsi di vento e allora anch'io avrei fluttuato, sospesa, avvolta, finalmente a casa.

Prima che il suo riso si sgonfiasse, depositandoci entrambi sulla nuda terra, riagganciai.

Presi la metropolitana per Puerto Madero e passeggiai sul lungomare, con una fila di ristoranti e localini rutilanti sulla destra e l'acqua sulla sinistra. Dalle porte aperte usciva il profumo del *churrasco* appena fatto, il ritmo monotono della musica tecno e un fiume di gente vestita da sera. Mi stupiva sempre vedere come il vecchio porto abbandonato di Buenos Aires fosse stato trasformato in una meta alla moda per turisti e argentini ricchi, con i lunghi magazzini di mattoni rossi restaurati per ospitare prestigiose attività e-conomiche e loft di lusso. Non si può mai dire cosa possa diventare una città. Io ero l'unica a camminare da sola e mi sentivo un po' fuori posto, così in disordine, anche se a giudicare da come venivo ignorata sembrava che mi mimetizzassi alla perfezione. Non c'era nessunissima ragione perché una persona, guardandomi, dovesse pensare che in casa mia c'era qualcosa che non andava, qualcosa di strano, un intruso sgocciolante con cui discutere, vecchi incubi che alzavano la testa chiedendo di essere guardati, ed era una cosa positiva; perché è così che vanno le cose, giusto? Non si cammina nella verità, si cammina nella realtà che si vuole abitare, nella realtà che si può sopportare. È così che sono fatte le realtà.

Il cielo si stendeva sopra di me nero e senza nubi, derubato delle sue stelle dall'alone di luce della città. Fra me e l'acqua c'era una ringhiera metallica, alla quale due ragazzi si appoggiavano per baciarsi mentre un'altra coppia, più anziana e tutta in ghingheri, li guardava con un misto di divertimento e di invidia. Oltre la ringhiera l'acqua luccicava scura, sostenendo la pancia degli yacht e un pallido riflesso dell'Hotel Hilton, sull'altra sponda. Solo un nastro d'acqua, in realtà, acqua di fiume, e all'improvviso compresi che proprio per questo ero andata lì: per vedere un pezzo del Río de la Plata, che non è proprio un fiume ma un estuario, una grande bocca spalancata che inghiotte il mare e lo deglutisce fin dentro la terraferma. Una distesa d'acqua così vasta che l'altra riva, la sponda uruguaiana, è troppo lontana per poterla scorgere. Il fiume finiva con una lunga cucitura all'orizzonte, punti invisibili che racchiudevano il mondo in una grande sfera d'acqua e di cielo, un immenso, etereo tessuto avvolto attorno all'Argentina. Da bambina fantasticavo che la città non finisse con la spiaggia ma proseguisse sott'acqua, giù nelle profondità dell'oceano, nella grande culla fra i due paesi. Fissavo l'acqua e vedevo strade, case e castelli inondati di liquido salmastro, pesci che ricamavano merletti tra le finestre, coralli che salutavano dondolando i rami, le acute, distorte voci delle sirene, marinai annegati in vortici di tempo a lungo dimenticati. Mi sforzavo di immaginare le leggi segrete di un posto come quello, geroglifici dipinti sull'acqua, tremolanti racconti subito cancellati dall'andirivieni delle maree.

Era stato facile, da bambina, credere all'esistenza di quella città. Adesso che ero cresciuta, ovviamente, avevo cose più importanti da fare che immaginare mondi sottomarini, solo che in quel momento, quella sera, senza una bussola che potesse dirmi chi ero, non sapevo più cosa credere. Per questo ero andata là, al vecchio porto, ora porto ultramoderno, per posare gli occhi su una striscia d'acqua.

Ma la sua superficie riverberava di luci elettriche e non svelava niente.

Rallentai per accendere una sigaretta e mi appoggiai alla ringhiera, fumando. L'acqua scura e silenziosa leccava il corpo degli yacht. Un po' più in là un gruppetto di ragazze strillava, rideva e parlava velocemente in una lingua straniera. Pensai a Gabriel, a quel suo modo di ridere così piacevole e a come doveva esserci rimasto male quando avevo interrotto la comunicazione senza lasciargli nemmeno il tempo di dire ciao. Doveva aver ripetuto "Pronto? Pronto?" nella cornetta, sgomento, offeso, poi probabilmente l'aveva fissata e forse proprio in quel momento aveva deciso che ne aveva abbastanza di quella storia, di me, che era pronto a cercarsi una donna che non gli desse tanti grattacapi e che si incastrasse un po' meglio nella sua vita. A quel pensiero fui invasa da una grande tristezza.

Guardai un po' più in là, sull'acqua, cercando una dilazione. La luce dei lampioni cadeva su quella superficie liquida e si rifrangeva in mille schegge scintillanti, catturate dal tessuto strappato del fiume.

Quella notte in Uruguay, quando avevo visto Gabriel per l'ultima volta, la sabbia aveva riempito gli spazi fra le mie dita dei piedi, umida e scura. Non potevo vederla ma, dopo che lui aveva parlato, avevo abbassato lo sguardo sull'acqua nera che si spartiva attorno alle mie caviglie, pensando: "Ci sono granelli di sabbia laggiù, milioni di granelli di sabbia che seppelliscono le mie dita dei piedi e che si seppelliscono gli uni con gli altri quasi sapessero che certe cose non devono essere esposte. Come se dal nascondersi dipendesse la sopravvivenza".

Ripresi a camminare. Arrivai fino al cantiere dove stavano costruendo il Ponte delle Donne, già a buon punto: un liscio marciapiede bianco con una gran pinna in un angolo, tesa ad arpionare il cielo, o per lo meno così sembrava sbirciando attraverso le impalcature. «Un ponte come non se ne sono mai visti», aveva scritto un giornalista. Mi fermai là dove cominciava e lo guardai, cercando di pensare ad altre cose che erano come non ne avevo mai viste. Restai là per un bel po' di tempo. L'acqua mi ammiccava dal basso. Guardai giù e immaginai di tuffarmi e di nuotare alla ricerca di posti impensabili che non potevano esistere ma che pure sembravano proprio esserci.

5.

Adesso voglio parlarti ancora un po' di Gabriel, e della persona che ero quando l'ho conosciuto. Non posso dipingere con completezza il mio mondo senza queste pennellate... e ho bisogno che tu veda il quadro intero, un quadro fatto di parole invece che di colori, perché è il modo migliore che conosco per comunicarti questa storia, qui, stanotte, ad anni di distanza da quando è accaduta, seduta davanti a questa finestra, lacerata a onde alterne dal dolore e dall'estasi. Come se il mondo intero si stesse gonfiando dentro di me e il mio corpo dovesse allungarsi e allargarsi per fargli spazio. È così che mi sento. Ma non posso fermarmi. Non c'è un punto in cui la si possa interrompere, questa storia che, mentre la racconto, si anima di vita propria, come inevitabilmente capita alle storie. Ormai giro io stessa nella sua orbita, sospesa attorno a lei, e posso solo andare avanti. È l'unico modo in cui posso pensare di raccontartela: derapando attorno al suo centro, girando, seguendo una traiettoria a spirale, vorticando sempre più vicino all'origine. Anche se forse non capirai, anche se ti sembrerà strano, è questo il modo migliore per entrarci. Le strade rettilinee sembrano le più veloci, ma mancano delle altre dimensioni, non hanno carne, sono morte... e questa non è una storia morta, è viva, respira e pulsa. Continua a seguirmi. È il modo migliore che conosco per mostrarti chi sono realmente: ed è urgente, per me, farlo qui, adesso, mentre c'è ancora tempo.

Fare la posta a Gabriel fu pericoloso fin dall'inizio, come entrare lentamente in una casa in fiamme. Io lo sapevo, ovvio, ma alcune parti di me lo volevano proprio per questo: per scottarsi, per prendere fuoco, per cercare me stessa tra le fiamme del pericolo.

Lo conobbi a una festa in suo onore, alla quale ero stata invitata da un'amica di un'amica. Si festeggiava il suo nuovo incarico di vicedirettore a «Voz», un'impresa straordinaria, aveva detto la mia amica, per un ragazzo di soli venticinque anni. Gli occhi le brillavano di ammirazione mentre lo diceva. Io non avevo mai letto «Voz», ma sapevo cosa ne pensava mio padre: solo un mucchio di menzogne, che non meritava nemmeno che ci si pulisse il culo. Diceva così, però la temeva. Lui si prendeva la briga di insultare solo le cose che gli facevano paura. E poche cose gli facevano più paura dei giornalisti. Il che, naturalmente, mi rendeva estremamente curiosa di conoscere Gabriel.

Avevo diciotto anni, ero al primo anno di università e avevo appena cominciato a studiare il meccanismo della rimozione, la danza della coscienza, il recondito caos dell'id. Sognavo di diventare il tipo di psicologa che riesce a intrufolarsi nella mente delle persone, a toccare l'indicibile e a guidarle fino a esso e poi oltre. Non bisogna forse passare attraverso l'indicibile per essere del tutto liberi?

Anche se ciò avesse significato affrontare, per esempio, quello che c'era dentro mio padre. Tutto il brutto che aveva dentro. Ma non solo questo, perché mio padre non era solo questo. Era anche l'uomo che, molti anni prima, scendeva in cucina alle tre del mattino e ci trovava sua figlia a piedi nudi sul pavimento di piastrelle, una piccola insonne in camicia da notte rosa, e sorridendo le diceva: «Non riesci a dormire, vero? Sei tutta tuo padre», poi frugava nella credenza alla ricerca del cioccolato che spezzavamo in frammenti disuguali, il nostro premio notturno per essere i più tosti, gli unici che non sapevano costringersi a dormire solo perché qualcuno aveva spento la luce, solo perché l'orologio diceva che era l'ora. Noi non eravamo come mamma, la Regina del Sonno, che una volta finito il lungo rituale di batuffoli di cotone e latte detergente si sdraiava, chiudeva gli occhi e si addormentava, e che proprio non riusciva a capire perché suo marito e sua figlia si agitassero e si rigirassero tanto, e si alzassero e si aggirassero per la casa nel cuore della notte. Solo noi due condividevamo quel destino, papà e Perla, e quando eravamo in cucina insieme, nelle ore che precedono l'alba, quello che poteva sembrare un difetto diventava quasi un privilegio, la fonte di un piacere rubato e di un orgoglio condiviso.

In quelle notti il cioccolato era voluttuosamente dolce sulla mia lingua. Papà sembrava sollevato e allegro, come se la mia presenza alleviasse i suoi tormenti. Mi accarezzava i capelli e mi guardava come se fra noi esistesse un'intesa profonda, oltre le parole, al di là del tempo, poi diceva qualcosa come: «Dio è stato buono a mandarti a me», o anche solo: «Mangia, Perlita, mangia». E io mi sentivo felice, felice del cioccolato e felice delle sue carezze.

Poi erano arrivate le rivelazioni sul suo lavoro. Così tante cose in un solo uomo, non riuscivo a capire. Non capivo come facessero tutte quelle cose a stringersi sotto una stessa pelle, eppure mi sembrava che capirlo fosse fondamentale per sapere chi ero. Desideravo ardentemente comprenderlo, non per giustificarlo, ma per districare me stessa e forse anche per salvarlo, o almeno per vedere ogni cosa con chiarezza e senza paura. Sicuramente, negli annali della psicoanalisi, c'era anche il segreto per vedere senza avere paura. Papà divenne il mio paziente fantasma, dalla cui analisi dipendeva la mia sopravvivenza.

Per questo, all'università, scavavo nelle teorie e nello studio dei casi che la professoressa ci presentava utilizzandoli come mappe dell'inconscio nel tentativo di scoprire come funzionasse la mente di mio padre. Lessi a fondo i libri di testo, e non solo i miei ma anche i volumi assegnati agli studenti del secondo anno, che in teoria non avrebbero dovuto riguardarmi – seduta sul pavimento della libreria universitaria per ore e ore, trascurando i compiti per setacciare gli scaffali della biblioteca – ma in nessun posto riuscivo a trovare un profilo che descrivesse una personalità come quella di mio padre, il caso di una persona che avesse fatto ciò che aveva fatto lui. Freud non aveva mai sottoposto ad analisi un uomo come lui o, se l'aveva fatto, la sua penna si era rifiutata di metterlo nero su bianco. (Come si sarebbe divertito, Freud, con Héctor Correa! Al pensiero di quelle sedute probabilmente sarebbe scappato o magari gli sarebbe venuta l'acquolina in bocca.) C'erano riferimenti a personaggi come lui in alcuni testi di sociologia, ma sempre con appiccicata sopra l'etichetta «male», una parola che, per la sua stessa forza morale, sembrava appiattire il ritratto di un uomo invece di sondare le profondità della sua coscienza. Lessi e lessi ancora, ma non riuscii a sciogliere i grossi nodi scuri che incontravo sul cammino; erano troppo ingarbugliati e più volte mi persi nel pantano della mia stessa mente. Cercavo la risposta a domande che non avevo il coraggio di formulare. Non mi ero mai sdraiata sul lettino di un analista – i miei genitori non me l'avrebbero mai permesso e io non avevo abbastanza soldi per farlo senza essere scoperta – e comunque, anche se i professori lo consideravano un passo essenziale per la nostra crescita umana e professionale, io non volevo. La sola idea bastava a gettarmi nel panico. Ogni volta che ci pensavo mi vedevo parlare e parlare distesa sul lettino, ma dietro di me c'era solo silenzio e quando mi giravo il mio analista aveva la faccia di Romina quel giorno nello studio di papà, la stessa espressione d'orrore e la stessa urgenza di scappare. No, non avrei corso quel rischio. Meglio inseguire per conto mio le cose scivolose che stavo inseguendo, clandestinamente, voracemente, ogni teoria e ogni caso clinico un nido di indizi. Per me i libri erano già un rifugio familiare, dopotutto, e mi lasciavano entrare senza esprimere giudizi. I libri non ti chiudono la porta in faccia come le persone. Puoi sentire di non appartenere a niente e a nessuno, e men che meno a casa tua, puoi sentirti legata a una persona le cui azioni ti fanno orrore ma dalla quale non sei capace di staccarti, e alla cui ombra lotti per individualizzarti – sentimenti che non oseresti mai comunicare a un altro essere umano, nemmeno a uno specialista – ma puoi sempre consegnare ai libri il tuo io intero e non edulcorato. Ai libri si può chiedere qualunque cosa e, sia che ti costi fatica trovare tra le pagine le parole che ti risuoneranno dentro sia che la risposta arrivi subito, alla prima occhiata, i libri ti parleranno sempre e ti lasceranno sempre entrare. Così non facevo che entrare ed entrare. A quel tempo, durante il mio primo anno di università, mi fidavo molto più dei libri che delle persone. Anche se mi sentivo sola, anche se anelavo a condividere qualcosa di più profondo con un essere umano vivente e respirante, non ne ero consapevole... fino alla sera in cui conobbi Gabriel.

Mentre mi preparavo per andare alla festa pensavo a «Voz», a giovani giornalisti coraggiosi, a padri spaventati, a regole infrante e a sentenze stampate tali da far tremare la carta su cui erano scritte. Mi truccai un po' più del solito, eyeliner nero e ombretto. La gonna era già abbastanza corta. Non sapevo esattamente cosa avessi in mente o, se lo sapevo, mi dissi di non saperlo. "Non faccio altro che prepararmi", ripetevo tra me e me, "per ciò che la notte vorrà offrirmi." Mi guardai attentamente allo specchio e l'immagine riflessa non mi somigliava affatto. Un'altra donna mi fissava da quella superficie lucida, una donna dagli occhi luminosi e dalla bocca generosa, labbra rosse, gonfie di sfacciataggine. A chi apparteneva quella bocca così ardita? Avrei voluto sguinzagliarla, quella bocca, come un animale liberato dalla sua gabbia, per vedere che suoni ne sarebbero usciti quando si fosse aperta. "Stupiscimi", dissi mentalmente alla donna nello specchio, che mi sorrise con gli occhi. C'era sicuramente il brivido della trasgressione, quella sera (un coraggioso giornalista! proprio il tipo di persona contro cui mi avevano messo in guardia!), ma anche dell'altro. Ciò che comincia come una trasgressione può rapidamente diventare qualcos'altro, rivestirsi di carne propria.

Lui non sapeva che avevo solo diciott'anni. Non era il tipo d'uomo che corre dietro alle ragazzine. E in effetti non mi corse dietro affatto: fui io, Perla, la ragazza per bene, vergine, a fare il primo passo. Lo trovai in cucina, gentile, sicuro di sé, quasi altezzoso, con le maniche della camicia di lino scuro arrotolate fino ai gomiti. Il tipo d'uomo reso bello dalla generosa sicurezza dei suoi gesti. Lo osservai fingendo di guardare da un'altra parte. La festa arrivava fino a lui in onde regolari. Almeno tre ragazze lo avvicinarono al bancone della cucina per chiedergli qualcosa e accarezzargli i capelli. Poi, finalmente, alzò gli occhi. Mi limitai a rispondere al suo sguardo, dall'altro capo della stanza, calibrando il tempo, agganciandolo in un gioco di sguardi che parlava, parlava e non si tirava indietro né si raffreddava. Come se non avessi fatto altro in vita mia, come se sapessi misurare con precisione la temperatura del desiderio, come se fossi una donna scafata e non una ragazzina inesperta che esplorava per la prima volta la propria forza. Come se dominassi perfettamente tutti i poteri di Eros, mentre era Eros a tenermi fra le sue grinfie. Perché mi teneva eccome, mi ulcerava tutta la pelle con il suo fuoco, quella sua dolce terribile ferita... Cosa avevo scatenato? Ci guardammo negli occhi finché non gli si avvicinò un altro ospite, spezzando l'incantesimo. Mi fiondai nel salotto; non riuscivo più a respirare; la sfacciataggine di cui avevo dato prova mi riempiva di trionfo e di allarme. Trovai le mie amiche e mi unii alla loro conversazione, cercando di calmare il respiro. Se ero avvampata, nessuno sembrò accorgersene.

Mezz'ora dopo mi fermò in corridoio. La vampa tornò subito. «Ti stai divertendo?»

Annuii.

«Non mi sembra di conoscerti.»

«Perla.»

«Gabriel.»

«Lo so.»

Lui sorrise con modesta timidezza. «Posso portarti qualcosa da bere?»

Gli guardai le mani. Erano sottili, incredibilmente lunghe, mani da donna, mani da languido pianista. Sì, volevo che quelle mani mi portassero qualcosa... un bicchiere, una piuma, delle schegge di vetro, frammenti di canzoni sconosciute.

Mi portò una birra e restò con me. Era facile parlare con lui. Non discutemmo di politica, quella sera; parlammo delle sue sorelle, di Bob Marley, di Nietzsche, del mio sogno di girare il mondo.

«Dove ti piacerebbe andare?»

«Marocco. Laos. Indonesia.»

Ne fu stupito. «Niente Europa?»

«No.»

«Perché no?»

«Perché è troppo vicina.»

«Mi sembrava che...»

«Non intendevo dal punto di vista geografico.»

Sembrava intrigato. «E allora cosa intendevi?»

«Buenos Aires: la Parigi del Sudamerica, quella roba lì. Mi piacerebbe vedere dei posti con cui gli *argentini* non si siano mai paragonati. Posti in cui nessuno sappia niente dell'Argentina.»

«E nel Laos non sanno niente dell'Argentina?»

«Non lo so. Spero di no.»

«Capisco. E cosa vorresti fare una volta laggiù?»

«Guardare. Ascoltare. Sentire gli odori.» "E perdermi", pensai, ma non lo dissi.

«Tutte cose che si possono fare anche a Buenos Aires.»

«Buenos Aires la conosco già.»

«Ne sei proprio sicura?»

Feci per rispondere di sì, ma mi bloccai.

«Come si fa», disse indicando la portafinestra del balcone, «a conoscere fino in fondo una città come quella?»

Guardai verso il balcone, dove un gruppo di persone si era raccolto a ridere e a fumare mentre, alle loro spalle, il centro della città pulsava di luce elettrica e il grande muro grigio di un palazzo si ergeva appena oltre la strada, custodendo i segreti di secoli. In quel momento il polso della notte sembrava entrare rombando dalle finestre, delirante miscuglio di un milione di cuori umani. La città, incorreggibile, immensa e sveglia. Nonostante la sua storia lunga e sovraccarica, le sue facciate cadenti e le sue scie di dolore, quella sera sembrava giovane, rinnovata dall'energia della sua gente. Avrei voluto saltare giù dal balcone e vagare di strada in strada fino al sorgere del sole, solo che non volevo andar via dalla festa.

«Balliamo», dissi.

Era da molto tempo che non ballavo con un ragazzo. Al liceo avevo preso l'abitudine di ballare da sola alle feste, e chi mi conosceva aveva imparato a starmi alla larga. «Perla è fatta così, è un po' stramba, guardatela, si muove come se fosse l'ultima persona rimasta sul pianeta», oppure, se la fonte era meno gentile, «come se pensasse che la musica suona solo per lei, quella puttana». Le mie amiche mi videro ballare con Gabriel e finsero di fare smorfie allarmate, *Ma come, proprio tu?* Io risi. Ballai al ritmo del mio riso. Gabriel mi guardava con espressione stranita, *Chi è questa ragazza e cosa avrà da ridere,* e io gli andai più vicino affinché la sua acqua di colonia mi riempisse il naso e mi rivestisse la lingua quando aprii la bocca per sorridere; anche se desideravo immensamente toccarlo non lo feci, ballammo con il nostro desiderio, ballammo creando il nostro desiderio, ballammo i Rolling Stones, gli U2, perfino il tango quando a qualcuno venne in mente di mettere un disco con delle vecchie canzoni, e allora la sua mano si posò sulla mia schiena con la sicurezza di un uccello che fa il nido; i nostri corpi si toccarono, grida e risate riempirono la stanza mentre una nuova generazione resuscitava i passi imparati dai nonni. Quando la canzone finì, restammo vicini ancora un istante, non volevamo separarci mai più, e sentii che il suo corpo ascoltava ciò che il mio aveva da dire. Mi strappai dalle sue braccia.

«Stai bene?» disse.

«Usciamo, ho bisogno di un po' d'aria.»

Restammo sul balcone per ore e ore. Le mie amiche se ne andarono e a un certo punto se ne andarono anche i suoi amici. Alle cinque del mattino era rimasto solo un gruppetto di persone che beveva birra in salotto, lasciandoci il balcone tutto per noi. Mi sentivo come una regina, stranamente esaltata, appollaiata lassù, sopra la città, in un punto da cui potevo vedere le persone camminare lungo le strade di San Telmo, appena uscite da un bar o dalla casa di un amico, avvinghiate. Appollaiata su quel balcone, per la prima volta sentii di possedere la città e che la città possedeva me.

«Mi piace il tuo appartamento», dissi. «Dev'essere il più bello di Buenos Aires.»

Scoppiò a ridere. «E tu come lo sai?»

«So un mucchio di cose», risposi, con scherzosa imperiosità.

«Ah! Anch'io!»

«Davvero? Per esempio?»

Fu allora che mi baciò. Sapeva di sigarette, di eucalipto e di birra. Prima di allora avevo baciato solo dei liceali, mai un uomo adulto, e tutto in quel bacio mi colse di sorpresa: la sua abilità; la sua duttile sicurezza; il piacere misurato che la sua lingua si prese nella mia bocca, e gli indizi che vi lasciò di abilità e piaceri a venire; e la mia stessa reazione al bacio, i posti che si aprirono per riceverlo, non solo le labbra ma anche le cosce (ne fui allarmata, mi affrettai a richiuderle ma la sua mano era proprio lì e così restarono un po' separate, ad ascoltare il suo tocco leggero) e altri posti dentro di me dove da tempo immemorabile avevo nascosto delle parti del mio io che non potevo permettermi di esporre alla luce. Non avrei mai immaginato che un bacio potesse essere così. Avrei dovuto smettere ma non ci riuscivo, ci baciammo a lungo e per quanto mi riguardava avrei potuto baciarlo ancora più a lungo. Volevo che non finisse mai. Avrei potuto cadere dalla ringhiera e andare avanti a baciarlo mentre precipitavamo nelle vie di Buenos Aires, le membra intrecciate, le bocche unite, rotolando e rimbalzando alla cieca lungo strade e viali, abbattendo chioschi e rovesciando i tavolini dei bar nella nostra corsa verso il mare.

Una settimana dopo mi invitò fuori a cena. Prendemmo posto in un accogliente ristorantino italiano, di quelli con le luci soffuse, le pareti rosso scuro e fotografie in bianco e nero di un'altra era appese un po' dappertutto. Mi sentivo lontanissima dai sobborghi residenziali, trasportata in una Buenos Aires che, pur essendo a poche fermate di metropolitana dal luogo in cui ero cresciuta, sembrava in qualche modo straniera. Avevo deciso di non parlargli della mia famiglia, per il momento, e mi ero preparata varie strategie per scansare l'argomento, ma poi la cosa si rivelò facile in modo sconvolgente. Anche se, col procedere della cena, mi ritrovai a pensare che forse non avrei dovuto stupirmi tanto: in fondo era pur sempre un maschio, abituato a riempire l'aria con la propria voce e a essere ascoltato per tutto il tempo fra la lettura del menu e l'ultimo cucchiaino di dessert. Con il piccolo aiuto di qualche domanda preliminare, Gabriel mi raccontò di suo padre, originario di Mar del Plata, e di sua madre, uruguaiana, e di come si erano conosciuti durante una vacanza a Piriápolis, una cittadina sulla costa dell'Uruguay. Suo padre frequentava la facoltà di medicina ma, mentre la corteggiava, non gliel'aveva detto per essere proprio sicuro che, se avesse corrisposto alle sue attenzioni, fosse per le ragioni giuste: non voleva sposare un'arrampicatrice sociale che poi avrebbe cercato di impedirgli di realizzare il suo sogno, che era quello di curare i poveri. Alla fine, quando glielo aveva rivelato, dopo una settimana di idillio, si sarebbe aspettato di vedere il suo viso illuminarsi di gioia, *Tante doti meravigliose riunite in un solo uomo e per giunta sarà medico!* Lei invece lo aveva guardato inespressiva per un tempo che gli era sembrato lunghissimo, poi aveva detto: «E così sei uno studente di medicina».

Lui aveva annuito.

«E un bugiardo.»

«No», si era affrettato a dire lui, «certo che no, io non mento.»

«E quando mi hai detto di aver abbandonato la scuola prima del diploma?»

Lui era rimasto come paralizzato, o almeno era così che Gabriel aveva sentito raccontare per tutta l'infanzia, da entrambi i genitori; entrambi dicevano che lui era rimasto come paralizzato, senza sapere cosa dire. «Era un test», aveva confessato alla fine.

E lei: «Sì, e tu non l'hai superato».

Per un momento aveva pensato di protestare, sottolineando che non era lui quello sotto esame, ma poi si era arreso e aveva annuito dicendo: «Mi dispiace, non ti mentirò mai più».

E proprio questo, avrebbero detto al figlio molti anni dopo, era il segreto del loro matrimonio, che era stato lungo e felice.

Si erano stabiliti a Buenos Aires, dove il padre di Gabriel lavorava in una clinica che serviva i quartieri poveri alla periferia della città. Quando si era instaurata la dittatura, Gabriel aveva cinque anni e le sue sorelle quattro e uno; preoccupato per la loro sicurezza, in un clima politico in cui chiunque lavorasse per gli elementi più vulnerabili della società rischiava di essere etichettato come sovversivo, suo padre aveva deciso di portarli all'estero; e siccome ovviamente non potevano andare in Uruguay, dove si era imposta una dittatura analoga, avevano scelto Città del Messico, dove Gabriel era cresciuto in un'enclave di esuli del Cono Sud che cercavano di ricavarsi una nicchia in quella cacofonica, fenomenale, disorientante città. Quanto l'aveva amata, con quei sontuosi palazzi coloniali stratificati in modo inquietante sopra e accanto alle rovine azteche che sussurravano – no, non sussurravano, si corresse: quelle rovine *cantavano* – di giorni e di potenze del passato che noi *ríoplatenses* abbiamo da tempo dimenticato per colpa della testarda amnesia di ciò che è stata questa terra, della vita che ha vissuto qui prima che l'Europa la schiacciasse e la trasformasse in qualcos'altro a forza di strade selciate e di sangue versato. «Oggi», disse, «ci ricordiamo solo delle belle strade selciate e mai del sangue versato. Ci comportiamo come se la fondazione di Buenos Aires fosse l'inizio del tempo e non una semplice interruzione di ciò che il Tempo stava già facendo da un pezzo. Noi pensiamo che quattrocento anni di storia siano una bella antichità: ma per favore, Buenos Aires è solo una città bambina quando hai visto Città del Messico. Dovresti proprio assaggiare questi cannelloni, prendine un po', sono fantastici. Mmm, sentito? A ogni modo, mi piaceva moltissimo vivere là, ma mia madre non sopportava l'inquinamento, il rumore infernale e soprattutto non riusciva ad abituarsi alla frangia di violenza che in quella città ti accompagna ovunque, come la tua ombra. Aveva nostalgia del tranquillo Uruguay, un paese in cui perfino la capitale ha la serenità bucolica di un villaggio. E così, finita la dittatura, ci trasferimmo a Montevideo. Io avevo quindici anni. Mio padre avrebbe preferito Buenos Aires, ma quella volta la spuntò mia madre. "No", disse, "non potrei mai vivere in un posto con tanti argentini." Nonostante il suo matrimonio misto, non si era mai liberata del tutto del pregiudizio uruguaiano secondo cui gli argentini sarebbero degli arroganti e, detto senza peli sulla lingua, dei figli di puttana. Anche a casa, a volte, alzava le braccia al cielo dicendo: "Mio marito, i miei figli, tutti *argentinos*, sono circondata!". Finii le superiori a Montevideo e già durante il primo anno di università cominciai a scrivere sui giornali. Brevi articoli insignificanti, all'inizio, ma poi cominciai a interessarmi di politica, dei segni lasciati dalle due dittature, e pubblicai un articolo sugli uruguaiani scomparsi in Argentina. Come sai, sicuramente ne avrai sentito parlare, molte persone venivano in Argentina per sfuggire alle violenze del governo, ma poi la giunta militare andò al potere anche qui e – *paf!* – Operazione Condor, liste di nomi, ciascun regime faceva il lavoro sporco per conto dell'altro. Una vera disgrazia. A ogni modo, dopo quel primo articolo il tema dei *desaparecidos* cominciò a ossessionarmi e sentii che dovevo assolutamente tornare qui, a Buenos Aires, per scavare più a fondo nelle loro storie. E ormai non posso più andarmene», concluse addentando una fetta di torta alle mandorle. «Amo Montevideo, la mia famiglia vive là, vado spesso a trovarli, ma la mia casa è qui.»

«Cos'è che ti fa sentire a casa a Buenos Aires?» gli chiesi.

«Non so. Le strade. Non mi stanco mai di queste strade, del loro frastuono, dei loro colori, perfino della loro tristezza. Anche le crepe dei palazzi semidiroccati mi sembrano belle.»

Bevvi le ultime gocce di vino dal mio bicchiere. La bottiglia era vuota. Mi sentivo calda, sazia.

Poi Gabriel fece la faccia di uno che si sveglia da un lungo sonno. «Ehi, aspetta. Non abbiamo parlato affatto di te.»

«Non dobbiamo farlo per forza.»

«Ma è terribile. Ho parlato solo io per tutta la sera.»

«A me piace ascoltare.»

«Lo sai fare molto bene.»

«Sembri preoccupato.»

«Forse lo sono. Di solito non racconto tutta la mia vita così, al primo appuntamento.»

«No?»

«No.»

Sorrisi.

«Sono un giornalista, per Dio! Dovrei essere io a far parlare la gente.»

«E io sono un'aspirante psicologa», dissi. «Anch'io devo saperlo fare.»

«A quanto pare stasera hai vinto tu.»

«Mi è piaciuto ascoltare le tue storie.» Lo pensavo davvero. Avrei potuto ascoltarlo ancora per ore.

«Bene, ma sei in debito con me per la prossima volta.»

Mi invitò da lui, quella sera, ma non ci andai, anche se lo baciai a lungo e lentamente all'ingresso della metropolitana, prima di scendere le scale per prendere il mio treno. La volta dopo, nella stessa trattoria, era pronto con le domande.

«Non voglio parlare della mia famiglia», dissi.

«Perché?»

Sventolai una mano, nella speranza che quel gesto risultasse al tempo stesso indifferente e sicuro di sé. «La famiglia non ci definisce.»

«Davvero?»

«No.»

«Ma è da lì che veniamo. Da lì che cominciamo.»

«Io non comincio da lì.»

Mi guardò, leggermente divertito. «E allora da dov'è che cominci, Perla?»

Risposi senza riflettere: «Da Rimbaud».

Scoppiò a ridere. «Cosa? Il poeta?»

«Il poeta.» Dedicai l'ora seguente a costruirmi una sorta di genesi miracolosamente scevra di genitori. Parlai della mia esperienza con la biblioteca di Romina, di come avevamo aperto un libro dopo l'altro quasi fossero le porte di città testuali. In quelle città, dissi, fra quelle parole e quei significati era cominciata la vera traiettoria della mia vita. Dissi solo cose rigorosamente vere, ma ovviamente sorvolai sui dettagli della mia amicizia con Romina: la scoperta che avevo fatto nello studio di papà, i suoi zii, il bigliettino che avevo riletto mille volte nel bagno della scuola. Sottolineai invece l'appetito vorace con cui avevamo aperto libri su libri, scegliendone le frasi più deliziose per farcele rotolare sulla lingua della mente, la meraviglia di quelle ore, il modo in cui parole, visioni e idee saltavano fuori dalle pagine per penetrarmi nella carne come scintille di un fuoco che scrittori morti da chissà quanto avevano acceso sulla pagina. «È stata questa esperienza a farmi innamorare della mente», dissi. «A farmi capire che tutto... idee, poesie, palazzi, perfino le guerre... in ultima analisi appartiene alla mente. All'inizio c'è un pensiero, poi vengono le parole per esprimerlo e solo dopo una cosa prende forma in modo concreto. In principio c'era davvero il Verbo. Se sono diventata una studiosa della mente, del luogo in cui hanno origine le parole, è perché un giorno voglio poter accompagnare le persone a esplorare i vertiginosi labirinti che hanno dentro, aiutarle a navigarci, aiutarle a cambiare.» Era bello raccontare la mia storia senza il contesto... e mia madre questo, e mio padre quell'altro. Una storia solo mia, senza legami, come se i miei genitori non fossero mai esistiti. Non mi ero mai raccontata così a nessuno. Ero quasi ipnotizzata dal mio stesso raccontare e mi domandavo quanto di ciò che stavo dicendo fosse una finzione e quanto semplicemente un altro modo di guardare alla verità.

«E così Freud avrebbe le chiavi del labirinto?» disse lui.

«Alcune.»

«Tu credi a tutto ciò che ha scritto?»

«Nemmeno Freud credeva a tutto ciò che aveva scritto. Si contraddiceva, sbagliava. Ma è stato il primo ad aprire certe stanze della psiche.»

«Per esempio?»

«Desideri inconsci.»

«Mmm... Desideri inconsci.» Mi guardò con un sorrisetto

malizioso. Era così sicuro nella sua sensualità... mi faceva impazzire e insieme mi emozionava. «Tu pensi di averne?»

«Se ne avessi non lo saprei, ti pare?»

Quella sera accettai di andare da lui. Gabriel mise *A Love Supreme* di John Coltrane, versò del vino e ci baciammo in mezzo al salotto, in piedi, barcollando un po', un bacio che cominciò in toni languidi per diventare subito più intenso, quasi fosse dotato di volontà propria. Ci mettemmo in ginocchio, ci baciammo, poi ci sdraiammo sul pavimento, le sue mani erano sul mio seno e tra i miei capelli e dappertutto contemporaneamente o almeno così mi sembrava, e le mie mani altrettanto, restammo così per molto tempo, senza toglierci i vestiti ma stringendoci così forte che la stoffa rischiava di prendere fuoco tra i nostri corpi. Alla fine, controvoglia, dissi: «Devo andare».

«Devi proprio?»

«Sì.»

Mi lisciò i capelli all'indietro, con delicatezza. «Non ho mai conosciuto una ragazza come te.»

«Oh, smettila.»

«È vero.»

«Tu ci sai fare, Gabriel. Ma non farò sesso con te.»

Fece la faccia da innocentino. «Sesso? Chi ha mai parlato di sesso?»

Scoppiai a ridere.

Mise il broncio. «Mi sento usato.»

«Poverino.»

Sorrise. «Voglio darti una cosa», disse e uscì dalla stanza. Tornò con un raccoglitore ad anelli, che aprì per mostrarmi una piccola raccolta di ritagli di giornale. «Se vuoi te lo presto. Così puoi leggere qualcosa di ciò che ho fatto.»

Il primo articolo era intitolato «Gentiluomini del mare: il ruolo della Marina nella vicenda dei *desaparecidos*». Improvvisamente la stanza diventò gelida. No che non volevo leggere i suoi scritti. Però sorrisi e presi il raccoglitore. «Ma certo.»

Cominciai a leggere già in metropolitana. L'articolo era intelligente e ben scritto. Lo sdegno scaturiva da ogni frase, duro come una lancia scagliata contro uomini che avevano partecipato alle peggiori atrocità e che ora avevano ottenuto l'immunità legale, mentre era evidente che non avevano nessun diritto di andarsene liberi per il mondo *insieme alle loro figlie...* no, questo nell'articolo non c'era. Il vagone era quasi vuoto. Appoggiai la testa all'indietro e chiusi gli occhi. Ero stata una stupida. Mi ero convinta che avremmo potuto trovare una sorta di terreno comune, e se anche non l'avessimo trovato avremmo potuto costruircene uno solo per noi, dal nulla, dal mero desiderio che provavamo l'uno per l'altra. Come se potesse esistere un terreno comune fra i nostri due mondi.

Il treno avanzava ronzando. Avvertivo la presenza del fantasma di Romina sul sedile dietro il mio, raggiante di trionfo. *Perla, Perla. Chi ti credi di essere?*

Va' via.

Non ti amerà mai.

Vattene.

Devi fermarti.

Lo so. Lo so.

Feci saltare l'appuntamento successivo, ma Gabriel continuò a telefonarmi e il ricordo dell'odore che aveva l'ultima volta che l'avevo visto, sudore profondo sotto la pungente acqua di colonia, minò la mia determinazione. Alla fine accettai di andare da lui una domenica pomeriggio.

«Cosa ti è successo?» mi chiese appena varcai la soglia.

Restai lì, titubante, in mezzo al salotto. «È solo che non ero sicura.»

«Di me?»

«Di questa storia.»

«Perché?»

Mi guardai intorno come se la risposta si trovasse lì in quella stanza, da qualche parte. La luce pomeridiana entrava dal balcone, rivestendo con una patina d'oro i libri sparsi sul pavimento e le tazze sporche, macerie di una lunga nottata di ricerche. «Tu quanti anni mi dai?»

«Ventidue?»

«Diciotto.»

«Oh mio Dio. È uno scherzo?»

Lo guardai senza rispondere.

«Perché non me l'hai detto prima?»

«Non me l'hai chiesto.»

«Sei troppo giovane per me.»

«Fossi in te, non ne sarei tanto sicuro.» Non sapevo da dove fossero uscite quelle parole, a pronunciarle era stata una donna a me sconosciuta, una Perla che non avrebbe rispettato nessun copione.

«Cosa vuoi dire?»

«Che tu non mi conosci affatto.»

Mi fissò e io ressi il suo sguardo senza tirarmi indietro. «Hai ragione, Perla. Non so niente di te.»

«Non l'ho detto per...»

«No, è una bella cosa. Sei una persona complessa. Non ho mai la sensazione che tu dica una cosa solo per fare impressione su di me.»

«E perché diavolo dovrei dire qualcosa per fare impressione su di te?»

Scoppiò a ridere. «Vedi? È questo che intendevo.»

«Allora posso restare?»

«Tu lo vuoi?»

Avrei dovuto andarmene allora, prendere la rivelazione della mia età come una battuta d'uscita, proteggendo ancora una volta il mio mondo. «Tu cosa credi?»

Restai. Continuammo a vederci e io smisi di opporre resistenza. Era molto piacevole. Le nostre serate erano lunghe, piene di birra e di calore e di urgenze che assaggiavamo senza saziarcene; eravamo fedeli l'uno all'altra e le complicate circonvoluzioni delle rispettive vite interiori sembravano combaciare perfettamente. La cosa mi stupiva: avevo creduto fosse il tipo d'uomo che passa da una ragazza all'altra con distratta indifferenza. «Allora non mi conosci proprio», mi disse un giorno. «Oh, avanti», ribattei, «vuoi farmi credere di non essere mai stato così? Con tutte quelle ex fidanzate?» Questa frase lo fece ridere e lo indusse a seguire con la lingua la curva del mio orecchio, così che quando disse: «Tu per me sei diversa, Perla», quasi non sentii le parole attraverso i brividi di piacere.

In un certo senso lo capivo. Non era un uomo che si lasciasse mettere in gabbia. Quando lo prendeva il raptus della scrittura, non rispondeva al telefono, non lavava più i piatti, spostava tutti gli appuntamenti in funzione della storia che stava seguendo, e in quei periodi una donna poteva facilmente mettere il piede in fallo con delle richieste eccessive. Alcune delle sue fidanzate, in passato, lo avevano infastidito – cosa stai scrivendo? posso leggerlo? posso sedermi vicino a te mentre lavori? a cosa pensi? –, io invece non desideravo affatto penetrare in quella sfera della sua vita; capivo perfettamente il bisogno di avere uno spazio privato, l'esigenza di lasciar vorticare liberamente il proprio caos interiore, perché ce l'avevo anch'io.

E, comunque, così era più sicuro per entrambi. Preferivo che il suo giornalismo restasse fuori dal nostro rapporto, una parte di lui ma separata, come un'ombra. Non gli chiedevo più tempo di quanto potesse darmi. Non insistevo perché venisse a casa a conoscere i miei. Vivevamo il presente. «Quando siamo insieme, dammi le tue mani sottili e i tuoi occhi verdi e usa il tuo senso dell'umorismo per farmi ridere, non parlarmi dell'ultimo articolo che hai pubblicato, delle lettere che sono arrivate al giornale, non me ne importa niente, voglio parlare solo di ciò che il sole sta facendo alla tua pelle, di ciò che la mia pelle fa alla tua e di ciò che la tua fa alla mia, di ciò che si crea fra i nostri corpi e di come le nostre menti si catapultano insieme in nuovi reami.»

Che tu ci creda o no, riuscii a nascondergli l'identità di mio padre per più di un anno.

Poi, un giorno, mentre ci stavamo preparando per andare a una festa, mi parlò di una riunione che stavano organizzando alcuni suoi amici. Avevano fondato un nuovo, interessantissimo gruppo che si chiamava HIJOS, un po' come le Madres de Plaza de Mayo, solo che era composto da figli di *desaparecidos* diventati grandi. Erano persone fantastiche e avevano delle tattiche incredibili, accusavano gli aguzzini alla radio con nome e cognome, aggiungendo non solo il resoconto particolareggiato dei loro crimini contro l'umanità ma anche indirizzi e numeri di telefono, e poi organizzavano raduni di protesta davanti alle loro case, un metodo stupefacente, lo chiamavano *escrache*, una cosa nuovissima. Di lì a una settimana ci sarebbe stata una manifestazione davanti alla casa di un generale: perché non ci andavamo insieme?

Mi sentii svuotata. Vedevo una piccola folla di giovani, tra cui Gabriel, gridare slogan su un prato che, nella mia immaginazione, somigliava tantissimo a quello di casa mia. «Non verrò mai a una cosa del genere con te. Non chiedermelo mai più.»

Era esterrefatto, ma continuò a passarsi il pettine fra i capelli. Dopotutto c'era una festa ad attenderci. «Ma perché?»

Fino a quel momento ero riuscita a schivare l'argomento con commenti ellittici e calibrati silenzi. Ma non ce la facevo più. «Gabo, ascoltami. Mio padre è nella Marina.»

Il pettine si bloccò. Sospeso a mezz'aria. Gabriel mi fissava e, anche se avevo immaginato quel momento un'infinità di volte, non ero affatto preparata all'espressione che vidi nei suoi occhi. «Era nella Marina... anche quando...?»

Non riuscivo più a parlare, perciò mi limitai ad annuire.

Ci fu un lungo silenzio. Gabriel si allontanò di qualche passo, si sedette sul letto e nascose la faccia tra le mani. Io non mi mossi. La città rumoreggiava oltre la finestra, automobili, parole e il grugnito sordo di un autobus stracarico di gente.

«Perla», disse poi, «perché non me l'hai detto prima?»

«Secondo te?»

«Potrebbe essere coinvolto, lo sai.»

«Risparmiami la lezione.»

«Come fai a rivolgergli ancora la parola?»

«Tu non lo conosci.»

«E tu?»

«Tu non sai nulla di cosa conosco e di cosa non conosco.»

«Okay. Non c'è bisogno di gridare.»

«Non sto gridando.»

«Era solo una domanda.»

«Ci andiamo, alla festa, o no?»

«Non possiamo restare qui e parlarne?»

«A che pro?»

Aprì la bocca come per dire qualcosa, poi la richiuse. Non era stata mia intenzione rispondergli male e temetti di vederlo perdere il controllo per la prima volta da quando lo conoscevo. Ma lui si limitò a sospirare. «Bene, allora andiamo, parleremo dopo.»

Andammo alla festa, poi tornammo a casa sua e restammo in piedi nella luce fioca della lampada a fissarci come due giaguari nella giungla, in silenzio, ubriachi. Lui mi guardava come se mi vedesse per la prima volta, come un'estranea che avesse fatto irruzione in casa sua. Io provavo l'impulso di mettermi a correre, ma non sapevo se via da lui o verso di lui. Avevo bisogno di dire tante cose che non dissi – *Io non sono mio padre* e *Quando mai potrò liberarmi di tutto ciò* e *Mea culpa mea culpa mea culpa* –, ma quelle parole erano impossibili per la mia bocca ed erano solo gli occhi a parlare; gli occhi di Gabriel rispondevano e non si limitavano a parlare ma gridavano, e pensai che stesse per colpirmi invece mi baciò, con brutalità, e io mi premetti contro di lui, mi lasciai spogliare completamente e strinsi la mia nudità contro di lui con la ferocia di un demone che lotta per liberarsi. Lo trascinai sul pavimento e lo tirai dentro di me, sfacciatamente, selvaggiamente, la mia prima volta. I suoni che emettevamo erano quelli di due persone che lottano per la loro vita. Un dolore così, tondo e veloce, che mi vorticava nel corpo portando sulla schiena schegge di piacere. Avrei voluto che non finisse mai, avrei voluto che mi sferzasse per sempre. Dopo, lo sentii piangere sommessamente. Era sdraiato sul pavimento accanto a me, il viso semisepolto tra i miei capelli. Strisciai sul pavimento fino alla lampada e la spensi, poi tornai indietro e lo cullai nel buio finché le lacrime non si esaurirono e lui non si afflosciò contro di me, spremuto, aperto. E allora, con dolcezza, ricominciammo.

Restammo insieme ancora tre anni. Eravamo continuamente attratti l'uno verso l'altra, respiravamo la stessa aria; certe notti sembrava che il resto del mondo, con tutta la sua rabbia e i suoi incubi, svanisse lasciandoci soli con la gioia selvaggia che sgorgava da noi ogni volta che facevamo l'amore. In quelle notti – forse ti sembrerà una pazzia, ma devo dirtelo, fra tutte le persone che ci sono al mondo devo dirlo proprio a te, anche se non capirai – avrei giurato che il mondo ricominciasse daccapo nel dondolante calderone dei nostri fianchi. Il piacere come forza pulente, e non solo per noi due, ma per tutte le ferite che ci ossessionavano.

Ma non andava sempre così. Litigavamo anche come cani rabbiosi. Gabriel andava alle manifestazioni degli HIJOS, partecipava alle proteste davanti alle case degli esponenti del vecchio regime, trascorreva le ore fra la mezzanotte e l'alba nei bar insieme a persone disposte a cavalcare con lui le onde della discussione politica. Ne parlava anche con i suoi genitori, o almeno così diceva. Soprattutto sua madre era orgogliosa di lui e del suo lavoro. Era appassionatissima del tema, tanto che *La storia ufficiale* era diventato il suo film preferito. Non si stancava mai di guardarlo. Non che fosse particolarmente originale da parte sua, perché ormai il film era diventato «una ragione d'orgoglio per tutta l'Argentina» (parole sue), soprattutto da quando aveva vinto l'Oscar come migliore film straniero. Ragione d'orgoglio davanti al mondo intero, anzi, perché non solo era stato il primo film argentino a vincere un Oscar, ma il primo di tutta l'America Latina, figuriamoci! Ragion per cui, diceva la madre di Gabriel (e lui era bravissimo a imitare il suo esagerato fervore), si poteva ben dire che avesse fatto la storia. «E poi», proseguiva, «Norma Aleandro è assolutamente geniale, perfetta nel ruolo della protagonista, ti fa sentire esattamente ciò che si prova a essere nei suoi panni... nei panni del suo personaggio, intendo... quando scopre che il bambino che ha adottato, in realtà, è stato rubato a una *desaparecida*.» Gabriel lo trovava divertente, ma io avevo paura anche solo ad accompagnarlo a casa. Cercavo di tenermi il più lontano possibile dal suo lavoro e lui, che in precedenza aveva apprezzato quel mio modo di fare, adesso lo trovava irritante. Voleva saperne di più sulla mia famiglia; io non sopportavo nemmeno l'idea. Cercavo di stare alla larga dai suoi amici, che, pensavo, da un gior-

no all'altro avrebbero potuto organizzare una manifestazione davanti a casa mia. Immaginavo la scena, le facce
stravolte dalla collera, le tende tirate alle finestre, e Gabriel con loro che non voleva o non poteva attraversare il
prato per venire da me o anche solo gridarmi *Perché non e-
sci e ti unisci a noi?*

«Cerca di capirmi», gli dissi, «anch'io odio quello che sono. Quello che sono stati.»

«E gliel'hai detto?»

No, non gliel'avevo detto, non ne ero capace, e non sapevo come spiegarlo. Non sapevo spiegare né la paura, né il
senso di colpa, né l'amore... men che meno l'amore. «So
che ti vergogni di me.»

«Ma se ti ho detto mille volte di venire! Sei tu che non vuoi
incontrare i miei amici, non sono io che mi vergogno di te.»

«Bene. Allora sono io che mi vergogno. Ovvio che è così.»

«Perla.»

«Tu non capisci.»

«Tu, se capissi, non potresti restare sotto il loro tetto un
istante di più.»

«Va' al diavolo, Gabo.»

«Allora perché non mi inviti a casa tua per conoscerli?»

«Non lo vuoi davvero», mi affrettai a rispondere.

«E se invece lo volessi?»

«È impossibile.»

Si voltò dall'altra parte per mettere sul fornello l'acqua
per il *mate*. «Lo sai cos'è impossibile? Questo. Noi. Noi siamo impossibili.»

Non parlai mai di lui ai miei genitori. Può sembrare strano che fossi riuscita a tenere nascosto un rapporto così importante per ben quattro anni. Mi piacerebbe attribuirme-
ne il merito e dire che ci riuscii grazie alla mia abilità di pre-
stidigitatrice, ma sarebbe vero solo in parte. In fondo, ognuno crede a ciò a cui vuol credere e mio padre voleva credere che io fossi troppo assorbita dagli studi per prendere sul
serio un ragazzo.

Il che non significa che non facesse domande.

«E così», diceva dopo cena, «stasera vai a ballare.»

Mi stringevo nelle spalle con aria indifferente. «Sì, insieme alle mie amiche.»

«Ma non ballerai da sola, immagino.»

«Ancora non lo so, papà.»

«Una così bella ragazza? Li avrai tutti attorno.» E mi minacciava con la forchetta, in un misto di orgoglio e preoccupazione. «Sii prudente.»

«Héctor, lasciala in pace. È perfettamente in grado di badare a sé stessa.» Mamma si voltava verso di me sorridendo. «Vero, Perla?»

«Vero, mamma.»

«E se ci fosse una persona speciale... qualcuno di cui valesse la pena parlare... voglio dire, ce lo diresti, vero?»

Annuivo, un po' impaziente, come se la risposta fosse troppo scontata per dirla ad alta voce.

«Bene, allora, e nel frattempo che balli pure.»

Poi però, mentre lavavamo i piatti e papà si era ritirato nel suo studio, mamma assumeva un'aria da cospiratrice per dire: «Peccato che non abbia funzionato, con quel Rodrigo. Verrà anche lui, stasera?».

«No», rispondevo. «Grazie a Dio. Non voglio rivederlo mai più.»

Mamma sospirava di commiserazione, ma con un pizzico di piacere per essere così bene informata. «Ne troverai un altro», diceva. «Aspetta e vedrai.»

In quei momenti mi sentivo in colpa, indegna della comprensione e dell'incoraggiamento di una madre. Per quanto ne sapeva lei, la mia vita sentimentale era piena di false partenze, di ragazzi i cui nomi dovevo sforzarmi di ricordare per non perdere il filo delle mie storie d'amore. Ragazzi che non duravano mai a lungo; non valeva la pena di portarli a casa. A volte era un semplice interesse, una scintilla scattata con un compagno di università, che io tiravo in lungo per qualche mese ma che non andava da nessuna parte. Mamma mi dava dei consigli: «Gli hai mandato abbastanza segnali? Pensi che sia timido?». Io rispondevo in due o tre parole, e lei imparò presto a non insistere per avere ulteriori informazioni o il fragile guscio della nostra confidenza si sarebbe spezzato. La deliziava condividere con me quelle chiacchierate madre-figlia, e sapere sulla mia vita qualcosa da cui mio padre era escluso. Lei non gli diceva mai niente. Sembrava crogiolarsi nell'idea che ci fosse qualcosa che né papà né la mia cerchia più intima potevano condividere... soprattutto una cosa come quella, che per interposta persona le dava accesso alla vita sentimentale di una giovane donna che a lei era stata preclusa, avendo chiuso così tante porte in età precoce. Per lei le mie prospettive romantiche erano come un orizzonte illimitato da assaporare. Dopo i molti anni in cui mi ero sentita lontana da lei, mi sarebbe piaciuto che la nostra nuova intimità fosse una cosa autentica e non una farsa, una serie di bugie. Ma non potevo parlarle di Gabriel senza dirle chi era, dopo avrei dovuto portarlo a casa per conoscere lei e papà. Ogni giorno mi aggrovigliavo sempre di più nella mia doppia vita.

Ma che alternative avevo?

Una volta, nuda tra le braccia di Gabriel, nel succulento calore del dormiveglia, cedendo alla fantasia immaginai noi quattro – mio padre, mia madre, Gabriel e me – seduti al tavolo da pranzo. Ci guardavamo e parlavamo, e anche se non riuscivo a sentire ciò che dicevamo la scena sembrava miracolosamente calma e serena. Forse poteva accadere, dopotutto. Forse il mondo non si sarebbe strappato lungo le cuciture. Pensieri ubriachi, impregnati del liquore inebriante del sesso, dell'amore e della speranza. Poi la mia visione cambiò: improvvisamente il tavolo era coperto di gerani morti, e noi quattro li fissavamo con orrore. Mi riscossi di colpo. Gabriel si era addormentato, le braccia strette attorno a me, il petto contro la mia schiena. Restai sdraiata al buio per un tempo infinito. Fuori, le automobili gemevano attraversando la città insonne, una canzone senza sollievo e senza fine.

I gerani erano arrivati in massa durante il mio ultimo anno di liceo. Avevano invaso la casa con il loro rosso chiassoso, il loro arancione chiassoso, marciando decisi verso una morte sincronizzata. Mamma ne aveva letto su una rivista – «versatili, allegri, facili da coltivare» – e li aveva visti a casa della moglie di un capitano della Marina. Quella signora ne aveva messo qualche vaso vivacemente decorato accanto a una finestra, tutto lì. Non abbastanza per mamma. I suoi gerani dovevano essere esagerati, senza paragone. Se doveva avere dei gerani, ne voleva un regno intero. Era come posseduta dalla visione di una casa straripante di fiori, che ci avrebbero accolti con i loro colori accesi ovunque ci girassimo, annegando sedie, tappeti e librerie, più fiori di quanti ce ne fossero in qualsiasi altra casa di Buenos Aires: «Entrando in casa ci sembrerà di nuotare in un mare di petali», aveva detto.

L'idea l'aveva infiammata, spingendola all'azione. Aveva speso una piccola fortuna in eleganti piedistalli, vasi d'importazione con inserti in mosaico e decine di gerani adulti. Sapeva essere anche così, mia madre: le capitava di cedere a improvvisi raptus di creatività. Da giovane avrebbe voluto fare la pittrice – non mi aveva ancora raccontato tutta la storia, ma avevo visto il suo unico, spaventoso quadro su in soffitta – e, anche se quel desiderio era stato soffocato da molto tempo, ogni tanto il suo fantasma scappava dalla gabbia per aggredire il mondo, il più delle volte sotto forma di attacchi di shopping compulsivo che generavano una caterva di scarpe, gonne e camicette d'alta moda, che poi abbinava con gusto ardito ma impeccabile per qualche settimana finché non le venivano a noia.

Non l'avevo mai vista interessarsi a fiori e piante, prima di allora, a parte le generiche istruzioni che dava al giardiniere. Ma con i gerani fu diverso: i gerani non potevano essere delegati a un semplice professionista. Li rinvasò personalmente. L'operazione durò tre giorni. Aveva requisito il patio dietro casa trasformandolo in una catena di montaggio per la produzione di piante in vaso, spargendo dappertutto vasi, piante e grossi sacchi di terriccio. Aveva arruolato anche me; ci accucciavamo insieme nel patio, circondate da un mare di fiori rossi e arancione (notai che li aveva scelti soprattutto rossi), sistemando con cura le radici nei loro eleganti contenitori.

Era febbraio, il pieno culmine dell'estate, e il sole si riversava come una cascata su di noi in lente, umide ondate. Mamma portava lunghi guanti da giardinaggio sulle mani sempre curatissime, e le sue dita premevano il terriccio attorno alle piantine con pignoleria, addirittura con passione. Aveva comprato un paio di guanti anche per me, ma io non volli metterli.

«Ti sporcherai, Perla.»

«Io voglio sporcarmi.»

«Ahi, Perla», disse scrollando la testa. Non aggiunse altro, ma vedevo che era irritata. Il mio rifiuto disturbava un po' il suo progetto di perfette giornate del geranio, madre e figlia che si occupavano insieme dei fiori, e non erano deliziose con quei loro guanti da giardinaggio coordinati? Dei guanti da giardinaggio così interessanti, con sopra un fiordaliso lilla, che idea carina! Per una mezz'ora non mi rivolse più la parola, ma poi lasciò perdere: era così presa dall'esecuzione del suo progetto da dimenticare la mia trasgressione, o forse aveva paura che mi stufassi e abbandonassi del tutto l'impresa.

Non avrebbe dovuto preoccuparsene. Non desideravo andar via. Certo, avevo protestato per quella corvée, ma debolmente: non mi capitava spesso di passare un po' di tempo con mia madre senza la pressione di dover parlare per forza. In quel momento, invece, potevamo stare accovacciate l'una accanto all'altra, l'attenzione tutta concentrata sulle piante, e io potevo sentire l'aroma del suo profumo e il ritmo del suo respiro senza bisogno di cercare qualcosa da dirle. Ci capitava spesso di non trovare nient'altro da dirci a parte «buongiorno», «la colazione è pronta», «a che ora pensi di tornare?» e «buonanotte», quasi fossimo due estranee provenienti da paesi lontani e diversissimi, catapultate per caso nella stessa casa con a malapena il tempo di imparare i primi rudimenti della reciproca lingua. A quell'epoca desideravo ancora imparare la lingua di mia madre (anche se non l'avrei mai ammesso), anche solo per capirla meglio e perché lei avesse qualche possibilità di capire me. Erano talmente tante le cose che avrei voluto dirle mentre stavo accucciata accanto a lei con le mani sporche di terra, ma temevo che, se avessi cominciato, mi sarebbero venute fuori anche altre cose che era meglio tacere. Meglio non rischiare di aprirmi troppo. Meglio non azzardare con mia madre un dialogo eccessivo, soprattutto in quelle giornate fragrantemente afose in cui era impossibile posare gli occhi su qualcosa che non fossero gerani e ancora gerani.

Erano pianticelle robuste. I fiori erano semplici e allegri, relativamente modesti, ma riuniti in masse folte sembravano acquisire un potere quasi ipnotico. Le radici erano molto più scure dei petali, e più contorte degli steli, una metà nascosta della pianta che si offriva alle mie dita curiose durante il viaggio di vaso in vaso. Strana cosa il corpo di una pianta, con delle membra concepite per non essere mai esposte al sole. Ogni tanto, nel corso di quelle tre giornate, mamma si metteva a canticchiare sottovoce. Una melodia ondivaga, niente che conoscessi, ma mi rasserenava. La sera chiudevo gli occhi per dormire e vedevo un grande geranio con le radici denudate nel loro intrico nodoso, finché non arrivavano le mie mani piene di terriccio a ricoprirle.

Quando tutte le piante furono a dimora nei loro vasi decorati, mamma impiegò quattro giorni a distribuirle in giro per la casa, spostando un piedistallo da qua a là, da là a qua, qui questo vaso con il motivo a conchiglie, lì quello in terracotta spagnola, fino a quando anche l'ultimo geranio non fu entrato in casa e lei si lasciò cadere sul divano in uno sfinimento trionfante. I fiori spuntavano da dietro ogni angolo. Non si poteva posare lo sguardo da nessuna parte senza incappare in un geranio, in due gerani, in centinaia di gerani, e camminando da una stanza all'altra si aveva la sensazione di essere tallonati da loro, allegre folle di fiori che saturavano l'aria alle nostre spalle. Non potevamo fare a meno di sentirci in svantaggio numerico, e di parecchio.

Per una settimana mamma fu in estasi. I gerani davano ordine e finalità alle sue giornate. Passava ore a innaffiarli, ad accudirli, a esaminarne i petali fra le mani delicatamente tenute a coppa, a parlare loro, addirittura, quando pensava che nessuno la vedesse. Non so se i fiori le rispondessero, ma se ne stavano lì freschi e immobili. E per quella prima settimana non fecero che prosperare. Poi, come ha sempre raccontato mamma, Scilingo rovinò tutto.

Apparve per la prima volta il 2 marzo 1995. Da allora in poi, ogni anno, mi sarei ricordata quella data come un anniversario innominato. Non era una trasmissione dal vivo, solo una foto e la sua voce registrata. Tutti sapevano che sarebbe andato in onda quel programma. Lo avevano pubblicizzato per tutta la settimana. Io non lo guardai insieme ai miei genitori; era uno di quei programmi destinati solo alla loro camera da letto, lo sapevo senza bisogno di chiedere. Andai a guardarlo a casa della mia amica Amelia. «Non preoccuparti», mi disse, «i miei non lo sanno.» Non aggiunse «di tuo papà», ma io capii e le fui grata. Il padre di Amelia era procuratore, sua madre, casalinga, si cuciva i grembiuli da sola. Portò un vassoio con bibite e biscotti e tutti prendemmo posto per vedere *Hora Clave*.

Il famoso giornalista introdusse la storia. «Questa», disse, «non è la prima volta che sentiamo raccontare ciò che è successo, ma è la prima volta che lo sentiamo dalla viva voce di un protagonista. Questa persona si è rivolta a me di sua spontanea iniziativa, in metropolitana, perché voleva che tutti sapessero la verità. Ci siamo incontrati più volte. È stata una cosa difficilissima, per entrambi. Questi sono i nastri che abbiamo registrato.»

Fissai la foto di Scilingo mentre andava in onda la registrazione. Sembrava più vecchio di come lo ricordavo, con i capelli e i baffi un po' ingrigiti, gli occhi stanchi e tristi, ma era proprio lui, Adolfo Scilingo, quello stesso che non si presentava mai a casa nostra senza tirare fuori dalla tasca dei pantaloni un *dulce de leche* o una mela candita per la sua Perlita *linda*. È così che mi chiamava: «Ecco, Perlita *linda*, questo è per te». L'espressione seria, speranzosa, come se per tutto il giorno non avesse fatto altro che chiedersi se avrei gradito il dono. Il dolcetto era sempre tiepido per aver viaggiato a contatto con la sua gamba, un po' sciolto nel suo involucro di carta, e io lo prendevo con entusiasmo, me

111

lo infilavo in bocca e lo succhiavo allegramente senza chiedermi dove fossero stati per tutto il giorno il dolcetto e la gamba che l'aveva riscaldato. Al punto che, da bambina, ogni volta che vedevo Scilingo mi veniva l'acquolina in bocca per l'aspettativa di qualcosa di dolce.

La voce registrata stava dicendo di come avesse fatto domanda per essere assegnato alla ESMA, la Escuela de Mecánica de la Armada, per servire insieme ai salvatori della nazione. Non aveva lavorato nei reparti in cui erano detenuti i sovversivi, ma una volta c'era capitato per sbaglio e aveva visto, sentito e odorato più di quanto non avrebbe dovuto. Poi, un giorno, un superiore gli aveva ordinato di far volare alcuni di quei sovversivi, assicurandogli che quelle azioni erano approvate dalla Chiesa, che le giudicava umane e cristiane. Aveva preso parte a due voli, gettando in mare una trentina di persone in tutto. Quanti altri fossero stati giustiziati a quel modo non avrebbe saputo dirlo, ma una trentina li aveva buttati giù lui con le sue stesse mani. Li avevano drogati e spogliati, poi buttati giù dall'aereo, nudi e ancora vivi. L'avevano fatto tutti, a rotazione. A tratti la voce si interrompeva, si incrinava, si affievoliva, altre volte sciorinava dettagli come chi legge ad alta voce la lista della spesa.

Finita la trasmissione, la madre di Amelia si affrettò ad alzarsi per spegnere il televisore. Un silenzio sgomento riempiva la stanza. «Dio mio», disse. «Oh Dio mio.»

Il padre di Amelia si massaggiò la fronte come se gli facesse male.

«Non riesco a crederci», disse sua madre. «Così tanti...»

Per un attimo la stanza si riempì dei respiri acquosi di trenta fantasmi che appesantivano l'aria con le loro esalazioni umide e irregolari. Un momento dopo erano spariti. Non mi sentivo più le gambe, le braccia, ero come scardinata dalle mie stesse membra.

«E la cosa peggiore», disse il padre di Amelia, «è che non possiamo nemmeno sbatterlo in galera. Dopo una confessione del genere!»

«Lo so. È incredibile che persone come lui possano godere dell'immunità.»

112

«Tu metti tutto in politica.»

«Spero che muoiano tutti di una morte orrenda e marciscano per sempre all'inferno.» Poi la madre di Amelia si voltò verso di me. «Un altro biscotto? Forza, non essere timida.»

La luce di fine estate avvolgeva il vassoio dei biscotti. Erano biscotti fatti in casa e il caldo profumo della loro cottura aleggiava ancora nella stanza. Erano almeno dieci anni che mia madre non faceva i biscotti. Ne presi un altro, non tanto perché ne avessi voglia quanto per far piacere alla madre di Amelia, o forse per sentirmi un po' meno un'intrusa.

La sera seguente, a casa, cercai nei miei genitori una guida e non la trovai. Perché la cercassi proprio in loro, perché una parte di me pensasse ancora di potersi appoggiare a loro per trovare una rotta precisa nell'oscurità, non avrei saputo dirlo. Non c'era alcuna ragione plausibile. A ogni modo, quella mia fantasia si dissolse immediatamente. Anche loro si erano persi. La cena era bruciata e troppo salata ma nessuno fece commenti. Mangiammo le nostre *milanesas* coriacee in silenzio. Un silenzio teso e inquietante. Io mangiai lentamente, solo per obbedienza, perché avevo lo stomaco chiuso e neanche un po' di fame. Con la coda dell'occhio guardavo mamma e papà cercando di leggere le emozioni sui loro visi. Sembravano due sfollati da una calamità naturale del tutto inaspettata: sui loro visi c'erano emozione violenta e paura – era davvero paura? – ma anche rabbia, soprattutto su quello di mamma.

Cercai tracce di vergogna, ma non ne trovai. Cercai l'innocenza, ma non trovai nemmeno quella.

Mamma si versò il fondo di una bottiglia di vino e ne aprì un'altra. Le si arrossarono le guance. Non le avevo mai visto un simile tumulto in viso. Mia madre era un'esperta consumata nel mantenere la compostezza, lei era sempre Luisa Belén Correa Guzmán, famosa per quella sua calma esteriorità che alcuni interpretavano come freddezza e altri come un contegno pieno di grazia. Io l'ammiravo, quella sua esteriorità, e cercavo di emularla (anche se era difficile, per me, con tanti incendi interiori da spegnere e rispegnere), ma aspettavo anche con terrore il momento in cui la maschera sarebbe caduta svelando un tracimare di forze liquefatte che le ragazzine mortali non dovrebbero mai vedere. Una sorta di calore arroventato usciva a ondate da lei, seduta di fronte a me al tavolo da pranzo, un calore urgente e amorfo. Sedendo a quel tavolo, nel raggio d'azione del suo calore, si dimenticava quasi che era mio padre quello addestrato nell'arte della guerra. Papà sembrava evitarla; l'aria fra loro era tesa; ma a me non dissero niente. Non mi guardarono neppure. Con gli occhi della mente vedevo i nostri piedi sotto il tavolo formare un esagono irrequieto.

Sul finire della cena mamma inclinò sul suo bicchiere la seconda bottiglia di vino e trovandola vuota la ribaltò sul tavolo. La guardò rotolare lentamente fino al bordo, cadere sul pavimento e rotolare ancora fino alla parete. Nessuno si mosse per raccoglierla. Nessuno diede segno di aver rilevato la sua traiettoria, o anche solo la sua esistenza. Il mattino seguente, quando uscii per andare a scuola, era ancora là.

Una settimana dopo, il 9 marzo, tornai da Amelia per vedere l'intervista dal vivo di Scilingo a *Hora Clave*. I genitori di Amelia si erano un po' ripresi dallo shock iniziale ed erano più baldanzosi. Avevano avuto una settimana intera per sobbollire quelle rivelazioni e durante la trasmissione ebbero parecchie cose da dire all'uomo sullo schermo. Evidentemente erano ancora all'oscuro di chi fossero i miei genitori ed ero grata ad Amelia per la sua protezione, anche se sicuramente lei aveva delle ragioni sue per tacere, che non c'entravano con la lealtà. Io e lei non avevamo mai parlato apertamente del lavoro di mio padre, solo per mezze frasi smozzicate e reticenti. Ma non sembrava giudicarmi, piuttosto aveva pietà di me come ne avrebbe avuta per una storpia che non potesse camminare; il che mi feriva, è ovvio, ma era pur sempre meglio dell'altra possibilità. Mentre i suoi bersagliavano d'insulti la televisione, Amelia mi gettava occhiate nervose, ma a me non importava. Non ero lì per loro e nemmeno per ascoltare ciò che Scilingo aveva da dire. Volevo solo vedere la sua faccia sullo schermo.

Indossava un abito costoso e non aveva nemmeno un capello fuori posto; a un certo punto, suscitando grandi manifestazioni di disprezzo da parte dei genitori di Amelia, si mise a piangere. *Io ti credo*, cercavo di comunicargli con il pensiero, *credo alle tue lacrime*, ma chissà se credevo a ciò che aveva provocato quelle lacrime o più semplicemente alla loro esistenza. Le lacrime sembravano una cosa semplice, una reazione ovvia, che io però non ero ancora riuscita ad avere. Invidiavo quelle lacrime a Scilingo. Mi domandavo se avesse dei dolcetti nella tasca dei pantaloni, e cosa avrebbe detto se fossi riuscita a intrufolarmi nello schermo televisivo per raggiungerlo, magari si sarebbe rimangiato tutto, *Sei tu, Perlita linda, sta' tranquilla, è solo un brutto sogno evocato da una maledizione, mi sono uscite di bocca delle menzogne assurde ma non importa, adesso sei qui, tu sai chi sono in realtà.* E allora mi sarei accoccolata sulle sue ginocchia e ci saremmo cullati, io e Scilingo, il mio corpo si sarebbe rimpicciolito, sarei tornata bambina e le sue braccia sarebbero state calde attorno a me; insieme ci saremmo dondolati, avanti e indietro, dimenticando gli aerei, dimenticando i silenzi, dimenticando le parole che spaccano la mente in due.

«Dei mostri», disse la madre di Amelia alla fine della trasmissione. «Quegli uomini sono dei mostri.»

Annuii con espressione assente.

Nel corso della settimana seguente la tensione fra i miei si approfondì e si estese. Litigavano dietro le porte chiuse. Mi avvicinavo in punta di piedi a quella della loro stanza per origliare. A volte non sentivo niente; a volte, solo dei frammenti.

«Non azzardarti a telefonargli.»

«Ma, Luisa, non è una cattiva persona.»

«È un vero disastro. Guarda che ne è stato della sua carriera. Non ha più niente, a parte andare a piagnucolare in TV.»

«È un mio amico.»

«*Era* un tuo amico.»

«Solo una telefonata.»

«Una telefonata può bastare a distruggerci. È questo che vuoi?»

«No, no.»

«Allora chiudi la bocca, Héctor.»

«Non dirmi di chiudere la bocca...»

Non finiva lì, ma io andavo a letto e, siccome il sonno mi aveva abbandonata ormai da tempo, guardavo fuori dalla finestra e fissavo la luna appesa in mezzo al cielo, che non faceva niente. Cercavo di non pensare, ma le immagini venivano da sole: mio padre a *Hora Clave*, mio padre su un aereo, mia madre che lo salutava con un bacio il lunedì mattina, «Buona giornata, chiamami se fai tardi», mio padre in una stanza buia con dei corpi nudi, io stessa in una stanza buia con dei corpi nudi, coinvolta, che lottavo per respirare, incapace di uscirne. Mio padre in camera mia, inginocchiato sul pavimento, che mi chiedeva in tono supplichevole qualcosa che non capivo, con parole come relitti galleggianti. No, non era lì, la sua ombra non incombeva nel buio accanto al mio letto, eppure voltavo la faccia verso la parete.

Giunse aprile. Mi sforzavo di mantenere una parvenza d'ordine sulla superficie della mia vita. Inseguivo l'eccellenza in due campi: lo studio e le gare a chi beve di più alle feste. Ero spietata e trionfante in entrambe le imprese. I miei voti erano impeccabili e avevo fama di saper mandare sotto il tavolo anche i ragazzi più atletici. Non desideravo altro che bruciarmi la gola con la grappa mentre il ragazzo davanti a me barcollava cercando di tenere il passo finché i suoi occhi non tradivano lo stupore – *Chi diavolo è questa ragazza che ancora non perde il controllo* e *Merda perché non mi lascia in pace* –, dopo di che mi alzavo dal tavolo con la testa in fiamme e ballavo, ballavo, ballavo da sola e non mi lasciavo avvicinare da nessuno, ballavo così forte che il ritmo mi lasciava quasi dei lividi, ballavo per aprirmi un varco in un esorcismo che vedevo solo io.

Poi un'altra confessione bucò lo schermo televisivo, quella di un uomo famoso per la sua creativa crudeltà e per l'uso dell'alto voltaggio, un personaggio né ben vestito né in alcun modo pentito. Si chiamava El Turco – o almeno così era noto nell'esercito – e sembrava divertirsi un mondo per l'attenzione conquistata a livello nazionale. Le leggi sull'immunità, dopotutto, gli garantivano una sfera protetta al cui interno era libero di parlare delle proprie azioni con sincero abbandono e senza paura di essere arrestato come un criminale comune, perché lui non era affatto un criminale comune, era un ufficiale che aveva fatto con particolarissimo zelo il suo dovere nei confronti dello stato. La sua apparizione non sembrò turbare più di tanto i miei genitori, già travolti dagli uragani del loro cielo privato. Non si parlavano più, si guardavano in cagnesco, mamma ribolliva per tutta la cena e subito dopo papà si chiudeva nel suo studio con una bottiglia di scotch.

I gerani morirono di sete. Diventarono marroni, friabili e vizzi nei loro bei vasi. Non si poteva posare lo sguardo da nessuna parte senza vedere i cadaveri dei gerani abbandonati, a meno che non si guardasse verso il soffitto, ignorando risolutamente la sfera in cui le persone vanno avanti e indietro abitando la loro esistenza quotidiana. Perché in quella sfera, la sfera della quotidianità, l'allegra folla di fiori si era trasformata in una cupa folla di putrefazione che riempiva così fittamente lo spazio visivo e saturava il naso con un odore così marcio e pungente da creare l'illusione di un coinvolgimento anche degli altri sensi: la bocca si riempiva del sapore della decomposizione, la pelle brulicava della polvere di centinaia di fiori sbriciolati, le orecchie erano consapevoli delle grida d'agonia di tutte quelle piante in vaso che anche molto tempo dopo la loro morte riecheggiavano nell'aria in esili vocette stridule. Eravamo schiacciati e messi in minoranza dalla morte dei gerani. Incastrati, tre esseri umani soli nel grande cimitero botanico in cui si era trasformata la nostra casa: un cimitero senza tombe, perché nessuno si prendeva la briga di fare pulizia. I vasi restavano al loro posto, sparsi un po' dappertutto, offrendo allo sguardo gli steli nudi come lunghe dita contorte spuntate dal terriccio. Con un atto di negazione così estremo da rasentare l'incredibile, mia madre era passata dall'accudire i gerani come neonati all'ignorarli del tutto, convinta forse di poter cancellare la loro stessa esistenza erigendo una barricata nella sua mente. Continuò ad aggirarsi nelle sue giornate come se i fiori fossero diventati invisibili. Li lasciò morire. Mio padre sembrava non farci caso: il suo sguardo era sempre rivolto a qualcosa che stava oltre le pareti. A volte mi convincevo di essere pazza, di essere l'unica a vedere un'allucinazione di piante morte laddove nessun altro sembrava volerle o poterle vedere, mentre i miei genitori vivevano Dio sa dove, in un'altra casa che occupava lo stesso spazio fisico ma seguendo regole di realtà del tutto diverse e incompatibili.

Dopo tre settimane mi arresi e cominciai a riordinare, riempiendo sacchi di fiori spezzati e impilando vasi e portavasi lungo il perimetro del patio. Riempii tredici sacchi della spazzatura di terriccio secco e rimasugli di piante. Poi restai in piedi là in mezzo, a fissare i panciuti sacchi neri e i vasi ancora orlati di terra. Mi sarebbe piaciuto trascinare quei sacchi su per le scale e rovesciarne il contenuto sul letto dei miei genitori, cospargendo di terriccio e radici spezzate le loro belle lenzuola pulite. Avrei voluto spaccare tutti i vasi e usare i frammenti come coltelli per tagliare in due i miei genitori e anche me stessa, togliendo la pelle dai nostri corpi, come se la verità di ciò che eravamo potesse essere messa a nudo così facilmente.

C'era talmente tanto da mettere a nudo, talmente tante cose erano nascoste. Dietro la porta chiusa dello studio, nei vasi da fiori, nel sorriso rigido e amaro che mia madre indossava come un'armatura. Il Nascosto incombeva su di noi, impossibile da scrollarsi via, impossibile da negare. Rivendicava ciascuno di noi tre come una sua creatura. Addensava le nostre notti e risucchiava il colore dai nostri giorni. Quasi non riuscivo a stare in una stanza con entrambi i miei genitori. Anche la più banale cortesia sembrava pulsare di sfumature ostili. Mia madre non diceva mai niente di offensivo contro mio padre – non davanti a me, almeno – ma lo guardava in modo diverso, con una sorta di irritata pietà, come se lui fosse crollato nella sua stima. Aveva sposato un uomo dall'uniforme immacolata e dalle mani pulite, un uomo dalle azioni rette e dal passo sicuro, e ora quell'uomo rischiava di trasformarsi in qualcos'altro, in qualcosa di inaccettabile, né retto né sicuro.

A volte, la sera, arrivava l'ora di cena e mamma non era ancora rientrata. Non telefonava e non aveva lasciato un biglietto per farci sapere dov'era. Quelle sere cuocevo un po' di pasta e scaldavo una latta di salsa di pomodoro, e io e papà mangiavamo seduti a tavola senza parlare. Non ho mai saputo dove mia madre trascorresse quel tempo, anche se la immaginavo vagare fra le sue boutique preferite, forse alla ricerca di manifestazioni esterne di un'inquietudine interiore, palpando il tessuto di una gonna, sfiorando un paio di scarpe, senza comprare niente. Una sera arrivò che noi eravamo ancora a tavola. Io e mio padre alzammo simultaneamente gli occhi, le forchette sospese a mezz'aria, sentendo il rumore della chiave nella serratura. I passi di mamma si avvicinarono, fermandosi sulla soglia della stanza. Mi voltai per salutarla, ma lei non mi guardò neppure; fissava la nuca di mio padre, che non si era girato. Aveva ripreso a mangiare come se niente fosse. Parlando avrei solo peggiorato la situazione, così tornai a guardare nel mio piatto. Per un minuto l'unico rumore fu quello della forchetta di mio padre sulla ceramica.

«Chi è stato a cucinare?» chiese mamma, con una sfumatura di sorpresa nella voce. Come se non avesse mai immaginato che potessimo mangiare senza di lei.

«Io», risposi.

Sospirò. Un sospiro prolungato, quasi melodioso, quasi nobilitato. Pensai che a quel punto se ne sarebbe andata, invece non si mosse. Mi era passato l'appetito, così mi alzai e portai il mio piatto in cucina. Quando tornai mamma era ancora là, gli occhi fissi sulla nuca di mio padre con un'espressione indecifrabile. Avrei voluto prenderla a schiaffi. Avrei voluto scrollare lui. La scena era tesa e ridicola a un tempo. Ma, qualunque cosa fosse, io non ne facevo parte; uscii dalla stanza e loro non si mossero, come se la mia uscita di scena fosse del tutto irrilevante.

Cominciai a chiedermi se non stessero pensando al divorzio. Una parte di me lo desiderava, se il divorzio poteva servire ad alleggerire quell'atmosfera carica di tensione. Mancavano solo sette mesi all'inizio del mio primo anno accademico e cercavo di immaginare come sarebbe stata la mia vita quando fossero cominciate le lezioni, se avrei ancora abitato in quella casa, e se sì con quale dei miei genitori. Sarebbe stata una vita del tutto nuova, più pienamente mia, o almeno è ciò che osavo sperare. Ovunque fossi andata ad abitare, qualunque fosse stato il destino dei miei, avrei avuto qualcosa tutto per me, un corso di studi che mi avrebbe condotto per sentieri ai quali loro non avrebbero avuto accesso. Quali sentieri? Il progetto, non concepito da me, era sempre stato che avrei fatto medicina. Ma quel percorso non mi interessava, anzi, la sola idea mi dava fastidio, come un brutto cappotto tagliato per un corpo completamente diverso dal mio. Io volevo una materia che mi eccitasse; volevo che i miei studi mi rendessero il mondo più vero, o rendessero me più vera al mondo. L'approccio pratico, seguito da molti miei coetanei, era di scegliere la facoltà in base a programmi a lungo termine, ragionevoli e ordinati. Ma io non riuscivo a pensare a quegli anni così lontani, quando già i pochi mesi che avevo davanti erano incerti e nebbiosi. Più avanti avrei messo a fuoco anche i dettagli della professione, ma in quel momento, quando presi la decisione, riuscivo a pensare solo a ciò che lo studio della mente umana mi avrebbe spalancato, alla via più diretta per raggiungere ciò che dentro di me, e anche attorno a me, restava non detto e forse indicibile.

Non parlai ai miei di quel progetto, ben sapendo che lo avrebbero disapprovato, e quanto a loro erano troppo distratti per farmi delle domande. Cercavo di immaginare come sarebbe stato vivere solo con mia madre o con mio padre. Non credevo di poter vivere senza papà, perché lui sarebbe rimasto solo, soprattutto se avesse dovuto rinunciare alla casa e non avesse più avuto il suo studio in cui rintanarsi. Quante notti solitarie aveva passato in quello studio. E chissà quante ore ci trascorreva, in quella fase, quali pensieri gli passavano per la testa, se accendeva tutte le luci o se restava al buio, se camminava avanti e indietro o si sdraiava sul pavimento o si sedeva alla scrivania con gli occhi chiusi.

Una notte sognai che io e mio padre eravamo a bordo di un aereo che volava sopra il mare, e a un certo punto il portellone si apriva e papà si voltava verso di me e diceva: «Lo facciamo?» e mi sorrideva indicando un uomo nudo, a quattro zampe vicino all'apertura, dopo di che lo afferrava per i capelli e gli tirava indietro la testa, ma l'uomo era senza faccia, la sua faccia era vuota. Il cielo entrava a folate dal portellone e in lontananza si sentivano ragliare degli asini. Mio padre lasciava andare la testa dell'uomo, poi la sollevava di nuovo e stavolta la faccia ce l'aveva, era la faccia di una ragazza, la mia faccia, con denti e orecchie d'asino e i miei occhi pieni di terrore; poi la ragazza mi guardava, mentre qualche ciocca di capelli sfuggiva al pugno di mio padre e si agitava al vento, e ragliava e ragliava e mi diceva: "Avanti, spingimi giù", e papà diceva: "Perla, sbrigati, il pilota ha perso la rotta di casa".

Mi svegliai al buio e restai immobile per più di un'ora, consapevole del tepore delle coperte, del ritmo del mio respiro, dell'aria che mi sovrastava immobile perché non ero (*non* ero) vicino al portellone aperto di un aereo in volo. Mi vidi fare la valigia in fretta e furia e scappare nella notte, abbandonando casa, padre e futuri studi universitari per la vita della vagabonda, affamata, vulnerabile, senza pesi sulla coscienza. Mi vidi andare a scuola il mattino dopo e denunciare mio padre davanti alla classe, alle amiche, ai giornalisti, ai genitori di Amelia, *Mi dispiace, io ero solo una bambina, vi prego perdonatemi*, lacrime, rabbia e una famiglia spezzata. Mi vidi scendere le scale e andare da mio padre, nello studio, per cercare la verità, per capire, per ritrovare un uomo con il cuore pieno di cose da mostrare a sua figlia: amore per lei, dolore, forse addirittura rimorso.

Quella notte non osai fare niente di tutto ciò, ma la notte seguente mi alzai, raggiunsi lo studio e appoggiai l'orecchio alla porta chiusa. Silenzio. Lo feci ogni notte, per quattro notti consecutive, e ogni volta sgattaiolai via e mi infilai di nuovo nel letto, cercando di addormentarmi.

La quinta notte bussai. «Papà?»

Silenzio. Rumore di passi. Con mia grande sorpresa, la porta si aprì.

Entrai nella stanza rivestita di pannelli di legno. Era rischiarata solo dalla lampada da tavolo, che creava una pallida sfera di luce. Mio padre era già tornato alla sua poltrona, dietro la scrivania. Aveva la mascella contratta. Per un po' restai ferma in mezzo alla stanza, cercando qualcosa da dire. Non mi venne in mente niente. Non sapevo perché fossi andata lì, se per rassicurarlo o per affrontarlo o per alleggerirmi dei pesi non detti, per espellerli dal mio corpo e deporli nelle sue mani. Se per assolverlo magicamente o per accusarlo. Mi sedetti per terra, non troppo vicino a lui, e non proprio davanti, perché non volevo che si chiudesse per colpa di un'eccessiva vicinanza fisica. Lo sentii versare, alzare il bicchiere, bere, posarlo di nuovo. Passò così tanto tempo che pensai si fosse dimenticato della mia presenza. Stavo quasi per scivolare nel sonno quando papà, quasi riprendendo il filo di una conversazione, disse: «Era una guerra. Una guerra giusta».

Poi tacque ancora. Io non mi mossi.

«Per questo porta con sé brutti ricordi. Mostrami una guerra che non porti brutti ricordi. Eh? Provaci, avanti, non ci riuscirai, perché non ce ne sono. La guerra è così. Ascoltami, *hija*, perfino la Chiesa diceva che era giusto. "Un'opera del Signore", dicevano. Separare il grano dalla pula. I sovversivi, sai, non credevano in Dio.»

Tacque, come in attesa di una risposta, ma io non dissi niente.

«Qualcosa da bere?»

Scrollai la testa.

Si versò un altro bicchierino. Quando parlò di nuovo, sembrò più rilassato. Forse era sbronzo. «Stavamo riportando l'ordine. Per molti anni in questo paese non c'era stato ordine. Tu non immagini che razza di porcile fosse diventato questo paese. Bisognava assolutamente salvarlo, e la gente lo sapeva, lo chiedeva anche. Adesso tutti ci criticano. Be', sai cosa ti dico? Che vadano a farsi fottere. Parlano delle sofferenze dei prigionieri, ma chi si ricorda delle nostre sofferenze? Del nostro sacrificio? Una manica di fottuti bastardi, ecco cosa sono.»

Si appoggiò allo schienale della poltrona, uscendo dalla vaga sfera di luce e avvicinandosi alla parete a pannelli. Io restai immobile, come facevo da piccola quando lui veniva nella mia stanza nel cuore della notte per accarezzarmi i capelli e trasformare una canzone da osteria in una ninnananna, con una voce delicata e sinuosa come le pigre onde del mare in un giorno di sole, la sua mano come cotone grezzo sulla mia testa, e io temevo che se mi fossi mossa sarebbe andato via e sarei rimasta da sola al buio senza le sue canzoni. Da qualche parte, nelle pieghe più recondite dell'universo, doveva esserci un copione con le risposte giuste alle sue parole, come quando un padre confessore impone la battuta successiva al dialogo fra un penitente e il suo Dio. Ma io non vi avevo accesso. Non ero un confessore, e comunque mio padre non aveva espresso alcun pentimento. La voce sembrava essermi sparita dalla gola.

«Ho fatto solo il mio lavoro», disse. «Ho eseguito gli ordini, come tutti gli altri.»

Poi si mise a piangere.

Dapprima non lo riconobbi, quel suono rauco e soffocato. I singhiozzi non uscivano liberamente, sembravano premere da sotto la superficie di brevi, pesanti respiri. Come un uomo appena colpito da una pallottola che cerca disperatamente di non gridare, di controllare il dolore. Non alzai gli occhi. Non mi mossi. Non avrei potuto muovermi nemmeno volendo: le gambe mi si erano irrigidite, schiacciate sotto il peso del corpo, non avrei potuto correre né verso di lui né via da lui. Ma non piansi. Pensai che non avrei mai più potuto piangere in vita mia, come se le lacrime di mio padre e di Scilingo mi avessero derubato delle mie.

Passò molto tempo, poi i suoni calarono. Papà si soffiò il naso, una volta, due volte. Restammo seduti in silenzio.

«Ahi, Perlita», disse lui a un certo punto. «Per fortuna ci sei tu. Ne è valsa la pena, per avere te.»

Mi sforzai di capire in che modo quelle parole si collegassero a tutte le altre. Parole come piccole bombe sconosciute. A ripensarci adesso è chiaro che avrei dovuto capire già da allora, ma qualcosa dentro di me si chiuse di scatto lasciando quelle parole fuori al freddo.

Poi papà si alzò di scatto e spense la luce. Mi passò accanto, diretto alla porta. «Va' a dormire», disse e un attimo dopo non c'era più.

Fissai il buio attorno a me, un buio denso e scuro come l'interno di una grande bocca pronta a ingoiarmi per sempre. Il pavimento si alzava e si abbassava come una mandibola. Restai seduta ancora per un'eternità, nel vortice d'aria, di buio e di sussurri indecifrati, cercando di non pensare, senza riuscire a non pensare, con le orecchie che mi fischiavano per il rumore delle lacrime di mio padre e per altri suoni che in realtà non c'erano, per esempio il morbido *whoosh* di corpi nudi che cadevano e cadevano e cadevano. Avevo la nausea. Stavo per addormentarmi lì, sul pavimento, ma avevo paura di ciò che avrei potuto sognare se fossi rimasta in quel posto. Quando finalmente andai a letto, grazie a Dio non sognai niente.

Il giorno dopo papà mi raggiunse nel patio. Ero davanti ai vasi da fiore, li stavo impilando in torri più alte, senza una ragione precisa.

«Perla», disse, e non aggiunse altro finché non mi girai. Il suo viso era cambiato rispetto alla notte prima, si era chiuso, come la vetrina di un negozio abbandonato con le assi inchiodate. «Voglio chiarire una cosa.»

Aspettai.

«In questo paese ci sono degli elementi ai quali non bisogna credere. Devi essere molto prudente. Soprattutto adesso che andrai all'università, dove sarai esposta a ogni genere di persone.»

Lo guardai negli occhi e lui spostò lo sguardo sui cespugli di rose che segnavano il confine del patio, sulle alte torri di vasi da fiori, sui portavasi che non reggevano più nient'altro che aria. Sembrava sfinito, la pelle segnata da quelle rughe che incidono sul viso la storia di una vita senza rivelarne i segreti.

«Non dovrai mai parlare con i giornalisti. Sono come parassiti, si infilano dove non dovrebbero e non combinano niente di buono. Ma, più in generale, fa' attenzione alle compagnie che frequenti.»

«Con chi parlo riguarda solo me.»

«Perla, tutto ciò che fai mi riguarda.»

«No. Io ho una vita mia.»

«Perché io te l'ho data.»

Lo fissai; sembrava sbalordito lui stesso da ciò che aveva appena detto. «Vaffanculo», dissi, sicura che si sarebbe messo a gridare o mi avrebbe presa a schiaffi. Prima non mi sarebbe mai venuto in mente di parlargli così.

Ma lui non gridò e non mi prese a schiaffi. Invece disse: «Ascoltami, Perla. Devi ascoltarmi. Ci sono cose che non puoi capire».

Mi fissò con un'intensità che andava oltre le parole, e nel suo sguardo lessi una supplica che lui non poteva formulare né io accogliere, una supplica che richiamava la nostra conversazione della notte prima e che chiedeva un'assoluzione o un'amnesia, o almeno la continuazione dell'amore. Avrebbe voluto vedermi metabolizzare le sue confessioni e restare al suo fianco, figlia fedele, elemento essenziale di una famiglia unita che sapeva proteggere i propri segreti dai giornalisti, dal resto del mondo, da sé stessa. "Non accoglierò la sua supplica", pensavo. "Gli sputerò in faccia per conto di quei nebulosi trentamila, o almeno lo attaccherò con parole dure e misurate, districando la mia coscienza individuale dalle sue azioni"... ma non lo feci. Avrei dato qualsiasi cosa per poterlo fare. Mi sembrava un crimine orrendo permettere ai fili che ci univano di restare intatti, non recisi. Volevo essere un tipo di persona completamente diverso, una persona libera di condannare con un disprezzo puro i voli e tutti gli altri orrori. Che lusso, il disprezzo puro. Che sentimento civilissimo, così impeccabile. Come la madre di Amelia e come tanti ragazzi della mia generazione, rispetto ai quali mi sentivo fuori tempo, incapace di condividere le loro proteste urlate senza spaccarmi in due. Mio padre aveva bisogno di me. Solo io avevo visto i suoi punti più vulnerabili, sentito il rumore delle sue lacrime; se lo abbandonavo, in tutti i significati della parola, avrebbe vagato per il mondo perso e fragile e solo, senz'ancora, senza alcuna possibilità di salvezza.

Avrei voluto scappare via da lui, da quel patio sovraffollato, dall'espressione con cui mi guardava, dal mio stesso amore pesante. Ma non scappai. Restai lì, paralizzata, mentre mio padre si allontanava avendo avuto l'ultima parola.

6.

LA PAROLA «DOVE»

È così che andò a finire: quegli uomini entrarono con delle siringhe e lui pensò che fosse qualcosa di letale, invece era solo un qualche tipo di droga, per tenerti calmo, dissero, mentre ti portiamo in un centro operativo speciale, a sud. Beatitudine, sollievo, entrare nell'alone di quella droga, come un gas bianco pompato direttamente nel cervello. Poi si ritrovò su un camion, un camion dell'esercito, di quelli coperti da un telone grigioverde, non poteva vederlo perché era bendato ma lo capiva dalla stoffa a cui si appoggiava, dal lieve soffio d'aria proveniente dall'esterno. Era ammucchiato con altri corpi, anch'essi drogati, tutti come lui senza nome, solo un numero di identificazione. Cercò di ricordare dove fossero diretti: a sud, sì, proprio così, li stavano portando in un centro operativo speciale, a sud. Cercò di appigliarsi a quell'informazione con la sua mente sedata, aggrappandosi alla parola «sud» come a un'ancora, ma in quella nebbia biancastra continuava a sfuggirgli.

Quando il camion si fermò li trasferirono su un aereo, che bizzarro carico stupefatto erano, con gambe che non potevano correre né camminare. Un po' li portavano, un po' li trascinavano, una guardia lo sostenne per le braccia, lo tenne su, guidando i suoi passi. Il corpo della guardia era giovane e magro, muscoloso, probabilmente cresciuto ai margini della città; erano tanti i militari di basso rango cresciuti ai margini della città, pasti senza carne, mai abbastanza pane, poca scuola, molte botte, forse anche quella guardia era stata un bravo ragazzo, forse era ancora un bravo ra-

127

gazzo, il braccio era forte, ci si poteva appoggiare, sbrigati, disse la guardia, avanti, cammina.

Davanti al portellone dell'aereo due guardie stavano litigando riguardo ai corpi. Non ci stanno, disse quella vicino a lui.

Allora fate spazio, disse l'altra. Schiacciateli.

E se non ce ne entrano più?

Idiota, allora tornerete indietro per un secondo giro.

Strano, pensò lui, che litighino davanti ai prigionieri. Forse avevano ricevuto istruzioni poco chiare. Forse pensavano che il carico fosse troppo drogato per capire. Lo trascinarono nella stiva dell'aereo e lo schiacciarono contro altri corpi, ammassati l'uno sull'altro come scatoloni dalla forma irregolare.

Poi l'aereo decollò.

Si levarono in aria, ammassati nella stiva buia. Sentiva il corpo di una donna contro il suo, le gambe di un uomo sul suo petto, percepiva il rollio dell'aereo e il frastuono dei motori. L'aria era scarsa e puzzolente. Ricominciò a chiedersi dove stessero andando. L'aereo rombava e cigolava. Ci misero parecchio ma ormai il tempo non esisteva, non più, si era allungato e deformato e non aveva alcuna importanza. Sentì di nuovo l'ago nel braccio, un'altra iniezione, altra droga. Dal movimento dei corpi più vicini capì che anche loro stavano ricevendo l'iniezione. Passò altro tempo. Dentro di lui, la nebbia si era fatta più densa. Le mani tornarono e spogliarono tutti quei corpi. Il sud, pensò, non lo vedrò mai, comunque non avrei visto niente, ma sicuramente non stiamo andando a sud. La svestizione sembrò durare un secolo. Le sue ferite si riaprirono quando gli sfilarono i pantaloni, il suo sangue colò lentamente sulle loro mani. Le guardie se le pulirono sulle sue cosce, bruscamente, c'era ancora tanto da fare. Il suo corpo si ritrovò schiacciato contro altri corpi nudi, la sua coscia contro un culo, una mano gli premeva sulle costole, anzi no, era un piede, gli tirava la pelle come se stesse cercando di far presa su qualcosa, erano così vicini, e il gas così denso nella sua mente, la pelle è duttile, si fonde, è fatta per fondersi a contatto con un'altra pelle, non lo si può evitare, e tutti quei corpi sembravano fondersi in uno solo, liquido, convulso. Faceva caldo, non si riusciva a respirare. Poi, all'improvviso, uno scivolare di metallo su metallo, il rombo dell'aria e il portellone si aprì sul cielo. I corpi arretrarono da quel varco come un corpo solo. Sentì un fruscio di membra, alcune erano le sue, un fruscio carico di un lento stupore senza scopo. Un corpo fu sollevato di peso e trascinato via, lui percepì l'increspatura della sua perdita attraverso la massa degli altri corpi, quel vorticoso cumulo umano.

La voce di una guardia: Avanti, spingilo.

La voce di un'altra guardia emise un suono, come un singhiozzo, il tipo di singhiozzo che lacera la gola.

Sei un finocchio. Vaffanculo.

Un'altra voce, grave per l'età: Portatelo in cabina di pilotaggio.

Tra i corpi nudi regnava il massimo della confusione, erano troppo intontiti per gridare, alcuni erano incastrati fra altri corpi svenuti, il portellone era aperto, ogni tanto un gemito si levava e poi svaniva. Sentì la guardia che aveva singhiozzato aprirsi un varco in quella massa gemebonda, in direzione opposta rispetto al portellone, via da quel cielo nudo. Dall'apertura venne un piagnucolio, un piagnucolio che precipitava, già lontano, perso nell'aria. Poi ci furono altri gemiti, borbottii, sussurri, ovattate voci di terrore. Pian piano si fece più spazio. I corpi diminuivano e lui non era più tanto schiacciato, la massa si stava separando in entità distinte. Corpi nudi cadevano dal portellone. Mosse un braccio e subito una mano decisa lo afferrò e lo trascinò sul bordo di quell'aria sferzante; non oppose resistenza; si sentiva leggero: si inginocchiò sul bordo della stiva e la spinta fu quasi delicata, come un cieco guidato attraverso la sua notte, poi cadde in avanti, nel cielo.

Le mani gli corsero al viso e si strappò la benda dagli occhi. Sotto di lui c'era un mare di nubi, strappate, bianchissime, criminalmente belle, accecanti nella loro radiosità, e molto più sotto l'acqua illuminata dalla luna. Cadevano, gli esseri umani nudi, punteggiando le nubi. È uno di loro, una goccia di pioggia, piovono esseri umani, esseri umani nudi, nude gocce di pioggia, sotto di lui il bianco, attorno a lui il vento, il ronzio e la sferza dell'aria. Ha la bocca aperta e spalanca anche le braccia, come per volare, come per stringere, pensa potrei pisciarmi addosso, cade attraverso lo spruzzo della sua urina, bianca, cade attraverso il bianco che però non può fermare la sua caduta e per un istante diventa nuvola e a volte da bambino si sdraiava sulla schiena e guardava le nuvole e il giorno del suo matrimonio lei aveva camminato verso di lui lungo la navata della chiesa nel suo bianco abito da sposa tutto pizzi e tulle e quanto aveva desiderato toccarla, cade attraverso la gonna del suo abito da sposa, la sua bianca gonna fluttuante, grande e bianca e strappata dai corpi che cadono e così morbida talmente morbida da non sostenere il suo peso, da non poterlo trattenere, afferra l'aria in cerca di un filo ma continua a cadere, sostienimi, avvolgimi, dove sei *mi amor,* mi sembra di sentire il tuo odore, l'aroma muschiato che hai sotto la gonna, forte, appetitoso, opulento, il tuo profumo profondo, vorrei restare sotto la tua gonna ma continuo a cadere, giù, sempre più giù, e cadde attraverso tutti i suoi ricordi di bianco, le nuvole della sua infanzia, gli altari in chiesa, la carta silenziosa sotto la mano, tutte le parole che aveva scritto e quelle che non aveva scritto, nessuna delle sue parole aveva più del bianco su cui atterrare e anche lui non aveva niente su cui atterrare, ormai era sotto le nuvole, nella nera aria cristallina, le braccia ancora stese in fuori come per abbracciare il mare, l'aria gli correva addosso, l'acqua si stendeva sotto di lui vasta e calma, una densa massa nera spezzata da un corpo in caduta libera, poi un altro, corpi nudi che rompono la superficie e l'acqua si torce e balza verso l'alto e li inghiotte, lievi increspature circolari attorno al punto del loro tuffo, rughe sottili che brillano sotto la luna, acqua increspata dai corpi umani e dall'aria, a lui le rughe non sarebbero mai venute perché lui non sarebbe invecchiato, ormai era deciso, sarebbe stato inghiottito dal mare così com'era, giovane, con la pelle liscia, pelle di tutti i colori dell'arcobaleno, con dei segni rossi, blu, bianchi, verdi e viola sparsi un po' dappertutto, il mare se lo sarebbe preso e lui pregava solo che non facesse male, la poteva affrontare, la morte, se solo non avesse fatto troppo male, basta dolore, l'acqua era vicina, ancora un istante e poi disse, Dio, ma dove cazzo sei? dov'è mia moglie? e il nostro bambino? anche se dalla bocca gli uscì solo la parola «dove» prima che l'acqua si aprisse e lo inghiottisse rompendogli le ossa e riempiendogli la bocca, ma non fece per niente male.

I ricordi lo lasciano stremato. Lo hanno strizzato come uno straccio per i pavimenti. Vorrebbe chiuderli fuori, almeno per un po'. È solo; la ragazza non è tornata; perfino la tartaruga se n'è andata in cucina. La stanza è buia, schiarita solo dalle deboli lame di luce che i lampioni gettano dentro dalla finestra.

C'è solo una cosa che vorrebbe ricordare, ed è il viso di Gloria. Gli fa male quell'ovale vuoto che ha in mente, circondato da capelli neri. Altre parti di lei sono vivide e magnificamente illuminate: le scapole, come le vide sporgere dalla sua schiena quell'ultima notte, mentre dormiva accanto a lui; le caviglie, grosse e solide, un po' incongruenti nel suo scheletro sottile; le spalle, tese e compatte l'ultima volta che la vide, legata a una sedia; le lunghe dita che si posavano sul suo ginocchio, la sera; le stesse dita con cui lo toccò per la prima volta, la notte in cui si conobbero, alle due del mattino in una libreria dove, come un idiota, le chiese l'ora solo perché era così bella, solo per avviare la conversazione, e lei rispose non lo so, non ho l'orologio. Gli parve divertita, poi arrossì leggermente quando le sue amiche risero di lui, ma comunque gli sfiorò il polso con la punta delle dita dicendo, tu sì che ce l'hai, l'orologio, perché non me lo dici tu? E alzò gli occhi per guardarlo in viso, indomita, in attesa, come avrebbe fatto mille altre volte dopo quella notte, e ora lui vorrebbe tanto vedere il suo viso ma non ci riesce. Fluttua vuoto nella sua memoria, una macchia confusa di carne cancellata. Gloria era piccola senza essere fragile, questo lo ricorda. Era ossuta, quelle sue ossa gli tagliano la mente, e lui vuole essere tagliato, vuole essere ferito dalle

131

sue protrusioni, portarne le cicatrici sulla sua pelle nuova. Ma più di tutto vorrebbe riavere il suo viso, ricordare la forma del suo naso e degli occhi e la curva della mandibola nella nebbia che gli si addensa dietro le palpebre. Se solo riuscisse a vedere il suo viso, pensa, forse potrebbe riavere anche lei, un frammento di lei, almeno, non importa cosa le hanno fatto né cos'è diventata, e allora non si sentirebbe più così solo in quella casa buia.

Raccoglie le forze e fissa intensamente la parete vuota. Evocherà il suo viso su quella superficie bianca. Il compito è arduo e lento, ma lui è determinato. Eccolo, arriva. Potrà riavere almeno quella parte di lei.

Si impegna a lungo, nel più assoluto silenzio.

E finalmente ci riesce. Il viso di Gloria è là. La fronte è ancora sfocata e c'è un po' di nebbia lì dove dovrebbero esserci le orecchie, ma tutto il resto è stato ricomposto sulla parete bianca. Il viso di Gloria, dal pavimento al soffitto. Potrebbe librarsi verso quel viso, volarci dentro e perdercisi, aprirsi il cranio e premere il cervello nudo su quelle labbra, questo vorrebbe fare, invece resta immobile per non disperdere l'immagine. Resta concentrato. Fissa la parete senza muovere un muscolo, anche la mente è immobile, la sua memoria è come un vaso pieno di schegge che non bisogna scuotere né urtare, ora che ogni frammento spaccato di memoria è andato a posto. Il viso di Gloria risplende. Gli occhi soprattutto sono perfetti. Tiene stretta l'immagine dei suoi occhi, aperti e attenti, il capolavoro della sua ricostruzione.

Una chiave nella serratura. La sente girare. È tornata la ragazza.

Entra e si chiude la porta alle spalle. Si ferma un attimo e lo guarda senza accendere la luce. Lui sente il suo sguardo ma continua a fissare la parete, intensamente. Sotto il suo sguardo percepisce di nuovo il proprio corpo: le mani bagnate sul tappeto, le gocce che gli cadono dal mento, le ginocchia piegate. La luce dei lampioni che entra dalla finestra si mescola al fulgore del viso di Gloria. Resta immobile, non deve assolutamente muoversi, la vita del viso di Gloria dipende da lui. La ragazza avanza verso la parete. Entra nel-

132

la sua visione periferica, la bocca di Gloria è grande e voluttuosa e si schiude leggermente. Lui permette al suo sguardo di posarsi un attimo sulla ragazza.

Sei ancora qui, dice lei, senza traccia di stupore.

Lui la guarda e anche la bocca della ragazza si schiude leggermente, in un modo che gli fa rombare la testa perché è identico a come lo fa Gloria – assolutamente identico – ed ecco, il viso sulla parete scompare lasciando al suo posto un chiarore improvviso. La stanza diventa un vortice di stelle che roteano velocissime attorno a lui, vicino, sempre più vicino, minacciando di ferirgli il cuore. Vorrebbe emettere un suono sfrenato, un flusso sonoro gli sgorga dentro, ma resta intrappolato in gola.

Riesce solo a dire, Tu.

Poi si alza in piedi per la prima volta, con le ginocchia che gli tremano, e le tende la mano.

La ragazza lo guarda negli occhi, poi corre su per le scale e scompare.

DUE

7.

È rimasto così tutta la notte, con gli occhi spalancati fissi sulla parete vuota. Ormai quella conoscenza è indelebile, impressa in lui, un nocciolo duro di conoscenza, e la sua mente si tende per crearle attorno una forma nuova. Ha riconosciuto la ragazza.

È stordito, sbalordito. Mille domande lo assillano: com'è possibile? Come ha fatto a trovarla? E lei com'è arrivata in questo posto? Deve dirglielo chi è lui, e da dove viene lei?

Vorrebbe tanto dirglielo. Ma non osa. La ragazza potrebbe non essere pronta per quell'informazione, essendo cresciuta in quella casa... e tenendo conto di com'è scappata la notte prima.

Vorrebbe una cosa che non potrà mai avere. Una mappa di lei. Con tutte le sue strade interiori, le coste e i ghiacciai. Vorrebbe conoscerla meglio di quanto abbia mai conosciuto sé stesso. È stata così tante ragazze – un giorno ha compiuto mille giorni, e poi mille e uno – e ciò che è stata in ognuno di quei giorni non può resuscitare, non può ri-succedere, per quanto lui giri e perlustri il mondo alla sua ricerca. Pensa a tutte le versioni di lei che non potrà conoscere: bambina troppo piccola per tenere su la testa, bambina abbastanza grande da arrivargli alle spalle, bambina che gioca a nascondino nella credenza della cucina e a campana sul marciapiede, che porta i codini legati con un nastro, il vento nei codini e i codini nel vento, lo splendore del sole su quei codini non può accadere di nuovo, e poi ragazza riservata che scopre tempeste nel proprio corpo, ragazza tesa che scopre ragioni per battersi, ragazza in gamba con le sue armi, ragazza

137

che cresce sola, ragazza che cresce in compagnia, buona o cattiva che sia. E infine donna. Da qualche parte, in qualche modo, donna, con dentro migliaia di ragazze. E lui non può entrare. È accaduto nel passato. Un passato che non può ripetersi anche se lui lo vorrebbe tanto, vorrebbe poter spingere all'indietro la corrente del tempo, costringerla a scorrere nella direzione inversa, risalendo fino a tutte le ragazze e le bambine che lei è stata. Ha voglia di gridare, di esplodere fuori da quella sua strana pelle bagnata per il desiderio di vedere la sua infanzia, di sfiorare le sue piccole membra appena nate, di tenerla in braccio quando era troppo piccola per camminare, di spazzolarle i capelli quando era troppo piccola per andare a scuola, di salutarla al mattino quando usciva per andare a scuola, di essere con lei mentre faceva il suo primo passo e diceva la sua prima parola e pronunciava per la prima volta il suo nome. Vorrebbe che la ragazza riconoscesse quel nome come una cosa che le ha dato lui, dono di sillabe nella sua bocca, in quella di lei, nella bocca del mondo, possa questo nome diventare la tua casa. Piccole intimità, gioie comuni, le uniche davvero importanti. Si sforza di rintracciarle con la mente, di trovare il passato e di infilarvisi dentro a forza, gli è stato rubato e lui è furioso, lo rivuole indietro ma non trova la strada, non ha una mappa e il tempo è crudele, non gli importa di ciò che gli hanno strappato, il suo corpo e i suoi sensi e gli occhi e i giorni e la vita stessa, ma questo no, non può avere perso anche il tempo che avrebbe potuto passare con quella ragazza prima che diventasse la donna che ha visto, grande e giovane proprio com'era lui quando l'hanno fatto sparire.

Com'è bella. Quante cose ha sotto la pelle. Quanto ci sarebbe da scoprire, in lei; dovrà lavorare sodo per rimettersi in pari, gli sembra un compito infinito. Ma deve provarci. Per lui non c'è più confine tra conoscere la ragazza e conoscere sé stesso. Lei è la strada che porta al suo cuore, a ciò che ne resta, a ciò che è sopravvissuto all'annegamento. Vuole credere che il legame fra loro esista ancora, indelebile, codificato nel sangue della ragazza, in quel fluido che scorre nel suo corpo mantenendola viva e vitale, versato o-

gni tanto da un ginocchio sbucciato o per sigillare un giura-
mento infantile, amiche del cuore, per sempre, lo giuro, i-
gnara del fatto che le sue vere origini sono cifrate in ogni
sua goccia. Lei che imparava ad arrampicarsi sugli alberi e a
cadere, a fare promesse e a infrangerle, e lui non era lì per
prenderla al volo, per crederle, per pulire le sue ferite, attentamente, con entrambe le mani. Dieci minuti, pensa,
vorrei tutta la sua vita ma chiedo solo di essere trasportato
nella sua infanzia per dieci minuti. Sa bene come li impie-
gherebbe: loro due soli in riva al fiume, per vedere le sue dita frugare nella sabbia, memorizzare i contorni del suo viso,
ascoltare le sue parole, le sue risate o il suo silenzio.

Chiude gli occhi e si tende fino allo spasimo; non succede
niente. Non può tornare indietro.

Ripensa a tutto ciò che ha perso – a ciò che l'acqua gli ha
portato via – ed è questa la cosa più insopportabile. Il tempo
che non ha potuto condividere con quella bambina.

Ma non vuole macchiarsi di ingratitudine. Perché adesso
è con lei, lei è lì, in quella casa, e lui può almeno conoscerla com'è adesso. Non si lascerà sopraffare dal dolore. Deve
riscuotersi. La bambina non c'è più, ma può condividere
momenti preziosi con la ragazza grande. Non sa quale stella, quale dio o quale svolta del destino ringraziare per questa collisione con il suo mondo, per il tempo che potrà passare con lei, ma si affretta a ringraziare. Qualunque cosa sia
venuto a fare deve assolutamente farla, per sé stesso, per la
ragazza, per Gloria.

Gloria. Lei è uscita da te ed è sopravvissuta, com'è potuto
accadere? Anche tu sei sopravvissuta? Dove sei? Ma che tu
sia sopravvissuta o no, lei ti è stata strappata ed è stata portata qui, in questa casa. Come devi aver pianto la sua morte.
Ma lei è viva, Gloria, anzi, più che viva, e bella, più bella di
quanto io potessi immaginare. Una creatura con la bocca
come la tua.

Una bocca come la tua, che Dio la aiuti.

È mattino, spade di luce dentro di lui, vorace.

Siccome il mattino che mi incombeva addosso sembrava troppo ruvido di luce e di spazio, e siccome il terribile "Tu" pronunciato la notte prima dal fantasma mi bruciava ancora in mezzo al petto, per molto tempo non riuscii ad alzarmi dal letto. Pensavo a tante cose. Al solaio, celato dall'innocente soffitto della mia stanza. Una volta, avrò avuto otto, nove anni, ci andai per cercare dei costumi per una recita scolastica in un vecchio baule che era lì da sempre, logoro e pesante come il forziere di un pirata. L'avevo già visto altre volte, quel baule, ma senza aprirlo, e avevo sempre immaginato che contenesse sete pregiate, perle e medaglioni d'oro. Era la prima volta che andavo in soffitta da sola. La polvere danzava nell'unico raggio di sole che entrava dalla finestra. Il baule era chiuso a chiave. Provai a tirare forte la linguetta metallica decorata, ma non accadde nulla. Faceva molto caldo e l'aria era soffocante, non avrei dovuto essere lì, non avevo chiesto il permesso, sarei finita nei guai. Avvampai in tutto il corpo all'idea di quei guai. Dietro il baule spuntava il quadro, l'unico che mia madre avesse mai dipinto, quando aveva diciassette anni: un'enorme tela pacchiana lasciata lì a coprirsi di polvere, con le sue furiose ondate di pittura nera che si intorbidivano sopra monticelli spezzati di viola e vinaccia. I marosi sembravano sul punto di rovesciarsi fuori dalla grande tela per annegarmi. Quel quadro mi faceva paura, ma al tempo stesso avrei voluto saltarci dentro per cercare mia madre, la tempesta interiore che non increspava mai la sua superficie levigata ma che evidentemente da giovane era scappata al suo pennello e che ancora aspettava in quelle scure volute di colore, potenti, incombenti, informi. Il quadro però era immobile, non ci si poteva tuffare fra le sue onde e non rivelava i suoi segreti. Pensai a quella ragazzina, Alice, che un giorno era caduta in una tana di coniglio e si era azzuffata con la Regina di Cuori che voleva farle tagliare la testa. Come doveva essersi sentita cieca, Alice, mentre precipitava, roteando, euforica, perduta. Poi, una volta arrivata in fondo: la visione. Una visione eccessiva. Pericolo. Ci sono mondi in cui vorresti tanto entrare, mondi ai quali non dovresti nemmeno avvicinarti e mondi che sono entrambe le cose contemporaneamente. Restai davanti al quadro per molto, moltissimo tempo. Nemmeno adesso che sono cresciuta riesco a ricordare come e quando me ne andai dalla soffitta, come feci a spezzare l'incantesimo.

Anche un'altra volta andai in un posto proibito: un giorno, a casa di Gabriel, presi dalla libreria la sua copia di *Nunca más*. Lui era nella doccia e io compii quel gesto prima di avere il tempo di fermarmi o di chiedermi perché. Era un grosso volume rosso, impossibile da non notare in qualunque biblioteca. Ovviamente ne avevo già sentito parlare – tutti avevano sentito parlare di *Nunca más* – ma non l'avevo mai avuto concretamente fra le mani. Sfiorai con un dito il bordo consunto della copertina. NUNCA MÁS, c'era scritto, RAPPORTO DELLA COMMISSIONE NAZIONALE SUI DESAPARECIDOS. La commissione era stata creata dal presidente nel 1983, dopo il ritorno alla democrazia, per scoprire che fine avessero fatto le persone scomparse. Erano state raccolte migliaia di testimonianze. Quel libro ne esponeva la conclusioni. Quando io e Romina eravamo ancora amiche, lei lo chiamava «il libro terribile», quello che tutti devono leggere ma che nessuno riesce a finire. Inutile dire che a casa mia non c'era.

Lo aprii. Lessi finché non sentii che lo scroscio della doccia si interrompeva, cinque minuti circa, poi rimisi il libro sullo scaffale come se nessuno lo avesse mai spostato. Chiusi gli occhi. Ascoltai Gabriel muoversi dietro la porta chiusa, spazzolino elettrico, pettine, acqua di colonia. Nel rosa scuro dietro le palpebre vedevo corpi nudi e incappucciati dentro una cella, una verga d'acciaio, gambe spalancate a forza, dita dei piedi contratte su un pavimento insanguinato, una cucina vuota con le sedie rovesciate e poi le mani di mio padre posate sul nostro lucido tavolo da pranzo, i suoi piedi che entravano in ufficio e, la notte, la sagoma del suo corpo nel vano della porta di camera mia, una sagoma grande,

141

forte e nera, che bloccava completamente la luce proveniente dal corridoio.

Gabriel riemerse dal bagno, sentii il dolce profumo di pesca del suo sapone e l'aroma aspro dell'acqua di colonia mentre mi abbracciava da dietro e mi baciava sulla nuca scoperta, e quando mi appoggiai contro di lui le sue mani mi avvolsero il seno, facilmente, avidamente, di certo in quel momento non stava pensando a cappucci, verghe e aerei, anche se ovviamente sapeva tutto di quei cappucci, verghe e aerei, da sempre quelle cose rimbalzavano fra di noi allontanandoci l'uno dall'altra, alla deriva, sballottati qua e là dalla tempesta, incapaci di trovare un porto comune. Avrei voluto interrompere quelle carezze per non contaminare con il posto dove erano stati i miei pensieri la sensazione che mi davano le sue mani, ma il mio corpo la pensava diversamente: gemeva di desiderio; chiedeva forza, capezzoli strizzati fino a farli sanguinare (anche se lui non sarebbe mai arrivato a tanto), una scopata violenta (anche se lui avrebbe continuato a ripetere "amore, amore mio") come se solo così si potessero esorcizzare i rumori di carne contro metallo vomitati dal libro. Quando l'orgasmo si fu steso sopra di noi, restai aggrappata a lui e non volli districare le mie membra dalle sue né spiegargli perché.

Gabriel non tornò mai più sull'episodio e io gliene fui profondamente grata. Ma un'altra notte, non molto tempo dopo, a un certo punto disse: «Vorrei poterti lasciare».

Eravamo a letto, nudi, e lo disse con tenerezza, quasi fosse una canzone d'amore.

«Allora credo che dovresti farlo.»

Scrollò la testa. «Non posso.»

«Perché?»

«Non lo so, ma a volte è una cosa che detesto.»

«E le altre volte?»

«Le altre volte non me ne importa. Mi importa solo di stare con te.»

Mi accoccolai contro il suo petto. Era stata una giornata caldissima e la sua pelle sapeva di sudore, di sole e di sigarette, un odore mille volte più concreto delle sue parole.

«Comunque vada, ti aspetterò.»

«Aspettare? Per cosa?» Mi irrigidii, sulla difensiva, ma non mi alzai e non cercai di guardarlo negli occhi. Gabriel mi accarezzò i capelli senza dire niente.

Finalmente mi misi a sedere sul letto. Mancava poco alle undici. Se volevo arrivare in tempo alla lezione dovevo rinunciare alla doccia. Che strano rituale quello di prepararsi per uscire: riemergere al mondo e alla possibilità di fare delle cose che possano definirsi produttive comporta tanti piccoli riti intimi, come depilarsi le sopracciglia, insaponarsi fra le cosce e sistemarsi i capelli davanti allo specchio, tutti gesti che impongono di guardarsi senza guardarsi davvero. Quel mattino rischiai di fare un passo falso, ero tentata di guardare la mia faccia come qualcosa di più di una tela su cui stendere il trucco, di perdere tempo a studiarne i tratti e le curve. Eppure non volevo vedere i miei occhi, l'arco degli zigomi o la punta del mento, con quella strana fossetta al centro. Da dove mi veniva tutto ciò, cosa l'aveva modellata, quella faccia che ero abituata a definire mia? Il mio viso. Era davvero mio? Solo gli dei saltano fuori perfettamente formati dalla schiuma del mare o dalla fronte di altre divinità. Il mio viso aveva un'origine, e quel giorno non osavo pensarci. Mentre crescevo, tutti mi dicevano: «Hai lo stesso viso di tuo padre». Nessuno diceva mai che somigliavo a mia madre... mia madre con i suoi occhi azzurri e i capelli castano chiaro; era alla scura pesantezza di mio padre che somigliavo, ai suoi forti capelli neri da andaluso e alle sue folte sopracciglia aggrappate alla ripida cengia su due grandi occhi tristi che, secondo mio zio Joaquín, a suo tempo facevano girare la testa alle signore. Tutto il resto, in lui, era fatto di un materiale duro, adatto a forgiare un buon soldato... solo gli occhi sembravano portare il peso di un lamento informe, di uno strato vulnerabile che nessuno mai avrebbe potuto raggiungere.

E che dire del suo modo di cantare? Sbronzo, al buio, stonato e pieno di risonanze, trasformando in ninnenanne delle canzoni da osteria? Per me. Cantava per me. Con un'e-mozione nuda che raramente lasciava intravedere ad altri, forse mai. Quasi volesse così bene a quella sua bambina da aver nascosto e conservato per tutta la vita quei suoi strati vulnerabili per poterli finalmente rivelare a lei, solo a lei, sua luce e sua ricompensa. Quasi avesse sempre saputo che, il giorno in cui il dolore fosse diventato insopportabile, sua figlia ci sarebbe stata, per ascoltarlo, per abbracciarlo, per a-marlo addirittura, perché quale essere umano non risulta bello visto così da vicino? Visto attraverso gli occhi di una fi-glia? Anche a fronte dei peggiori orrori, lei non lo avrebbe mai lasciato. Perché era buona, perché era sua, perché non avrebbe potuto appartenere a nessun altro luogo.

Mentre mi alzavo e mi vestivo, non riuscivo a smettere di pensare a lui, a Héctor, l'uomo che avevo sempre chiamato «papà», al suo viso austero, alle sue mani gentili, al suo re-spiro odoroso di scotch e alla sua voce che cantava nel buio.

Rumore di passi giù per le scale, è lei che scende. La sua pelle freme per il ritorno della ragazza.

No, non dire nulla. La ragazza alza una mano. Non una parola.

La fissa. Non si è lavata, è asciutta e ancora un po' stropic-ciata dal sonno.

Hai fame?

Annuisce.

Acqua?

Annuisce.

Ovvio. Va in cucina. Torna con brocca e bicchiere. Lui mangia e mangia e l'acqua gli gocciola giù dal viso e filtra dentro di lui. Quando ha finito apre la bocca per ringrazia-re, ma lei ripete seccamente, Non una parola.

Si sporge in avanti appoggiandosi alle mani sul tappeto paludoso. Avevo ragione, pensa. Non posso dirglielo.

Non so come hai fatto a entrare, né quando pensi di an-dartene. Non so proprio cosa dirti.

Annuisce.

Ieri sera stavo per buttarti fuori. Sono stata sul punto di venire qui e trascinarti in strada.

Con l'angolo dell'occhio lui vede la tartaruga avviarsi verso la cucina.

Ma a quanto pare non riesco a farlo. Si lascia cadere su una sedia. Non oggi. Anzi, se te ne andassi oggi credo proprio che non lo sopporterei. Non te ne andrai, vero?

Alza la testa.

Adesso puoi parlare.

No.

Posso andare a lezione? Quando tornerò, sarai ancora qui?

Sì.

Come fai a esserne sicuro?

Non lo sono.

E allora come faccio, io, a fidarmi?

Non si è mai sicuri di niente.

Qualcuno dice di sì.

Mente.

La ragazza sorride con ironia. Forse.

Si appoggia allo schienale della sedia entrando in un raggio di sole, e per un attimo un luccichio inonda l'intricato viluppo dei suoi capelli.

8.

NETTARE E VELENO

Pensavo davvero di andare a lezione. Sul serio. Ma alla fine non ce la feci a uscire di casa. Non riuscii nemmeno a fare la doccia. Lessai le zucchine per Lolo e tornai in salotto. Sigarette per colazione. Ero di nuovo a corto di sigarette. Com'era possibile?

Il tappeto era rovinato. Aveva assorbito da parte a parte la strana acqua del mio ospite e puzzava di frutta in decomposizione. Cercai di visualizzarmi nell'atto di spiegarlo ai miei genitori, quando fossero tornati: *Mi dispiace, il vostro bel tappeto persiano è andato, è che in questi giorni ho ospitato un fantasma, o per meglio dire un* desaparecido *ricomparso. Sì, lo so, chi l'avrebbe detto... ma comunque non c'è una logica interna nella ricomparsa di ciò che è scomparso? Non è così che fanno anche le chiavi e i calzini spaiati? Se non si può spiegare in che modo una cosa è scomparsa, perché la sua ricomparsa dovrebbe sottostare alle leggi della ragione? E anche la ragione, in fondo, cos'è mai? Non è sempre stata usata per giustificare lo sfruttamento di... sì, sì, chiedo scusa, non volevo litigare, stavamo parlando del tappeto. Del vostro tappeto. Temo sia andato. Potreste sempre dire che è sparito.*

E questa non era che la versione più semplice, il modo in cui le cose avrebbero potuto ragionevolmente svolgersi se il fantasma se ne fosse andato prima del loro ritorno, di lì a quattro giorni. E se invece fosse stato ancora lì? In effetti non dava segno di volersene andare. E io non avevo la più pallida idea di come spiegare la sua presenza, ma soprattutto non sapevo come avrei impedito a mio padre di sgozzarlo. Mi sembrava di vederlo, con quell'espressione sul viso e un coltello da cucina, o quello che avrebbe potuto comun-

146

que fare con quelle mani bene addestrate... anche se ovviamente non ci sarebbe riuscito, perché i fantasmi non si possono sgozzare. Che risultato avrebbe ottenuto con i suoi tentativi? Mistero. Il futuro era avvolto nel mistero. Non sapevo proprio cosa avrei fatto quando i miei fossero tornati. Mi sforzavo di immaginare il momento, ma non riuscivo a focalizzarlo. Due vaghe figure si bloccavano sulla soglia del salotto, le facce imperscrutabili. Poi una delle due lanciava un grido, seguito da un fiume di parole ingarbugliate in cui distinguevo solo "Perla" e "casa nostra" e l'intonazione crescente di un punto di domanda. A quel punto sarebbe toccato a me parlare, rispondere alla domanda che non avevo capito, ma non riuscivo a immaginare di poter formulare parole coerenti, mi vedevo aprire la bocca per parlare ma ne usciva solo un fiotto d'acqua, com'era successo al fantasma il giorno in cui era arrivato.

Ovviamente erano solo fantasie ridicole. Che non mi avvicinavano di un passo all'ideazione di un piano concreto, assolutamente necessario, certo, ma che non riuscivo a elaborare. La parte pragmatica del mio cervello si era come sfaldata, il suo ordine preciso smantellato da frotte di pensieri che vociavano per essere notati, toccati, visti. Ma non potevo toccarli tutti. Come facevo a pensare al futuro quando avevo appena cominciato ad affrontare un passato affollatissimo? Il cervello è elastico ma non infinito, può tendersi solo di un tanto alla volta, poi si strappa; e il Tempo, evidentemente, non è affatto un fiume bensì un oceano che si estende in tutte le direzioni, immenso e disordinato, vorticoso di correnti spiraliformi. Impossibile sapere dove ti trascinerà, o in cosa ti trasformerai durante il viaggio.

Tutti questi pensieri mi si affollavano nella testa. Più che sufficienti per annegare.

Il tappeto. Stavo ancora fissando il tappeto. Non avevo alternative, dovevo liberarmene, ficcarlo da qualche parte dove nessuno potesse vederlo. Delicatamente e con grande sforzo aiutai l'uomo ad alzarsi. Lui non oppose resistenza, ma fu ugualmente difficile perché non aveva la forza di reggersi in piedi. Il contatto con il suo corpo mi stupì, era così normale, come un qualsiasi essere umano appena uscito dall'acqua, dall'acqua fredda, magari in una buia notte invernale. Arrotolai il tappeto e ne nascosi i resti fradici in cantina, poi tornai da lui.

«Ecco. Adesso sei asciutto.»

«Davvero?»

Lo guardai. Sgocciolava. «Un po' più all'asciutto, voglio dire. Hai un posto asciutto dove stare.»

Lo riportai in mezzo alla stanza e gli sistemai attorno degli asciugamani, per catturare l'umidità man mano che sgorgava da lui. Si era sdraiato sul fianco, così io, delicatamente, seguii con gli asciugamani la curva della sua schiena e gliene sistemai altri lungo le gambe e attorno ai fianchi, asciugamani bianchi contro la sua pelle pallida. Gli coprii il sesso con un altro asciugamano, acconciandolo come una sorta di perizoma, anche se ormai mi ero abituata alla sua nudità e non dovevo più fare uno sforzo consapevole per evitare di guardargli i genitali. Non so perché lo feci. Forse mi erano venuti in mente i lebbrosi della Bibbia, le loro suppliche, i gesti di grazia e carità. Volevo porgergli aiuto, non per altruismo, le mie ragioni erano un po' più complesse. C'era anche qualcosa che riguardava me in quei gesti, una sorta di espiazione, o forse di indennizzo, ma per che cosa esattamente non avrei saputo dire.

Continuavo a dirmi che di lì a poco sarei uscita per andare a lezione, ma mentre gli sistemavo l'ultimo asciugamano attorno alle ginocchia compresi che invece non l'avrei fatto. Non potevo uscire. Ero sempre stata il tipo di ragazza convinta che il cielo le sarebbe crollato addosso se fosse arrivata in aula con qualche minuto di ritardo, ma in quel momento pensai: "Al diavolo, che crolli pure se proprio deve, e che crollino anche i miei voti se non possono farne a meno, non m'importa, non m'importa affatto, non ce la faccio a uscire. Tutto ciò che conta è qui, in questa stanza, in questa strana storia che si dipana... C'erano una volta una tartaruga, una donna e un uomo o forse un non-uomo, e i tre passarono molte ore insieme come se in qualche modo la loro

148

vita dipendesse dal passare, o dall'*insieme,* o da come le ore affondavano lentamente sotto la loro pelle".

Stavamo zitti, insieme. Lui fissava il soffitto. Così io ero libera di osservare il suo naso, le orecchie, gli occhi, il modo in cui la mandibola formava un angolo in fondo alla sua faccia. Sarebbe stato bello se non fosse stato tanto bluastro e fradicio. Mi sarebbe piaciuto vedere com'era stato prima di morire. Doveva essere stato giovane, sulla soglia dell'età adulta. Probabilmente, a quell'epoca, aveva avuto un viso fresco e pulito e un corpo snello, e l'amore gli era piovuto addosso come una grazia. Il mondo gli si era dipanato davanti in tutto il suo splendore e in tutte le sue possibilità, invitandolo a fare un passo avanti per esplorare e toccare tutto ciò che voleva, e lui sicuramente l'avrebbe fatto se non fosse scomparso.

Non riuscivo a smettere di guardarlo, di tendere la fantasia per ricreare i suoi tratti da vivo.

Prima di sera aveva inzuppato tutti gli asciugamani. Li sostituii con altri asciutti, pur sapendo che non sarebbero durati a lungo.

«Ti andrebbe di spostarti nella vasca da bagno?»

Scosse la testa. Il salotto era diventato la sua stanza.

Più tardi, mentre mi lavavo i denti, mi venne in mente la piscinetta gonfiabile. La trovai dopo avere rovistato a lungo in cantina. Era stata riposta con cura in uno scatolone, con sopra un'etichetta scritta nella grafia di mia madre. Mamma era la persona più organizzata che avessi mai conosciuto. Godeva nel mantenere l'ordine, come se ordinare scatoloni e sistemare scaffali potesse tenere a bada il cupo, sgradevole caos del mondo. «Come ho fatto a sposare un uomo che non trova nemmeno le sue chiavi?» l'avevo sentita dire a suo marito, sorridendo. «Non vi hanno insegnato niente, nella Marina?» E papà le sorrideva di rimando, di buonumore: «Chi ha bisogno della Marina, se ci sei tu?». Questo succedeva nelle giornate buone, quelle che avrei richiamato alla memoria in tempi meno gradevoli.

Aprii lo scatolone e tirai fuori tutta quella plastica rossa. Mentre la tenevo in mano, sentii il pieno calore dell'erba estiva, rividi le sfumature rosse dell'acqua fra le pareti di plastica, udii lo sciaguattare attorno al mio corpo, di nuovo piccolo, magro e tenero, il corpo in perenne mutamento di una bambina; ed ecco, ero una principessa, oppure un delfino, oppure un misto di entrambe le cose, un animale di stirpe reale con pietre preziose incastonate sulle pinne. Il sole saltellava e scintillava nell'acqua. Battevo i piedi e tutta la mia piccola corte – pesci, cavallucci marini e polipi – fremeva di piacere. Si inchinavano davanti a me, la principessa Perla, e le correnti salmastre cantavano il mio nome, *Perla, Perlita, nuota per noi, agita l'acqua.* Io ridevo. Nuotavo tutto attorno al mio piccolo mare, completamente sola, ma fingendo di non essere sola, senza un pensiero per il fiato uscito dai polmoni di mio padre che aveva creato la piscina e ne teneva su il bordo. A volte papà si accucciava vicino alla piscinetta e mi guardava giocare con un'espressione di confusa tenerezza, come se ancora stentasse a credere a tanta fortuna, una vera principessa in casa sua, o almeno così immaginavo i suoi pensieri dal punto di vista del mio gioco sottomarino. E allora pensavo: "Ordinerò ai cavallucci marini di portargli un dono (un sasso, un sussurro, un ossicino raro), pover'uomo, così legato alla terraferma, incapace di sperimentare il nostro mare". Nel contesto del mio gioco papà apparteneva a una specie diversa, una razza inferiore, priva di quel che ci vuole per apprendere le vie acquatiche. Era uno straniero per me; e, anche se lui non lo sapeva, le creature immaginarie di cui mi circondavo sì che lo sapevano. I cavallucci marini si rifiutavano di portargli doni; i polipi rabbrividivano di diffidenza; i pesci si raggruppavano attorno a me in cerca di protezione. E io dovevo placarli, *shh, non preoccupatevi, dovete essere gentili con lui. Non è una creatura malvagia. È solo che non capisce il nostro mondo.*

Tornai in salotto e gonfiai la piscinetta. Lui era ancora sdraiato sul fianco, le membra flosce come sempre, e mi guardò soffiare con quegli occhi che sembravano leggermi dentro, grandi, chiari, indecifrabili. Un uomo con membra flosce, gambe deboli e occhi così forti. Posai la piscinetta al centro del pavimento e lo aiutai a entrarci, puntellando il peso del suo corpo mentre alzava prima una gamba e poi l'altra. "Stiamo imparando", pensai.

Sembrava un bambinello in una mangiatoia di plastica, con le membra così raggomitolate dentro i suoi confini. Non sapevo cosa dirgli, ma in quel momento non sembrava aspettarsi parole da me. Sembrava immerso nella contemplazione del cigno di porcellana sulla libreria. Mi buttai sul divano e lessi un romanzo di Saramago che avevo lasciato a metà qualche mese prima, e che parlava di una città che precipita nel caos perché tutti i suoi abitanti vedono bianco e soltanto bianco. Lessi finché le parole non cominciarono a fondersi e a perdere ogni significato. Mi addormentai con il libro aperto sul petto.

Il mattino dopo il livello dell'acqua era salito; la piscinetta era piena per un terzo.

«Buongiorno. Hai sgocciolato molto, vedo.»

«Ho ricordato molto.»

«Sgoccioli quando ricordi?»

Si strinse nelle spalle.

Andai a prendere una grossa tazza e un secchio e cominciai a svuotare la piscinetta, lentamente, una tazza dopo l'altra. Guardavo l'acqua cadere dalla tazza nel secchio, intercettando la luce del primo mattino. Sembrava un po' limacciosa, opaca, come l'acqua di fiume, ma per il resto aveva un aspetto del tutto normale. «Allora i ricordi sono nell'acqua?»

Non rispose.

«Mi piacerebbe sapere cosa hai ricordato.»

Ebbe un'espressione dubbiosa.

«Non mi credi?»

Si strinse di nuovo nelle spalle.

Ricorda che, quando era nell'acqua, l'acqua lo mangiò, mangiò il suo corpo, e man mano che il suo corpo si decomponeva la sua coscienza si liberava nel mare. La coscienza – questo gli ha insegnato la morte – è una cosa duttile, grande e traslucida, che può raccogliersi o disperdersi, espandersi o contrarsi, diventare più fluida o più vischiosa, intorbidirsi o stare ferma. Una volta staccatasi dal corpo diventa come un alone di presenza, libero, amorfo. Lui si sentì sciolto, svincolato, senza un volume o una densità permanenti, semplicemente compenetrato con l'acqua. Gli oggetti dotati di vita o di volume potevano attraversarlo senza difficoltà: correnti, limo, il freddo degli abissi, la danza delle stelle marine, le lunghe dita dei coralli, tentacoli, pinne che affettavano il mondo al loro passaggio, il tremolio del sole, i delicati coltelli della luce lunare, ossa semisepolte dalla sabbia e altre cose di cui non conosceva nemmeno il nome, e comunque non c'erano più nomi, solo l'andare a fondo, il vorticare, il librarsi a mezz'acqua scivolare riversarsi aprirsi chiudersi dell'essere.

Il mare, la sua vastità infinita, la lunga spinta di onde sconfinate, il mare scuro e bagnato e sporco, nel mare non era mai solo, il mare era pieno di presenze, anche presenze come la sua perché il suo corpo vivo non era precipitato da solo, altri corpi si erano disfatti come lui nell'acqua, altre nebulose di coscienza si spostavano seguendo le correnti, è illusorio pensare di essere uno e uno soltanto, soprattutto dopo che il corpo si è dissolto: perché allora si svelano le verità condivise; lui si fuse con gli altri, che gioia e che emozione mescolarsi a loro, portare a termine la fusione che la loro pelle aveva cominciato prima del volo. Ora, senza la pelle, era ancora più facile, c'erano ricordi nell'acqua, e l'acqua era meravigliosamente fredda, ricordi come puntini luminosi che lampeggiavano attraverso di loro, attraverso i banchi di pesci che li trapassavano, attraverso l'acqua di cui erano fatti, lampi iridescenti del loro passato collettivo: qualcuno correva a piedi nudi in un campo di grano, qualcuno apriva le gambe nude su un tavolo di cucina, la pelle di qualcuno si spaccava attorno ai polsi per le manette, qualcuno guardava la pelle delle salsicce spaccarsi sulla griglia, qualcuno si contorceva legato a una griglia, qualcuno giaceva tra due uomini che si contorcevano nel sonno, qualcuno si svegliava alle note di un tango suonato al pianoforte, qualcuno ballava su una terrazza piena di gente, qualcuno si nascondeva in una cantina vuota, qualcuno puzzava di merda, qualcuno puzzava di paura, qualcuno profumava di gelsomini notturni, qualcuno baciava una donna sotto un gelsomino notturno, qualcuno baciava le dita dei piedi di un bambino, qualcuno era bambino, qualcuno aveva paura del buio, qualcuno recitava le preghiere serali in una linda camicia da notte di cotone, qualcuno ascoltava una favola della buonanotte, qualcuno ascoltava uno sparo, qualcuno piangeva, qualcuno cantava, qualcuno apriva le mani ed erano vuote, non esisteva più qualcuno, tutti i ricordi erano condivisi, ciascuno ricordava o, più che ricordare, condivideva una sola coscienza pervasa di ricordi; ricordi che brillavano tra le maglie che erano tutti loro; e quelle maglie si espandevano e si contraevano, tutte insieme, come un palpitante polmone sottomarino.

All'inizio ne arrivavano sempre di nuovi. Cadevano in acqua allo stesso modo, a grappoli, schiantandosi sulla superficie del mare. Il grande polmone collettivo li inalava e li aiutava a decomporsi, *shh, shh, coraggio, ce la farai, spogliati delle tue carni, spogliati di tutto il dolore, apriti all'acqua, lascia che il tuo corpo si dissolva, lasciaci assorbire il resto di te come fosse ossigeno. L'acqua culla e respira, e nell'acqua ci sono cose che ti svegliano. Nel bagnato ci sono cose che si inabissano e scompaiono.* Ma poi c'è questo, il fondersi di tutte le cose, la sciabordante permeabilità della coscienza, che sfreccia con luminosi dardi di memoria che appartengono alle correnti, al respiro, alle alghe, al limo e agli squali... e così in questo alone liquido tutte le cose appartengono le une alle altre, le alghe appartengono alla luce che illumina le loro fronde, i respiri al limo, e i ricordi agli squali che a loro volta appartengono a tutto il resto in questo fradicio polmone collettivo.

E poi il sole, il sole pulsava in ogni cosa, lento e dorato, riversando il suo calore nell'acqua. Anni incommensurabili di sole subacqueo. Le grandi maglie della loro coscienza an-

davano alla deriva nel vasto oceano, baciavano le radici di i-
sole calde e di freddi iceberg, ma poi tornavano sempre.
Tornavano alle coste della loro terra e si fermavano davanti
al delta del fiume selvaggio. Il fiume sbadigliava il suo benvenuto. Apriva loro le sue liquide fauci. Li risucchiava e loro
cavalcavano le sue ricche acque risalendo la corrente fin
dentro la profonda insenatura fra i due paesi brulicanti di
vita umana. Le fauci del fiume li attiravano, li agganciavano,
sembrava li riconoscessero e volessero tenerseli vicini. E loro pervadevano il fiume con facilità e allegria. Era la loro casa. Erano così vicini ai loro cari viventi da sentirne quasi il
sapore – muscosità mattutina, sudore pungente e amara tristezza – nelle particelle di terra che intorbidivano l'acqua.
Era il quasi-sapore dei loro cari viventi a trattenerli in quella baia salmastra. Nel frattempo le città sulle due rive del fiume ronzavano come sempre, ignare della terza città, la città
liquida, che fluttuava sott'acqua poco lontano da lì, facen-
dosi beffe della loro solidità, sfidando l'arroganza del loro
acciaio e della loro pietra, *pss, ehi, ci siamo anche noi, anche
noi siamo reali*, respirando nel grande spazio bagnato fra i
due paesi, fra acqua salata e acqua dolce, fra mare e fiume,
fra vita vera e vera morte.

Adesso la sa, la sua storia, conosce l'arco essenziale della
sua genesi. Un po' di tempo fa è piovuto in mare ed è morto. Nella morte si è fuso con altre persone e i ricordi continuano a emergere, per questo è qui, per questo è tornato:
per far schiumeggiare e risalire i ricordi e farli zampillare
fuori dall'oscurità nella luce sonora.

Per questo, e anche per lei. Il suo ritorno non avrebbe
senso senza di lei.

L'acqua sembrava rossa come la piscinetta che la contene-
va. L'uomo si era creato un suo Mar Rosso. Quando la tiravo fuori con la tazza, l'acqua perdeva il colore e diventava
chiara e trasparente, un po' limacciosa. L'ospite mi guardava travasare l'acqua nel secchio, guardava la mia mano im-

mergersi nella piscinetta per prenderne ancora. Poi alzava gli occhi su di me e mi fissava senza sbattere le palpebre.

Gli sorrisi.

Anche lui sorrise, un mezzo sorrisetto, il primo da quando era arrivato. Mi aspettavo che parlasse, che mi raccontasse i suoi sogni, oppure che mi facesse delle domande, ma non disse niente. Adesso era lui quello reticente e io quella che avrebbe voluto parlare; il silenzio attorno a noi era una cosa palpabile che avrei voluto spaccare in mille pezzi.

«Sei comodo?» chiesi.

Mi guardò come se fosse la cosa più strana che mi avesse sentito dire fino a quel momento.

«Voglio dire, nella piscinetta.»

«Va bene, sì. Grazie.»

«Se hai bisogno di qualcos'altro...»

«Ti stai dando troppa pena per me.»

«No.»

«Immagino che avrai altre cose da fare.»

Mi strinsi nelle spalle. «Possono aspettare.»

Si chinò in avanti appoggiandosi alle mani, in quella posa che mi ricordava tanto quella di un cane. Un cane randagio che comincia appena ad abituarsi alle comodità di una casa umana.

Accesi una sigaretta, andai a sedermi, guardai fuori dalla finestra. La mattina era più avanzata di quanto pensassi; il cielo, pur coperto da un leggero lenzuolo di nubi, era pieno di una luce forte. Non avevo guardato l'orologio né mi ero lavata i denti. Non volevo lavarmeli, i denti, volevo che il sapore stantio che avevo in bocca si mescolasse con quello del primo tabacco della mattina, così la mia bocca avrebbe avuto un sapore corrispondente a come mi sentivo: impresentabile, ridotta a bisogni materiali e a impulsi irrazionali. «Sei sicuro di non volermi dire cos'hai ricordato?»

«Stavolta aveva a che fare con l'acqua.»

«Che cosa?»

«Il modo in cui ci siamo fusi nell'acqua dopo che i nostri corpi si sono dissolti.»

«Noi chi?»

155

«Siamo stati in molti a precipitare.»

«Da dove?»

«Dal cielo.»

«Da un aereo.»

«Come fai a saperlo?»

Guardavo oltre la sua testa, verso i cespugli del patio, assolutamente immobili perché non c'era vento. «Alcune storie sono state raccontate. Parti di storie.»

«Riguardo agli aerei.»

«Sì.»

«E a come siamo precipitati.»

«Sì.»

«E ne succedono ancora, di quelle cose?»

«No. Non qui, almeno.»

«E in altri posti?»

«Chi lo sa?»

«E queste storie ti spaventano?»

«No. Non lo so.» La sigaretta era finita, troppo in fretta, si era ridotta a un filtro macchiato di giallo che schiacciai nel posacenere e subito abbandonai. Il gusto mi restò in bocca, amaro. Mi costrinsi a guardarlo. Fissava la foto del matrimonio dei miei. La sua mascella puntava contro di loro come una freccia.

«Parlami di quei due.»

Improvvisamente ebbi la sensazione che nella stanza non ci fosse abbastanza aria, il salotto era diventato un posto ostile alla respirazione. «Cosa vuoi sapere?»

«Chi sono?»

«I miei genitori.»

Lui non si mosse né si ammorbidì. «Sì. Ma chi sono?»

«Vuoi sapere i loro nomi?»

«Chi.»

Avrei voluto scrollarlo, togliere alla sua voce quello spigolo tagliente, nuovo, che non volevo capire. «Si sono conosciuti al matrimonio di un cugino di lei. Sono entrambi di Buenos Aires, anche se la famiglia di mia madre ha delle terre su al Nord.»

«E?»

«E... lui era già un ufficiale. Lei avrebbe voluto fare l'artista, diventare pittrice, ma quando si conobbero ci aveva già rinunciato.»

«Perché?»

«Perché ci rinunciò?»

«Sì.»

«Non lo so. La costrinse suo padre.»

«Come?»

Cercai di raccontargli quella storia nella versione che avevo ricostruito mettendo insieme i lapsus furtivi e le aspre esplosioni di mia madre, e lui mi ascoltò con espressione intenta, senza staccare gli occhi dalla fotografia. Quella giovane donna, la donna di cui stavamo parlando, Luisa, era cresciuta in una famiglia che da cinque generazioni possedeva aziende agricole e bestiame, e che aveva due costanti: le regole e i soldi. Due entità onnipresenti, indiscutibili. Da ciò che ero riuscita a scoprire, suo padre non alzava mai la voce né chinava la testa davanti a nessuno, mentre sua madre era un'elegante frequentatrice del bel mondo che splendeva nei giorni buoni e guardava tutti in cagnesco in quelli cattivi, finché un giorno, quando Luisa aveva nove anni, era partita per Roma e non era mai più tornata. Luisa era cresciuta come una brava bambina, obbedientemente cattolica, obbedientemente zitta, con tutti i fiocchi e i sorrisi al posto giusto, anche se nessuno sapeva cosa si agitasse e ribollisse sotto la sua superficie. Poi, a diciassette anni, aveva trascorso un'estate a Madrid con uno zio e durante quell'estate, l'estate del 1969, aveva scoperto dentro di sé un nocciolo di ribellione e gli aveva permesso di dipanarsi. Era il periodo della sua vita che mi affascinava e mi sconcertava di più, una breve versione di mia madre che non capivo ma che avrei tanto voluto capire. Questa versione di Luisa portava i capelli con la scriminatura nel mezzo, indossava lunghe gonne alla contadina e in un solo mese aveva scoperto la marijuana e Salvador Dalí. Tutte cose che mi aveva rivelato lei poco prima del mio esame di maturità, nell'unica sera in cui mi avesse mai parlato di quella parte della sua vita, io e lei da sole sdraiate sul mio letto. Era stata lei a raggomitolarsi vicino a me. A cena aveva bevuto più vino del solito e anch'io ne avevo bevuti due bicchieri. Mi si era addormentata una gamba, ma non osavo muoverla per dare sollievo all'intorpidimento per paura che, se lo avessi fatto, mamma si sarebbe riscossa da quella sua trance affabulatrice, avrebbe smesso di parlare e si sarebbe alzata per tornare ai suoi rituali notturni. Non volevo muovermi per non urtare il caldo, fragile portale che si era aperto fra noi, attraverso il quale fluivano i racconti di mia madre. «E c'è un'altra cosa che devi sapere», aveva ripreso. «Tu magari pensi di essere l'unica al mondo ad avere sogni grandiosi, è questo che si pensa quando si è giovani, tutti abbiamo creduto di essere i primi al mondo ad assaggiare qualunque cosa stessimo assaggiando. Be', avresti dovuto vedermi, quell'estate a Madrid.» Mamma si era appoggiata con il gomito al mio cuscino, le gambe raccolte sotto il corpo come una ragazzina persa in un sogno a occhi aperti, come se tutti gli anni trascorsi si fossero cancellati nell'abbandono di quella sera, come se lei non fosse stata una madre sdraiata sul letto della figlia bensì un'adolescente intenta a confidarsi con l'amica del cuore. (Quella sera avevo concepito la deliziosa speranza che da allora in poi saremmo state sempre così, madre e figlia, donne-amiche, capaci di condividere segreti e delizie. Sembrava fattibile. Probabilmente era il vino.) A Madrid, aveva raccontato, la marijuana l'aveva resa un po' troppo paranoica per i suoi gusti, la faceva sentire come un volante che giri vorticosamente, fuori controllo, e ben presto aveva smesso di usarla. Dalí, invece, le era penetrato fin nelle ossa e le aveva dato fuoco: donne nude con una rosa sanguinante sul ventre, formiche che sgorgano da mani vuote, teste sbucciate come arance: verità selvagge, visioni implacabili, la mente umana rivoltata come un guanto. Si ingozzava di visite ai musei, dove stava ferma per ore davanti a un singolo quadro di Dalí o di Picasso o di Goya o di Velázquez o di Bosch. La turbavano soprattutto i quadri molto famosi, quelli che attiravano frotte di turisti che restavano a guardarli a bocca aperta, inebetiti, dimentichi dell'ora e del luogo. Tanta attenzione, e per così tanto tempo, per i quadri dipinti da un solo, singolo mortale. Un giorno, mentre davanti al *Giardino delle delizie* osservava incantata tutti quei corpi nudi di uomini e donne che in un'angoscia senza fine precipitavano nell'inferno attraverso le viscere di un mostro dotato di becco, aveva deciso: sarebbe diventata pittrice. Avrebbe dedicato la sua vita alla creazione di immagini su tela, dando vita con il suo pennello a forme e creature che non esistevano in nessun altro luogo, e che non sarebbero mai esistite se non fosse stato per le sue mani. Tornando a Buenos Aires aveva portato con sé due album di schizzi e una riproduzione della *Persistenza della memoria,* un quadro che non aveva potuto vedere con i suoi occhi perché gli *yankee* l'avevano rubato alla Spagna molto tempo prima. Dopo di che aveva comprato colori, pennelli, una tavolozza e una sola tela, ma enorme. E solo quando tutti quegli oggetti erano stati al sicuro in camera sua, inconfutabile presenza, era andata da suo padre e aveva detto: «Voglio fare la pittrice, frequentare una scuola d'arte».

«Perla», mi aveva confessato la sera in cui mi aveva raccontato tutta la storia, «non puoi nemmeno immaginare come mi tremavano le mani mentre gli parlavo.»

Il padre di Luisa era scoppiato a ridere, poi, rendendosi conto che non era uno scherzo, aveva sputato in un cespuglio di rose poco lontano. Quindi aveva girato sui tacchi e se n'era andato, e l'argomento non era mai più stato sollevato. Luisa, tornata in camera sua, aveva guardato la tela, i colori, gli album pieni di schizzi estivi, prova tangibile dell'esistenza della ragazza che aveva scoperto dentro di sé a oceani di distanza dall'Argentina. Per tre giorni di fila si era rifiutata di mangiare, ma suo padre non ci aveva fatto caso. Il quarto giorno si era chiusa a chiave in camera, aveva mescolato tutti i tubetti di colore a olio in caotiche spirali e aveva creato il primo e unico quadro della sua vita, una mostruosità astratta di rabbia nera e marrone e vinaccia, ammucchiata in pennellate impetuose che sembravano sporgersi e scagliarsi fuori dalla tela, inquietanti e gravide come una tempesta. Poi aveva bruciato gli album, aveva dato via tavolozza e pennelli e da quel giorno aveva dormito all'ombra del suo quadro, perché non avrebbe saputo dove altro metterlo. Si era ripromessa solennemente di scappare di casa il più presto possibile, e la cosa era avvenuta due anni dopo, quando aveva scovato un giovane ufficiale della Marina di nome Héctor disposto a sposarla. Ma ormai la ragazza che con tanto orgoglio aveva percorso le sale del Museo del Prado era scomparsa, e l'unico ricordo che ne restava era imprigionato in un brutto quadro finito nella soffitta della loro nuova casa.

«Non è vero che la costrinse», disse l'ospite.

«Come dici?»

«Tuo nonno. Lui si limitò a sputare.»

«Ma glielo proibì.»

«Le tagliò forse le mani?»

Ero sbalordita. *No*, avrei voluto dirgli, *non le tagliò le mani perché non ce n'era bisogno, perché gliele aveva già tagliate molto tempo prima, in tutti gli anni in cui aveva monopolizzato l'autorità sulla sua famiglia, in cui tutte le regole e tutto il potere e tutte le risposte erano emanate da lui solo e da nessun altro. E se non lo capisci, se non sei cresciuto in una famiglia del genere, allora non potrai mai sapere come la mente si ammanetti da sola e si amputi da sola le membra con tanta perizia che non ti viene mai più in mente di sentirne la mancanza, che non ti sfiora l'idea di avere mai avuto qualcosa di così osceno come una possibilità di scelta.* Ma come potevo dire tutte queste cose a una persona che forse aveva conosciuto ben altri tagli, tagli veri, concreti, di vere mani e vere dita dei piedi, e che aveva sentito il peso di manette di vero metallo su vera pelle? Cosa avrebbe pensato, uno come lui, della frustrazione di non poter dipingere di una ragazza ricca? «No. Non le tagliò le mani.»

«Allora poteva dipingere. Era libera.»

«Lei però non lo sapeva, di essere libera. Probabilmente non poteva vederlo. E questo non faceva di lei una persona incatenata?»

Si strinse nelle spalle, poco convinto, e sul viso sembrò scendergli un velo che rese indecifrabile la sua espressione.

160

Era strano che sentissi il bisogno di prendere le difese di mia madre, di convincere l'ospite che, da ragazza, era stata vittima di una forza psichica elusiva ma non per questo meno brutale, che era una donna complessa, con le sue ferite e i suoi difetti e una grande forza di volontà capace anche di volgersi al bene, per esempio alla protezione, alla cura e all'educazione di una bambina piccola. Ma non le dissi, tutte queste cose, me le tenni dentro, perché avevo la sensazione che l'ospite non volesse sentirle o non potesse recepirle nel modo in cui le intendevo io. Non che io sapessi esattamente come le intendevo, a dire il vero, o quali fossero le mie convinzioni in merito. Mi faceva male la testa. E anche lui sembrava provato dalla nostra conversazione: la sua pelle gocciolava copiosamente, come se fosse appena tornato da un'immersione.

«E lui?» domandò poi fissando di nuovo la fotografia, in particolare l'uomo accanto alla sposa. La sua voce era bassa e rauca. «Lui chi è?»

Avrei dovuto saperlo, che stava arrivando. «Un caos.»

«Cosa vuoi dire?»

«Non voglio parlare di lui.»

Mi aspettavo di vederlo ritrarsi. Mi era già capitato di dire a qualcuno che mio padre era un ufficiale, sicuramente un'informazione più che sufficiente per suscitare repulsione; avevo già visto quell'espressione negli occhi di Gabriel, in quelli di Romina per tutti gli anni della scuola, e in così tanti altri occhi che ormai sapevo perfettamente come difendermi, come rendere impenetrabile la mia superficie, il viso composto, l'argomento di conversazione prontamente cambiato, la macchia di crimini indicibili sepolta e celata alla vista. Ma in ogni caso non potevo fare a meno di percepire chiaramente le mie reazioni interiori. La vergogna era lì pronta, insita nelle mie fondamenta, e si sarebbe levata per colpirmi da un momento all'altro, al minimo ritrarsi del suo corpo o della sua mente. Ma lui non si tirò indietro, non barcollò. Si limitò a guardarmi con viso aperto e con qualcosa negli occhi che sarei stata tentata di chiamare tenerezza se non fosse stato così feroce e se la tenerezza, nel nostro

161

rapporto, non fosse stata così assurda e impossibile. Fuori a-
veva cominciato a piovere, ma io non me n'ero accorta. La
finestra catturava i brividi piangenti del cielo. Ci guardammo, ascoltando il suono della pioggia.

«E tu?» disse lui con grande dolcezza.

«Io?»

«Chi sei, tu?»

«Di questo non so assolutamente nulla.»

L'ospite alzò la testa e resse il mio sguardo, e io non riuscivo a capire, non avevo una teoria in cui inquadrare o articolare quella fame, quel bisogno di stare con lui, di perdermi o di ritrovarmi in quegli occhi scuri, insondabili.

«No», disse. «No, non è vero. Tu lo sai.»

Nessuno, conoscendo mia madre Luisa, avrebbe immaginato che un tempo era stata la ragazza fervida e appassionata che voleva diventare pittrice e che correva su e giù per i
musei di Madrid. Nemmeno io, che pure ero cresciuta alla
sua presenza, l'avrei mai pensato. Mia madre il mistero, mia
madre la donna con la maschera.

Una volta, una volta soltanto vidi il volto nudo di mia madre. Fu un incidente, un passo falso, la conseguenza di un
grave errore. Era la vigilia del mio ottavo compleanno ed
era ora di andare a letto, ma il mio cuore straripava di colori caldi e luminosi perché l'indomani, per festeggiare, mamma mi avrebbe portata allo zoo, dove avrei rivisto le giraffe
con le loro esili zampe, le mascelle snodate e i grandi occhi
sereni. Tutti pensano che sia il collo a rendere tanto specia-
li le giraffe, invece no, sono gli occhi; io lo sapevo perché,
l'ultima volta in cui avevo incontrato lo sguardo della mia
giraffa preferita, per un lungo istante le nostre anime si erano parlate prima che l'animale si girasse per tornare alle
sue foglie. Due occhi talmente lontani fra loro da sembrare
fatti per abbracciare tutto il mondo nel loro campo visivo.
Occhi che mi davano la sensazione di galleggiare a due me-
tri da terra. E il giorno dopo le avrei riviste, le giraffe, e siccome era il mio compleanno forse mamma mi avrebbe la-

sciata stare vicino al loro recinto un po' più a lungo. Prima il cono gelato, poi le giraffe: questo, pensai mentre mi lavavo i denti, era l'ordine giusto. E una volta finito di spazzolarmi denti e capelli ero talmente ansiosa di condividere con lei il mio programma che mi precipitai alla porta della sua camera da letto e la spalancai, scordando la regola fondamentale che prima bisognava bussare.

Mamma si stava struccando. Era un solenne rito serale, rigorosamente privato, che veniva celebrato su un pouf imbottito davanti a una toilette e a uno specchio circondato da otto lampadine. A volte ero riuscita a rubarne qualche immagine, in passato, ma di solito si svolgeva dietro una porta chiusa, avvolto da un'aura di mistica segretezza. Un monticello di batuffoli sporchi giaceva in mezzo al tavolo, fra i suoi portagioie e i flaconi di profumo. Il viso di mamma era fatto solo a metà: uno degli occhi aveva ancora la sua perfetta maschera di righe nere e ombre azzurre, mentre l'altro, nudo e scavato, spogliato di ogni pittura, fissava stanco il proprio riflesso nello specchio.

«Mamma», dissi.

Mamma non si mosse né sbatté le palpebre, ma l'occhio nudo diventò stranamente duro. Continuò a fissare il proprio riflesso. Io aspettavo, e all'improvviso desiderai di poter cancellare le mie azioni, di annullare la mia entrata in quella stanza, di poter aspettare la luce del mattino per parlare con mamma della visita allo zoo. Dopo qualche istante interminabile, il riflesso di mamma mi guardò senza sorridere.

«Si può sapere cosa vuoi?»

Lo disse con una voce che non le avevo mai sentito, la voce con cui ci si rivolge a uno sconosciuto indegno di fiducia. Lo specchio rifletteva un occhio nudo, freddo, arrabbiato e assolutamente estraneo.

«Avrei dovuto bussare», dissi. «Scusa.»

«Sciocca bambina. Non è di questo che stavo parlando.»

Esitai. Non capivo a cos'altro potesse riferirsi. Mi sforzai di ricordare se avevo fatto qualcos'altro di sbagliato, quel giorno, a parte la trasgressione di aver varcato in quel modo la soglia di camera sua, ma non mi venne in mente niente. Era stato un venerdì come tutti gli altri. Avevo fatto tutti i compiti e aiutato ad apparecchiare la tavola per cena. Doveva esserci dell'altro, pensai, qualcosa di molto più grave, un fallo di quelli che trascendono il tempo sfuggendo a ogni correzione possibile. Precisarlo meglio sembrava una fatica di Ercole: grande, impossibile ed essenziale per la sopravvivenza; non ce la potevo fare. Mi sentivo piccolissima.

La sentii sospirare, un sospiro lungo e lento. Restai dov'ero, paralizzata, fino a quando, con mio grande sollievo, mamma parlò di nuovo. «Sai una cosa?»

«Cosa?»

«Io non ero fatta per essere madre.» Lo disse in un tono al tempo stesso rassegnato e vagamente nobilitato dal dolore. «Spesso mi capita di pensare che non saresti dovuta arrivare.» L'occhio nudo fissava il proprio riflesso, intensamente, quasi cercandovi qualcosa di nascosto.

Io non riuscivo a pensare ad altro che al quadro in soffitta, a quelle dense pennellate nere e viola che sembravano sempre sul punto di riversarsi nella stanza.

Poi mamma mi guardò nello specchio, e il suo sguardo era così nudo che avrei voluto poter distogliere il mio. «Perla, dimentichiamo tutto.» Parlava a voce molto bassa. «Va' a letto, adesso, e faremo finta che non sia successo niente.»

Tornai in camera mia senza dire una parola.

Quella notte sognai porte e porte e ancora porte.

Il mattino dopo avevo paura all'idea di rivederla, ma quando scesi le scale per fare colazione mamma si era rimessa la solita maschera, applicata con precisione: cipria, rossetto, sorriso radioso. Mi servì latte e pane tostato e diede un'occhiata all'orologio. «Sei pronta?»

Annuii.

«Bene, allora in marcia.» Il suo viso era sereno e affettuoso, tanto che per un attimo mi domandai se l'incontro della sera prima non fosse stato semplicemente un frutto della mia immaginazione. E avrei potuto convincermene se non fosse stato per il modo in cui il suo sguardo indugiava su di me, cercando conferma di un patto destinato a non essere mai esplicitato. Un patto che mi racchiudeva all'interno di quel momento e che sapevo non avrei mai tradito. Lei avrebbe indossato la sua maschera e io avrei indossato la mia, e fintanto che nessuna delle due l'avesse lasciata cadere tutto sarebbe filato liscio: lei ne aveva bisogno e quindi io dovevo aiutarla, e anch'io ne avevo bisogno, giusto? Durò solo pochi secondi, quello sguardo indugiante; poi mamma annuì, soddisfatta, o almeno così credo. «Mangia il tuo pane, Perlita.»

Non avevo appetito ma mangiai lo stesso, e riuscii addirittura a tirar fuori un mezzo sorrisetto.

Allo zoo ebbi il mio cono gelato e la mia ora con le giraffe; leccai la fredda vaniglia lentamente e con attenzione mentre fissavo in silenzio gli animali, con i loro famosi colli lunghi e le divertenti mandibole, ma per quanto facessi, per quanto a lungo restassi davanti al recinto, per quanto forte le chiamassi con il pensiero, quella volta non riuscii a indurle a incontrare il mio sguardo.

Piove. Piccole gocce strappate dal corpo di una nuvola annunciano la propria caduta con gemiti e lamenti. Ne ascolta la traiettoria attraverso l'aria, là fuori, grigie, azzurre, lilla, striano la fodera interna del mantello del tempo. Sono puro colore, pura sostanza, puro suono. Solo la pioggia è pura in questo strano mondo e precipita verso l'assetato caos della terra.

Lei è in cucina a preparare il pranzo. Presto gli porterà dell'altra acqua. Ne è affamato, non vede l'ora di triturarla umidamente fra i denti, di sentirla entrare nel suo corpo per dargli sostanza, per rafforzare la sua presenza e la sua veridicità sussurrando fra le sue parti interne, *anche tu appartieni a questo posto, wshhh, questo mondo è anche il tuo...* ma non vuole chiedergliela, lei sta per arrivare e sa che ci penserà da sola. Ogni ora che passa ha meno difficoltà a percepire i ritmi del suo pensiero. La sua mente è una schiva creatura della foresta, forse una cerva, elegante, dagli zoccoli leggeri, esperta nello sparire tra gli scuri anfratti del fogliame al minimo fruscio d'allarme. Una creatura tutt'altro che facile da avvicinare, e men che meno da toccare. Se vuole arrivare a toccarle la mente, deve avere pazienza. Deve girarle attorno, ma anche saper stare assolutamente immobile. E soprattutto non deve lasciarle scorgere quel che gli monta dentro quando pensa ai due della foto, agli altri due inquilini di quella casa: un reflusso acido che gli fa venire voglia di ululare. No, non si agiterà, non ululerà, perché non vuole spaventarla, ma soprattutto perché deve assolutamente imparare a sopportare le verità che hanno riempito la casa e che si sono impossessate della ragazza. È affamato di verità, le vuole anche se dovessero risultargli velenose. Perché senza verità non potrà conoscerla davvero. E anche per te, Gloria, anche per te: perché se mai ti ritrovassi – se potessi sperare contro ogni speranza che anche tu, un giorno o una notte, all'improvviso tornerai come ho fatto io, con alghe fra i capelli o vermi di terra o pallottole o fiamme –, se riuscissi a ritrovarti nelle curve strade del futuro che sicuramente si inarcano anche all'indietro fino al passato, e se in quel momento non fossimo troppo spezzati e potessimo parlarci ancora o fonderci l'uno nell'altra come facevo quando ero nell'acqua, so che ricercheresti in me ogni particella della conoscenza che ho della ragazza, e io ti darei ogni cosa, il nettare come il veleno, le stelle e l'abisso, tutto ciò che ho visto, odorato e udito di lei, e quelle cose ti farebbero rabbrividire e ti spaccherebbero in due, tutta la verità che riuscirò a raccogliere, tutta la verità di cui avrò la forza di impregnarmi.

E anch'io vorrei conoscere le tue verità, sapere cosa ti è successo dopo la mia scomparsa. Ci sono così tante domande in sospeso.

Cerca il viso di Gloria in giro per la stanza, ma stavolta non lo trova, non riesce a ri-crearlo tutto intero sul fondale bianco della parete. Perché la stanza è troppo viva, risuona del respiro della libreria, del brusio dei libri, dei gemiti della pioggia, del rumore di fondo di quella luce rannuvolata che sbanda attraversando l'aria. E poi c'è la piscinetta in cui adesso abita e che trattiene attorno al suo cor-

166

po i suoi stessi tiepidi fluidi; anche questo canta; la sua mente è piena dello sciabordio, del ronzio e dello scintillio del suo piccolo mare privato che, uscito da lui, lo sostiene, lo avvolge, lo stringe nel suo duttile abbraccio. Gli fa male... Gloria, la mancanza di Gloria. Raccoglie la mente e cerca di concentrarsi. Lei gli arriva in flebili barbagli. La vede solo se rinuncia al bisogno di un tutto coerente. Una Gloria spezzettata, schegge disperse, frammenti di Gloria che spuntano fra gli oggetti sparsi per la stanza. Un occhio di Gloria, con le ciglia e tutto, ammicca dalla punta di una matita infilata in un bicchiere. I capelli di Gloria sono drappeggiati sullo schienale di una sedia, uno schienale a stecche di legno d'abete che sorregge le sue chiome come reliquie. Il suo naso spunta dal dorso di un romanzo. Il collo si inarca nei piccoli movimenti della tenda, flessuoso e docile, pronto per un bacio. Il respiro di Gloria nel lento imbrunire del giorno. Una coscia, senza ginocchio né fianco a cui attaccarsi, è gettata sul divano in una posa seducente, solo che non c'è un corpo da cui farsi sedurre, non c'è una donna intera che sorrida o inarchi la schiena o alzi la gonna dicendo Vieni. Il sesso di Gloria gli appare solo quando fa notte, nell'ombra degli angoli più remoti, in molti luoghi contemporaneamente, pavimento davanzale soffitto che si schiude nel buio per diventare lei, Gloria, Gloria, bagnata, intensa e potente. Tu sei qui, Gloria, e io accetto ogni tuo pezzo, mi ci crogiolo, ne bevo la vista, ogni singolo capello e dito del piede è una benedizione. L'occhio guarda, il collo ruota, i capelli fremono, la coscia aspetta una carezza. Vorrebbe dire alla ragazza che Gloria è lì, dirle di come i frammenti di Gloria infestino la stanza, ma come per tutte le altre cose si sforza invano di trovare le parole. E comunque la ragazza – anche se le vuole bene, anche se è affamato di ogni istante di vicinanza con lei – non è come lui. È viva. E i vivi a volte non capiscono; non capiscono la bellezza di una donna spezzettata sparsa per tutta la stanza come dopo l'esplosione di uno shrapnel.

167

Quando tornai dalla cucina con dell'acqua per lui e un toast per me, lo vidi fissare il quadro, il quadro di Tía Mónica, quello con il mare e la nave realizzati con le stesse pennellate azzurre. Era concentratissimo, come se il soggetto del quadro fosse in movimento e raccontasse un'appassionante storia di ritorno a casa o di fuga. Chissà cosa passava per la testa di Mónica mentre lo dipingeva, se aveva pensato a una storia di ritorno a casa o a una storia di fuga, all'urgenza di metter su casa o di scappare di casa. *Ricordati*, sussurrava il quadro, *di espormi alla luce*, e l'aria sembrava brandire le vicende di Tía Mónica, frammentarie e parziali, come io le conoscevo. In buona parte filtrate dalle lenti del disprezzo di mamma. Sicuramente i suoi stessi desideri giovanili repressi contribuivano a spiegare il suo sdegno: tutto il desiderio che aveva provato per pennelli e tavolozza compresso in una tagliente lama d'odio. «Tua sorella», l'avevo sentita dire a papà, «è l'unica cosa di te che disprezzo. Una sciocca donnicciola intrappolata nel periodo blu di Picasso, del tutto priva di talento, che ha vissuto come una puttana coprendo di vergogna l'intera famiglia.» Quelle parole lo avevano ferito così profondamente da indurlo a guardare sua moglie come se stesse per colpirla, una reazione che non gli avevo mai visto; però mamma non si era mostrata sorpresa, anzi, aveva alzato il mento come a dire, *non solo confermo ciò che ho detto, ma me ne vanto*. Doveva essere stato insopportabile per lei, giovane sposa, vedere Mónica continuare a dipingere sfidando apertamente la volontà di suo padre e la presunta indisponibilità di Dio a concederle la benedizione di un qualche talento, e non solo dipingere ma addirittura esporre i suoi quadri in alcune piccole gallerie del centro. Libera, flagrante, terribilmente sfacciata. A quell'epoca Mónica abitava insieme a un'amica in un fatiscente appartamentino di San Telmo, poi, a detta di tutti, si era addirittura messa a fare politica... cioè, dalla parte dei sovversivi. Qualcuno diceva che fosse entrata nell'ERP, un gruppo guerrigliero il cui acronimo, alle mie orecchie infantili, suonava un po' come l'imitazione di un rutto.

Ovviamente poteva anche essere tutt'altro gruppo, un'organizzazione che non aveva niente a che vedere con l'ERP, perché a quell'epoca il movimento clandestino di sinistra era diviso in mille fazioni e correnti; i sovversivi, mi disse mamma una volta, nei primi anni Settanta infestavano l'Argentina come scarafaggi, «tu non hai idea di quanto fosse grave la situazione, la violenza, i rapimenti, nessuno si sentiva più al sicuro, lascia che te lo dica, oggi tutti parlano male dei militari ma bisognava pur fare qualcosa». Ovviamente non menzionava mai i gruppi violenti di estrema destra, come l'AAA, della cui esistenza sarei venuta a sapere solo molti anni dopo. Da bambina, tutta la fase prima della dittatura mi appariva come un periodo di caos, con pericoli in agguato dietro ogni angolo, giovani corrotti da cattivi maestri e una violenza gratuita esercitata in nome della rivoluzione. Era incredibile che una parente di mio padre – la sua stessa sorella! – avesse potuto unirsi a quella gente. Sembrava impossibile, ma ovviamente non lo era. La sorella di mio padre non era certo l'unica guerrigliera nata e cresciuta in una famiglia come la nostra.

Comunque, stando a ciò che ero riuscita a scoprire, Mónica non aveva mai respinto le accuse formulate contro di lei, ma non aveva neppure ammesso niente. Era partita per la Spagna prima che i generali prendessero il potere. Qualcuno aveva detto che si era stabilita a Madrid... come dev'essere bruciata di invidia, mia madre! Quella donna, quella puttana, viveva nella sua adorata mecca perduta! Da allora erano passati venticinque anni e nessuno aveva più sentito parlare di Mónica; che, per quanto ne sapevamo, poteva essere a Madrid come in qualsiasi altro luogo della Spagna o del pianeta, o anche morta. Non aveva più telefonato né scritto, e anche se mamma diceva sempre che la famiglia l'aveva ripudiata, a me sembrava che fosse stata lei, Mónica, a ripudiare noi. Mónica, «la ragazza che se ne andò», Mónica l'apertura, la vicenda che serve da lezione, l'esilio, la fonte d'imbarazzo, la carta matta. A casa nostra il suo nome non veniva quasi mai pronunciato. Io l'avevo conosciuta solo in vecchie fotografie, risalenti a prima della mia nascita – una giovane donna seria, con un'espressione triste ma carica di sfida perfino nell'abito bianco della prima comunione – e attraverso quell'unico quadro con la nave blu che a volte mio padre fissava come chi cerca qualcosa, come chi attende, come se da un momento all'altro la nave avesse potuto invertire la rotta o gettare l'ancora in un gesto d'arrivo lungamente atteso.

E invece eccola là, la nave, sospesa, senza mai arrivare a destinazione né abbandonare il tentativo. La guardai mentre porgevo all'ospite la sua acqua. Se Mónica fosse entrata in casa in quel momento e lo avesse visto, cosa avrebbe detto? Forse avrebbe spalancato la bocca per lo stupore vedendo la piscinetta rossa e il suo contenuto, o forse avrebbe girato sui tacchi e se ne sarebbe andata, *Se ho lasciato tutto questo c'era una ragione, non coinvolgetemi nelle vostre storie*, o forse si sarebbe seduta con noi e ci avrebbe aperto le sue storie, su dove era stata e chi era in realtà suo fratello e chi era stato suo padre e alla fine, dopo essersi svuotata di tutte quelle chiavi e quei racconti, forse avrebbe posto la domanda impossibile che già il fantasma aveva formulato e che era rimasta a volteggiare nell'aria senza risposta: *E tu, Perla, chi sei?* E ancora una volta io non avrei avuto alcuna risposta plausibile. Non ci sarebbero state parole sulla mia lingua, solo aria.

Il fantasma divorò la sua acqua. Come sembrava grato (si vedeva dall'ammorbidirsi dello sguardo) per un semplice bicchiere d'acqua. Sembrava percepirne la consistenza segreta, farla crocchiare e cambiare di forma sotto il lavorio delle mascelle.

La piscinetta era già mezza piena. Sembrava uno che facesse il bagno. Andai a prendere la tazza e il secchio e ricominciai la mia opera di svuotamento. E intanto pensavo: "Questo sgocciolio non finirà mai, lui non si asciugherà mai, per il resto della mia vita continuerò a raccogliere e a versare quest'acqua dall'odore pungente che forse contiene in forma liquida l'essenza degli incubi che il mio ospite ha dovuto vivere prima di morire. Chi avrebbe mai immaginato che ricordi del genere potessero distillarsi in un'acqua dall'odore pungente, chissà che sapore avrà? Se la bevessi, assorbirei tutti i suoi ricordi? E, in tal caso, come potrei sopportarlo?". Ero come ipnotizzata dall'acqua che raccoglievo e versavo, dal suo delicato riversarsi nel secchio. Con che facilità l'acqua tornava sé stessa e prendeva la forma del suo contenitore. Era trasparente e cedevole; non rivelava nulla.

Avrei dovuto sentirlo come un peso, come l'orlo della pazzia, questo bisogno di inginocchiarmi accanto alla piscinetta per toglierne l'acqua uscita da lui. E invece no. Ormai mi ero spinta troppo oltre per preoccuparmi della pazzia e dei suoi orli; mi sembrava di averli varcati da tempo e desideravo solo restare per sempre vicino all'ospite, non pensare troppo e lasciar filtrare la sua presenza dentro di me, lasciarle impregnare l'aria di quella casa così piena di geroglifici e di ombre, una casa che da troppo tempo aveva sete. La sua presenza mi saturava, risvegliava i miei spazi vuoti e li faceva rombare. Mi sentivo dissolta ed espansa a un tempo. Il mondo normale mi sembrava lontanissimo, un reame bizzarro con una lingua che stavo rapidamente disimparando. Pensai alla città là fuori, piena di gente, piena di pioggia: studenti che si tuffavano nelle aule con i capelli sgocciolanti, professori che chiudevano le finestre e notavano o non notavano la mia assenza, taxi che scivolavano pericolosamente sull'asfalto bagnato, caffè versato nelle tazzine di bar affollati di corpi in cerca di calore, ombrelli che tenevano lontana la pioggia dai piccoli, oscillanti cerchi di spazio che la gente si costruiva attorno mentre camminava decisa, con uno scopo preciso, o forse fingendo di averlo. Come se tutti sapessero bene dove stavano andando e perché. La città era un posto molto faticoso, con quella sua perenne farsa di normalità, con i suoi scopi veri e inventati. Il giorno dopo avrei dovuto affrontarla anch'io – in casa le provviste cominciavano a scarseggiare – ma non quel giorno. Non era il posto più adatto per una ragazza che si stava svincolando da tutti i suoi legami, per una mente priva di ormeggi.

Il campanello suonò, riscuotendomi dal lungo, nebbioso tumulto dei miei pensieri. Non aspettavo nessuno e non avrei aperto a nessuno, non c'era nessuno che avessi voglia di vedere o che intendessi far entrare nel mio mondo. Decisi di ignorarlo, di fingere di non essere in casa, finché quella persona non se ne fosse andata di sua spontanea volontà. Ma il campanello suonò di nuovo. L'ospite alzò la testa e mi guardò con occhi spalancati.

Poi sentii la chiave girare nella serratura.

Era giovedì. Il giovedì Carolina veniva sempre a fare le pulizie. Suonava prima di entrare, ma aveva la chiave. Mi precipitai in anticamera. Carolina stava già schiudendo la porta e arricciava il naso per l'odore, perplessa.

«*Hola*, Carolina.»

«Perla, ma cosa...»

«Mi spiace, non puoi entrare.»

Fece la faccia offesa. Era una persona anziana e lavorava per noi da molti anni. «Come?»

«Non è un buon momento.»

«Ma ho promesso ai tuoi genitori...»

«Lo so, ma non oggi. Quando saranno tornati.»

Annusò l'aria, come per confermare la sua prima impressione. «Perla, cosa sta succedendo?»

«Sarebbe difficile spiegarlo.»

«C'è odore di marcio.»

«Esatto. Ma è un problema mio, pulirò io.»

«Posso aiutarti.»

«No.»

«Hai rovesciato qualcosa? Portato a casa una balena spiaggiata?»

"Qualcosa del genere", pensai. Ma non dissi niente.

Carolina mi fissò come se mi fossi trasformata in qualche strano animale selvaggio, capace di spingersi oltre i confini di un comportamento accettabile. Poi cambiò tattica. «I tuoi mi hanno già pagato, per oggi.»

«Non c'è bisogno che lo sappiano. Io non dirò niente.»

Incrociò le braccia sul petto e mi guardò.

«Prenditi un giorno libero.»

Non si mosse, però stava ascoltando.

172

«Ti prego.»

«E cosa dirò ai tuoi quando torneranno?»

In quel momento, con l'allarme di una persona che si ri-scuote da un lungo sogno a occhi aperti e finalmente vede una realtà ovvia, mi resi conto che i miei sarebbero torna-ti di lì a tre giorni. «Niente.»

Mise il broncio.

«Per allora tutto sarà tornato alla normalità», dissi, con una sicurezza che ero ben lungi dal provare.

Con un sospiro Carolina si arrese e tornò verso la porta. Stavo per chiudere quando si voltò a guardarmi. «Perlita, ma cosa ti prende?»

Feci un debole sorriso e chiusi la porta.

E, mentre ascoltavo il rumore dei suoi passi lungo il via-letto, quella domanda continuò a squillarmi nella testa.

9.

Mi svegliai sul divano, nella pallida luce del primo mattino. Mi ero di nuovo addormentata al piano terra, ma non a-
vevo portato giù né una coperta né un cuscino perché mi
ero detta che avrei solo riposato un po' gli occhi, che di lì a
un momento sarei andata di sopra, a letto, che non mi sarei
accampata in salotto solo per restare vicino all'ospite. Men-
tendo a me stessa, come sempre. Quante, troppe bugie.

Il buio spingeva dal fondo della mia mente, saliva dalla mia
gabbia toracica, minacciando di espandersi dentro di me e di
corrodermi. Ogni fibra del mio corpo si torceva e imprecava
contro ciò che sapevo, e che ancora cercavo di negare.

Questa cosa non la potrai sconfiggere.

Ma non posso nemmeno lasciarla entrare.

Devi.

Finirà col distruggermi.

Anche le menzogne.

Fuori in strada un cane abbaiava, un suono dolente e lamentoso. La pioggia era cessata, ma il cielo era ancora di
una delicata sfumatura di grigio, come una seta sottile e ma-
linconica. Nel patio i rosai scintillavano in tutta la gloria della loro umidità, tutti foglie e spine, senza fiori. L'ospite era
sdraiato nella piscinetta, con gli occhi chiusi. Nel sonno
sembrava quasi in pace, come un bambino.

In quel momento capii con assoluta certezza che non a-
vrei più potuto nascondermi. Non perché non lo volessi,
ma perché non c'era più spazio, nemmeno un angolo abbastanza asciutto in tutta la casa. Mi alzai e, con mia grande

sorpresa, sentii che i miei piedi erano saldi e sotto controllo. Fu allora che cominciai a dire addio.

Il ricordo che gli arriva comincia con la bellezza, era una bellissima giornata: cielo azzurro, strade vocianti, una vittoria per l'Argentina. La Coppa del Mondo si giocava a Buenos Aires, era il 1978, il mondo intero li guardava e loro avevano vinto. Si sentì percorrere dalla corrente elettrica della rivalsa, non poté evitarlo; era sempre stato piuttosto scettico nei confronti del fervore nazionalistico, eppure... il mondo intero li stava guardando, andavano al massimo, e lui, pur insofferente di ogni patriottismo in una fase politica così torbida, non poteva rinnegare, non avrebbe mai potuto rinnegare la sua passione per il calcio. Aveva guardato la partita con tutto il corpo in tensione, proteso in avanti sulla sedia, i muscoli delle gambe che gli si contraevano a ogni scatto, fuga in avanti e glorioso tiro in porta dei giocatori. Sentiva il colpo sordo del pallone contro la testa, le grida dei tifosi, i capelli appiccicati dal sudore, dal vento e dal movimento, come se anche lui fosse stato sul campo per scrivere il nome del suo paese nel grande libro della storia. Aveva esultato, protestato e vissuto quella tensione insieme a tutti i suoi compatrioti, sia sugli spalti sia a casa, davanti al televisore come lui, separati da muri d'intonaco e di idee ma uniti, per un giorno, dal pulsante legame del gioco, e quando i giocatori avevano infilato il pallone nella porta avversaria anche il suo corpo era scattato in piedi e i suoi polmoni erano esplosi in quell'orgiastico GOOOOL! che aveva squassato lui, la sua città e il mondo intero, l'intera dannata e sbalordita circonferenza del globo... era già passata un'ora e la televisione ne rumoreggiava ancora. Anche la strada fuori dalla finestra rumoreggiava, piena di sole, di gente e di bandiere bianche e azzurre, di automobili con il clacson premuto, di radio a tutto volume e di gente che gridava *ganaa-mos! ganaa-mos!* Abbiamo vinto! E alla televisione ancora gente, folle ancora più numerose, si vedevano le bocche spalancate e i pugni levati verso il cielo, e il generale Videla circondato dalle altre uniformi aveva stretto la mano a Henry Kissinger, il quale aveva fatto migliaia di chilometri per assistere all'evento e per rendere omaggio alla nazione argentina; anche lui sugli spalti per ammirare la loro forza e la loro vittoria, era una benedizione nemmeno troppo tacita al golpe militare, ovviamente, gli USA tutti sorrisi con i generali, ma nell'aura radiosa della Coppa del Mondo nemmeno questo lo aveva fatto arrabbiare. Le grida di gioia della strada esplodevano in tutto il loro polifonico splendore e lui se le sentiva in corpo, anche lui voleva scendere in strada, unirsi agli altri, fondersi con quelle strade che dopotutto erano le sue strade, le strade del popolo, strade in cui si poteva ballare nonostante le brutte voci che correvano, aspettava solo Gloria, sarebbe tornata da un momento all'altro, e allora si sarebbero tuffati, insieme, nella loro città in fermento.

Gloria arrivò in ritardo, con le falde del soprabito svolazzanti: era già da un pezzo che i bottoni non si allacciavano più attorno al suo ventre gravido. Entrò come una furia, soprabito e capelli e occhi in disordine, selvaggi, poi guardò il televisore come se fosse una perversione, la peggiore possibile, e disse, Spegni quella merda.

Lui la fissò imbambolato dal balconcino.

Spegnila!

Rientrò nella stanza, spense il televisore e cercò di calmarla accarezzandole le spalle, ma lei non si lasciò calmare. Se lo scrollò di dosso e si mise a camminare avanti e indietro come una belva in gabbia.

Mio fratello è andato.

Andato?

Scomparso. Ieri. È uscito per andare al lavoro e non è più tornato.

Cercò disperatamente qualcosa da dire, ma non gli venne in mente niente. Fuori, le voci esultanti continuavano a gridare, Abbiamo vinto, abbiamo vinto!

Mia madre non ha smesso un attimo di piangere, ci ho provato ma non sono riuscita a farla smettere.

Gloria alzò gli occhi. La sua espressione vuota lo terrorizzò ancor più delle parole.

Gloria.

Non so cosa fare.

Pensi che fosse un Montonero?

Non avrebbe potuto dire niente di più sbagliato. Gloria si voltò dall'altra parte. Pensi che questo li autorizzi a fare quello che vogliono di una persona?

Non ho detto questo.

Non lo so, cos'era o cosa non era.

Mi dispiace.

Mamma ha tirato fuori il fazzoletto bianco, vuole unirsi alle Madres.

Immaginò la madre di Gloria a Plaza de Mayo, con una foto di Marco fra le mani. È pericoloso, disse.

Dice che non le importa. Dice che siamo noi a dover stare attenti.

Noi?

Annuì.

Ma se non abbiamo fatto niente.

Gloria s'infiammò, scoprì i denti. Cosa c'entra? Perché, Marco cos'ha fatto?

Niente, certo.

Eh? Cos'ha fatto?

Gloria, adesso calmati.

Non aggiunse altro. Un'ondata di trombe entrò dalla finestra, accompagnata da un frastuono di clacson e dai primi versi dell'inno nazionale suonati dagli ottoni e cantati in coro dalla folla esultante, *Oíd, mortales, el grito sagrado: ¡libertad, libertad, libertad!* Ascoltate, o mortali, il grido sacro: libertà, libertà, libertà! Avrebbe dovuto pensare al fratello di Gloria, al suo *hermanito*, come lei insisteva a chiamarlo nonostante fosse molto più alto di lei, con il suo carattere passionale, una vena di cocciutaggine, i capelli spettinati e i baffi alla moda che lo facevano più vecchio, ma riusciva a pensare solo alla pancia di Gloria, al bambino che c'era dentro, mancavano solo tre mesi al momento in cui si sarebbe affacciato al mondo, il suo compito di protettore era già

cominciato, era suo preciso dovere difenderlo (quella crea-
turina selvaggia che la notte prima aveva dato dei calci contro la sua mano) da ogni pericolo, compreso quello di un u-
tero inondato dal panico della donna che lo ospitava, da
tutte le reazioni chimiche della disperazione, avrebbe voluto calmarle, addolcirle, sicuramente tutto sarebbe tornato
in equilibrio se solo Gloria si fosse calmata.

Magari presto lo rilasceranno.

Dio, sei veramente un idiota. Ma non capisci?

Non sopportava la distanza che si era creata fra loro, non
vedeva l'ora di cancellarla. Disse, scusa.

Mamma pensa che dovremmo andar via.

Lasciare il paese?

Sì.

Partirà anche lei?

No.

E tu cosa pensi che dovremmo fare?

Non lo so. Non lo so. Si accarezzò il pancione e pianse in
silenzio.

Si sveglia. L'inno nazionale non c'è più e nemmeno Gloria, ci sono solo la piscinetta, quella stanza e la ragazza, ingi-
nocchiata sul pavimento con una tazza d'acqua pronta per
lui. Ha i capelli bagnati, dev'essersi lavata, e i suoi occhi
hanno un'espressione strana, che lui non ha mai visto prima e non sa identificare. Gli porge l'acqua e lui si china sulla tazza, mangia, mastica il liquido incandescente e sente
che lo pervade, lo accresce, gli dà forza. Guarda la ragazza
avvicinarsi con il secchio e cominciare a svuotare la piscinetta e pensa, ancora una volta tu mi dai la vita. Quel pensiero
gli fa venire voglia di piangere, come può essere che sia lei a
dargli la vita, la giovane al vecchio o la figlia al padre o la viva al morto e non viceversa, sembra del tutto illogico e invece è giusto e vero. Lui lo accetta, anche se la testa gli si spacca sotto il peso della gratitudine. Lei è talmente magnifica,
ogni microscopico peluzzo è una rivelazione, come ha fatto
una cosa così stupenda a uscire da Gloria e dal suo seme? E

poi è buona, buona e gentile, così gentile verso lo strano essere che lui è diventato, nonostante l'improvviso e invadente caos che sicuramente ha portato nella sua vita... una gentilezza senza ragione, senza senso. Non arrenderti mai alla ragionevolezza, le comunica con il pensiero.

Devo uscire, dice lei.

Annuisce.

Non so a che ora tornerò.

Lui regge il suo sguardo e giurerebbe proprio che vuole dirgli qualcosa, un piccolo rigonfiamento delle labbra suggerisce l'idea di parole che lottano per scappar fuori prima che il cervello ne dia l'ordine, e poi i suoi occhi, sono svegli, vivaci, familiari – li ha già visti, molti anni prima –, esattamente uguali ai suoi, se li ricorda, lo fissavano dallo specchio, occhi intensi, occhi pieni di notte.

Dove vai?

In vari posti, risponde, e prima che lui abbia il tempo di raccogliere i pensieri per dire qualcos'altro si alza e se ne va.

Ora il ricordo gli offre una coda melodiosa: la notte in cui l'Argentina vinse la Coppa del Mondo, Gloria si addormentò fra i suoni di una città ubriaca. Rimase disteso vicino a lei, sveglio, con gli occhi spalancati, irrequieto, il pancione di sua moglie che gonfiava il lenzuolo accanto a lui come la voce incarnata del fato. Era così grossa, ormai, vulnerabile nonostante la sua fierezza, aveva pianto un fiume di lacrime per suo fratello e poi era crollata e si era addormentata, sfinita dalla sua stessa rabbia impotente. Voleva lasciare il paese. Non voleva lasciare il paese. Qualunque cosa lui dicesse, aveva sempre torto e lei sempre ragione, si scagliava contro di lui come una pantera. Come si può proteggere una donna che cerca di dilaniarti con i suoi artigli appena ti avvicini? Eppure lui doveva proteggerla, era suo dovere, il voto più solenne che avesse fatto in vita sua. A volte gli amici lo sfottevano perché prendeva tanto seriamente i voti coniugali, vuoi tu prendere e conservare, Dio come sei pedante, e buffo anche, e forse era davvero buffo e pedante... dopotutto era la fine degli anni Settanta. Ma a lui non importava: per lui le cose stavano così e basta. La promessa di proteggerla era la più seria che avesse mai fatto davanti a un altare. Non poteva immaginare che sarebbe diventato così difficile.

Se solo avessero potuto tornare a essere come due anni prima, nei giorni meno complicati del loro fidanzamento, quando il matrimonio addolciva il loro orizzonte come un nettare non ancora assaggiato. Ogni volta che ripensava a quel periodo della loro vita insieme gli tornava in mente quel giorno, mentre tornavano da una gita ad Azul, e lei guidava attraverso i dorati campi di grano della pampa. Le aveva appena chiesto di sposarlo nella piazza della cittadina in cui era cresciuta, in ginocchio come aveva visto fare nei film di Hollywood; lei era arrossita per gli sguardi divertiti dei passanti e aveva sorriso per i loro applausi quando l'avevano sentita dire sì. Qualche ora dopo lui e Gloria viaggiavano in silenzio, ascoltando le intense canzoni dei Sui Generis al massimo volume permesso dalla loro vecchia autoradio, e mentre guardava il mare di spighe che scorreva accanto al suo finestrino, lui aveva sentito che il paese e la musica si fondevano, rock argentino, campagna argentina, e aveva pensato, ne faccio parte anch'io, faccio parte dell'humus che fa crescere queste spighe e della Musa che anima queste canzoni; la folgorante corrente del paese trascina anche me: e sicuramente ci sono ancora molte cose buone, qui, anche in questi tempi assurdi, nonostante i rapimenti a opera dei gruppi di estrema destra e di estrema sinistra, nonostante la morte del presidente Perón, nonostante la moglie che si è lasciato dietro perché prendesse il suo posto, Isabel Perón, non abbia la minima idea di ciò che sta facendo, di quanto la stiano manipolando, di quanto siano tutti corrotti, in che casino siamo finiti, è esasperante e anche pericoloso, chissà dove sta andando il paese, ma qui, su questa strada, io vedo il meglio dell'Argentina e grazie al cielo c'è ancora... i campi di grano, la musica rock, Gloria, certo, anche lei, la donna al volante, vetta e pinnacolo di ciò che questo paese può dare, e io la sposerò, forse non coltiverò la terra e non venderò dischi ma sposerò la donna più bella del paese, mi ha detto sì, sicuramente è già qualcosa, in questo modo anch'io divento parte del grande tessuto della terra, della musica e del significato, saremo immensamente felici e lei partorirà dei bambini che porteranno avanti la storia dell'Argentina, qualunque forma essa assuma, e i figli dei figli dei nostri figli ricorderanno i nostri nomi. Una felicità quasi insostenibile. Senza darsi il tempo di riflettere, le aveva chiesto perché avesse accettato.

Di cosa stai parlando?

Voglio dire, perché me.

Era scoppiata a ridere. Tamburellava pigramente con le dita sul volante. Le piaceva guidare e lui glielo lasciava fare anche se tutti i suoi amici lo prendevano in giro, Lasci il volante a una donna, la prossima volta vorrà che tu faccia pipì seduto. Perché me l'hai chiesto, aveva risposto, senza distogliere lo sguardo dalla strada.

No, davvero, aveva insistito, dico sul serio. Perché me? Potresti avere qualsiasi uomo.

Allora il viso di Gloria si era addolcito, come le succedeva a volte quando lui le accarezzava il seno, e anche in quel momento avrebbe voluto farlo, chinarsi su di lei e palparla attraverso la camicetta, anche se ciò avesse voluto dire uscire di strada.

Non voglio qualsiasi uomo, aveva detto. Voglio te. È il tuo viso che voglio veder invecchiare.

Non aveva aggiunto altro e lui non aveva insistito per non turbare la delicata grazia di quel momento, le sue parole ancora sospese nell'aria, il suo seno maturo sotto la camicetta, le mani affamate di toccarlo e di toccare anche il resto di lei come un giorno, presto, avrebbero senz'altro fatto, il sole che inzuppava i campi fertili, l'autostrada lunga e diritta circondata da quella promessa di grano giovane. *Quizás porque no soy de la nobleza*, cantava l'autoradio, *puedo nombrarte mi reina y princesa, y darte coronas de papel de cigarillos.* Forse proprio perché non sono nobile, posso chiamarti mia regina e principessa, e darti una corona di carta stagnola. Che poeta, quel Charly García. Sempre nella stessa canzone dice, *no soy un buen poeta*, non sono un buon poeta, e subito dopo le fa una corona di carta stagnola. La transustanziazione dell'amore. Anche lui vorrebbe fare una corona per Gloria, una corona di – di cosa? – di questa canzone, di frammenti di plastica dell'audiocassetta che contiene questa canzone. Aveva pensato a Gloria che camminava lungo la navata della chiesa con una corona fatta da lui, carta stagnola, frammenti di audiocassetta e spighe di grano della pampa. Sarebbe stato perfetto. Si sentiva ubriaco. Era pieno di speranze come un palloncino è pieno d'aria, quasi abbastanza per salire fino in cielo.

Sdraiato a letto vicino a sua moglie addormentata, tormentato dalle urla dei patrioti ubriachi, le preoccupazioni si sedettero sul suo petto come delle arpie. Come può fare in fretta, pensò, la vita a diventare un peso; un attimo e le preoccupazioni ti invadono, il corpo si sente vecchio. Temeva di mancare al suo dovere di proteggere Gloria, di farle da scudo contro le angosce che potevano influire sullo sviluppo del loro bambino. Avrebbe voluto cancellare la sua tristezza, ma sapeva che non era possibile. Temeva che il troppo piangere la facesse ammalare, temeva che sarebbe restata così, disperata, finché suo fratello non fosse tornato, e potevano volerci settimane, mesi addirittura, e si arrovellava sulla decisione se lasciare o no il paese prima del parto... era davvero necessario? Che ne sarebbe stato della cittadinanza del nascituro? In quali modi la decisione avrebbe inciso sul suo futuro? E che lavoro avrebbero potuto fare, loro due, in un altro paese, in quello dove sarebbero approdati, e fino a che punto avrebbero sentito la mancanza di Buenos Aires, cosa ne avrebbero fatto di tutta quella nostalgia di casa, alla deriva in un posto sconosciuto? Gli sembrava un sacrificio enorme, l'esilio. Sfiorò il ventre teso di sua moglie alla ricerca di un segno di vita, ma forse il bimbo dormiva nel suo sacco amniotico. Niente calcetti, niente gomiti sporgenti. Io non lo so cosa dobbiamo fare, sussurrò al bimbo, tu cosa vorresti che facessimo? Nessuna risposta. Tenne la mano sul pancione di Gloria e restò disteso in silenzio mentre giù in strada la folla inneggiava all'Argentina, un'entità che un tempo aveva amato con cieca dedizione e che ormai sembrava distorta, irriconoscibile. Che cos'è questa Argentina di cui cantano? Le ascolta mai, le loro grida? Così pensava rimuginando sulle sue preoccupazioni, senza immaginare – non avrebbe mai potuto immaginarlo – quanto quelle preoccupazioni gli sarebbero sembrate minuscole, assurdamente piacevoli, addirittura invidiabili di lì a poco.

Buenos Aires splendeva. Dopo i giorni che avevo passato chiusa in casa con l'ospite, fui quasi accecata dalla lucentezza della città. La pioggia aveva lavato i palazzi lasciando spazio a un cielo di un azzurro scintillante, appeso sopra i tetti come una luminosa incerata. I turisti mi sciamavano attorno, contenti di quel mutamento della sorte, sorridenti nel sole, con gli zaini appesi davanti perché sapevano tutto dei borseggiatori che infestavano la città, la quale, nonostante le sue velleità di antica *grandeur*, non faceva eccezione nella miseria generalizzata di quel Sud del mondo di cui ancora faceva parte. Le loro gambe, nude sotto l'orlo dei pantaloncini corti, erano terribilmente pallide perché a casa loro, in Europa o negli Stati Uniti, si era nel cuore dell'inverno. Mi domandai come apparisse loro la città, se vedevano la lussuosa ricchezza di particolari dei palazzi antichi ma non come si sgretolavano per l'incuria, o se vedevano solo l'incuria e non i ricchi particolari. "Potrei portarvi a casa mia", pensai, "e allora sì che vi farei vedere una delle facce nascoste di Buenos Aires, una cosa che sicuramente farebbe, come si dice, un bel botto; una cosa che le guide turistiche non riportano, una cosa fuori dai sentieri battuti, o su un sentiero altrimenti battuto." Continuai a camminare. Arrivata all'università, allungai il passo e scelsi corridoi più lunghi per non passare davanti all'aula in cui a quell'ora avrei dovuto essere a lezione, o all'ufficio di professori che avrebbero potuto fermarmi e chiedermi spiegazioni – *Perla, dove diavolo sei sparita?* – o che forse si sarebbero limitati a guardarmi con freddezza e a lasciarmi passare, o che forse, tutti assorti nelle loro ricerche, non si sarebbero nemmeno ricordati dei miei giorni di assenza. Non riuscivo a decidere cosa fosse peggio, essere tagliata fuori e dimenticata o assillata perché tornassi in classe.

Raggiunsi la biblioteca senza incidenti. Pensavo – forse speravo – che sarebbe stato difficile trovare quello che stavo cercando, ma in un attimo il catalogo computerizzato sputò fuori tre titoli pertinenti e disponibili. "Uno", pensai, "posso sopportarne solo uno." Trascrissi titoli e numeri di catalogo e andai tra gli scaffali, con il mio bigliettino tenuto alto davanti agli occhi con le dita giallastre, con precauzione, come una delicata bomba a mano. Quando ero bambina, il sabato mamma mi portava sempre in biblioteca e gli scaffali racchiudevano per me tunnel di conoscenze venerate in cui passeggiavo a caso, senza un piano e senza numeri scritti su bigliettini, riemergendone sempre, con grande costernazione di mamma, con pile di libri catturati durante le mie incursioni nei settori riservati ai grandi. Una storia della Cina, poesia francese del Settecento, un saggio sulle meraviglie botaniche del Rio delle Amazzoni.

«Che diavolo te ne farai, di questi libri?» diceva mamma sfogliandone alcune pagine ed esaminandoli a uno a uno prima di dare la sua approvazione.

«Sono curiosa.»

Corrugava la fronte. «Ti interessa la Cina?»

«Sì.»

«Cosa c'è, in Cina, di cui essere curiosi?»

«È un paese grandissimo.»

«Sì. Ma pieno di cinesi.»

«Non so nulla dei cinesi.»

Mamma sospirava. «È una bella cosa che tu sia tanto desiderosa di imparare», diceva, ma poi tentava un'ultima volta di trascinarmi nella sezione dei libri per ragazzi, che, sottolineava, mi sarebbero risultati più comprensibili e inoltre era meno probabile che contenessero bugie.

«Che tipo di bugie?»

«Di vario tipo. Devi stare molto attenta quando sei tra gli

scaffali riservati ai grandi: i libri da grandi contengono bugie che sono come velenosi denti di serpente.»

E mentre diceva «denti di serpente» mi minacciava con due dita arcuate davanti alla bocca, per sottolineare meglio il concetto. Il potere di quell'immagine si radicava nella mia mente – "se lo dice mamma, dev'essere senz'altro vero" – al punto che ancora molti anni dopo, almeno finché non cominciai a leggere con Romina, ogni volta che leggevo avvertivo la presenza di quei denti selvaggi nascosti fra le righe, bianchi denti di serpente acquattati negli spazi bianchi, denti camaleontici, pronti a balzare su e ad affondarmi nella pelle approfittando della mia disattenzione. Quei denti avvolgevano di una patina di pericolo l'atto di leggere: mentre tu, nella più assoluta innocenza, seguivi la forma di quelle lettere nere, le bugie potevano staccarsi all'improvviso dal bianco della pagina come una folla di piccole dentature letali, senza testa né faccia, per insinuarsi dentro di te con la forza – avrebbero attaccato innanzitutto gli occhi – e distruggerti come un rabbioso sciame bianco. Tutte cose che, ovviamente, non accadevano mai. Negli anni del liceo e all'epoca dei gerani morti, avevo ormai liquidato l'idea delle bugie nascoste nei libri come un semplice trucco inventato da mia madre per tenere lontana la sua bambina da pagine che avrebbero potuto compromettere la fragile realtà di una famiglia. Mamma non voleva vedere – e non voleva che io vedessi – le cose scritte in quei libri, per esempio gli anni in cui io ero piccola e il paese era pieno di silenzio. *Lei non sapeva. Sapeva. Sapeva. Lottava ogni giorno per non sapere.* Non avevo modo di scoprire come stessero realmente le cose. Lei non mi avrebbe mai raccontato la sua versione e, anche se lo avesse fatto, non sono sicura che lo avrei sopportato.

Trovai il mio libro e me lo rigirai fra le mani, una, due volte, valutandone il peso, palpandone la copertina sgualcita: si comportava in modo assolutamente normale, come qualsiasi altro libro. Mentre scendevo le scale presi anche due libri di storia qualsiasi, solo per poterli mettere sopra *quel* libro mentre facevo registrare il prestito dalla bibliotecaria, che conoscevo e con la quale avrei dovuto avere a che fare anche in futuro. Avevo pensato che, leggendo l'ultimo titolo, avrebbe alzato gli occhi per fissarmi, con uno sguardo ammorbidito dalla compassione o indurito dall'allarme, ma non lo fece. Era imparziale, indifferente, aveva cose più importanti a cui pensare, io ero solo l'ennesima studentessa con l'ennesimo progetto o compito o ossessione personale, una cosa vale l'altra, i libri furono timbrati e passati sul lettore ottico e affidati alle mie cure. Li infilai nello zaino e uscii, verso la luce del sole, con il loro peso che mi sobbalzava sulle spalle.

Non avevo idea di dove fossi diretta. Non avevo un posto dove andare ma da qualche parte dovevo pur andare, non potevo tornare a casa, non ero ancora pronta per gli orologi fusi, l'aria satura di umidità e quel che c'era dentro la piscinetta. Scesi nella metropolitana e presi il primo treno. Nel vagone, nessuno che sorridesse. Un uomo leggeva il giornale con un'espressione funerea. Un altro, calvo e molto curvo, guardava fuori dal finestrino come ci fossero da guardare alberi, sole e case invece delle nere pareti di un tunnel che correva via veloce. Una donna allattava un neonato sotto la camicetta. Il piccolo succhiava avidamente, abbandonato al piacere, gli occhi rovesciati all'indietro sotto le palpebre socchiuse, le gambine che scalciavano piano, le dita delle mani allargate. Lo stavo fissando troppo; distolsi lo sguardo. "Chissà com'è?" mi domandai. "L'ho fatto anch'io, da piccola?"

Scesi a Plaza de Mayo. In cima alle scale, in strada, la luce mi ferì gli occhi.

Entrai nella piazza. La brezza tracciava ricami leggeri e furtivi tra i miei capelli. Qua e là dei turisti si fotografavano a vicenda mentre un venditore di gelati e di catene portachiavi si guardava attorno, magro, semiaddormentato, lui ne aveva viste altre mille di giornate come quella. Non sapevo perché fossi andata proprio lì ma ci restai, a respirare la vasta presenza della piazza palpitante d'orgoglio o di sole o di storia, con le sue lastre di pietra rosa deserte ma ancora in tensione, certo, sotto il peso di tutti i passi che avevano percorso quel quadrato di terra nei molti anni da quando gli uomini avevano cominciato a usarlo co-

186

me luogo di ritrovo. Chissà cosa sapevano, quelle lastre di pietra: chissà se percepivano ancora la presenza del sangue che vi era stato versato sopra, nei primi anni dell'Ottocento, da Manuel de Rosas e dalla sua cricca di assassini, la Mazorca, durante il pubblico annientamento dei loro nemici, reali o immaginari che fossero. «Violinisti», si erano ribattezzati quegli assassini, per via del lungo gesto con cui tagliavano la gola, ma anche per la musica prodotta dalle loro vittime mentre morivano. Una gola dopo l'altra, finché sulla lama si mescolava il sangue di decine di uomini e donne. Poi le teste venivano mozzate e infilzate su lunghe picche ed esposte proprio lì, in Plaza de Mayo, affinché tutti potessero vederle ma anche sognarle, perché perfino i sogni fossero lavati e disinfettati di ogni pensiero di tradimento grazie allo spettacolo di quelle teste mozzate, forse di amici o vicini di casa, che presto le mosche avrebbero reso irriconoscibili. Tutto ciò era accaduto molto prima che la città diventasse un conglomerato di molti milioni di persone, quando ancora non c'erano né le automobili né gli alti palazzi che oggi avvolgono la piazza, ma essa era già il suo centro nevralgico. Le teste mozzate erano esposte alla vista dei cocchieri, dei funzionari governativi e delle signore in giro per negozi. Oggi non si vedevano più le mosche né le teste decomposte infilzate sulle picche, non erano più lì, a meno che non si sia convinti che il passato resti per sempre presente nel luogo in cui si è verificato, come un fantasma nascosto nei refoli d'aria del presente. Se il tempo fosse crollato su sé stesso, se la sua grande curva incombente fosse collassata, in quel momento avrei potuto vedere le teste infilzate sulle picche e circondate da sciami di mosche insieme alla folla immensa che si radunava davanti alla Casa Rosada quando Evita Perón si affacciava al balcone per parlare al popolo e insieme alle comparse cinematografiche che si affollavano nello stesso punto quando Madonna arrivava alla Casa Rosada per fingere di essere Evita al balcone e insieme agli innumerevoli mattini e pomeriggi in cui le Madres de Plaza de Mayo erano state lì, poche all'inizio, poi sempre di più, con i fazzoletti bianchi annodati attorno alla testa a rappresentare l'innocenza dei loro cari perduti e le foto ingrandite tra le mani, per marciare tutto attorno alla piazza formando con i loro corpi i raggi di una ruota gigantesca, *vogliamo che tornino e che tornino vivi,* e continuare a marciare nonostante le proibizioni governative, i manganelli, gli arresti e i "quelle sono pazze" e le minacce, avevano marciato all'ombra della dittatura e avevano marciato anche dopo, all'ombra di una democrazia che ancora non restituiva i loro cari, *vivi...* tutto il loro marciare si sarebbe compresso lì nel grande crollo del tempo. Mentre me ne stavo là a guardare, immaginai come le varie ere si sarebbero potute mescolare fra loro: le donne avrebbero marciato attorno alle teste decomposte e divorate dalle mosche, le mosche avrebbero ronzato attorno ai fazzoletti bianchi delle Madres, i turisti – che in quel momento stavano fotografando la statua e la Casa Rosada – avrebbero scacciato le mosche dicendo, *Fa così caldo qui al Sud,* le comparse cinematografiche si sarebbero mescolate alla folla in attesa di Eva Perón, Eva Perón avrebbe guardato Madonna che avrebbe guardato le Madres marciare eternamente in cerchio, costanti, determinate, donne sulla quarantina, donne sulla settantina, donne senza età come il mare, che avevano tatuato la propria esistenza sulle lastre di pietra della piazza e sulla terra sottostante. "E io?" pensai. "E se mi vedessero? E se una delle Madres voltasse la testa e mi vedesse, comprendendomi con il suo sguardo in quel pazzo miscuglio di epoche? Il passato non è scomparso, tutt'altro, il millennio può anche essere scaduto, catapultandoci in questo nuovissimo XXI secolo, ma questo non ci salverà dalle grinfie e dallo sguardo chiaroveggente del passato."

Forse proprio per questo ero andata lì, contro la corrente del mio pensiero conscio.

Per essere riconosciuta.

Anche se niente mi terrorizzava tanto quanto l'idea che una di quelle donne con il fazzoletto bianco potesse catturarmi con lo sguardo attraverso i veli del tempo, e aprisse la bocca per parlare o per piangere o per sputare su quella ragazza solitaria e silenziosa. Guardai attraverso la piazza deserta, dove le madri invisibili marciavano con la dignità di chi conosce meglio il dolore della paura. Ne ero certa, le vedevo quasi; loro, invece, sembravano non vedermi. Ero sul limitare del loro mondo, piccola, isolata. In tutta la mia vita non mi ero mai sentita tanto piccola.

La brezza era scomparsa, lasciando solo l'umida pressa dell'afa di Buenos Aires. C'era una panchina poco lontano, ma non riuscii a sedermi. Rimasi lì, in piedi, lì, lì.

È solo in casa. La stanza è immersa nel silenzio. Il divano ha rinunciato ad aggredirlo. Il cigno sogna ma senza fremere. Perfino i libri sullo scaffale sembrano aver siglato una tregua temporanea con le loro pagine. Il suo pensiero corre alla ragazza. Vorrebbe seguirla con la propria coscienza, vedere cosa fa, dove si aggira, quali colori le pulsano nel cuore. Ma con il pensiero non riesce a trovarla e così aspetta, osservando la danza invisibile della luce e dell'aria.

Psshhht.

Una voce da un angolo della stanza, dalle ombre lungo il bordo della tenda, là dove ha visto il collo e le ginocchia di Gloria ondeggiare nella penombra.

Psshhht, vieni.

La sente di nuovo, giurerebbe che non è solo nella sua testa, non è semplicemente un ricordo, è un suono altrettanto reale della voce della ragazza o del rumore della pioggia. Com'è possibile? Ovviamente non può essere stata la tartaruga, che si trova dall'altra parte della stanza, sulla soglia, a occhi chiusi, imperturbata. La stanza è immobile. Si raccoglie.

Gloria?

Perché non vieni?

Gloria. Gloria. Non so dove sei.

L'acqua è senza tempo. Cercami.

Le tende fremono. Le pareti pulsano. Ora nella stanza la luce è agitata, ardente, scintillante di segreti, gli penetra nella mente come un coltello; potrebbe tagliare in due qualsia-

189

si cosa, illuminare tutto, vorrebbe gridare il suo nome ma teme che il suono della sua voce possa spezzare l'incantesimo, dalle correnti della sua mente si sporge verso di lei, verso Gloria, fonte della voce dietro le tende. Nessuna risposta. Le tende ormai sono vuote di suono. Decide di cercare dentro di sé. Il suo pensiero si trasforma in un liquido denso che splende dentro di lui, pulsante di luce e di umidità, potrebbe riversarsi dovunque, *l'acqua è senza tempo,* e allora chiude gli occhi e affonda nella scura luminescenza che ha dietro le palpebre, ci sono tunnel che si librano alti, si libra con loro, scivola attraverso i cancelli del tempo e dello spazio, sempre più avanti, penetra a fondo nelle caverne del passato, e allora la vede. Adesso è con lei, con Gloria, in un piccolo locale buio. Il pavimento è umido e appiccicoso ed emana un odore familiare, piscio, paura e il metallico sottofondo del sangue. È nuda, le braccia e le cosce coperte di lividi, la sua pancia non somiglia a niente che lui abbia mai visto, è la più inimmaginabile protrusione di carne, curva e tesa e molto più grande dell'ultima volta in cui ha visto Gloria, bendata e legata a una sedia davanti alla quale è sprofondato in un gorgo di uomini, ormai il bimbo dentro di lei starà facendo i suoi piani di fuga, combattuto fra l'amore per l'utero e il desiderio di una libertà più grande di quella che l'utero stesso può consentire. Lascia che ti abbracci, Gloria, lascia che ti baci, che ti salvi dall'abisso spiraliforme della tua mente, ma Gloria non sta cadendo lungo quella spirale, qualcosa la distrae dalla disperazione, il suo corpo è troppo impegnato a schiudere le sue antiche rivelazioni, gli occhi sono chiusi, le labbra semiaperte, al loro posto parlano le mani che scivolano sull'ampia distesa del ventre, lentamente, indomite, mani come lingue di leonessa che attingono agli istinti animaleschi di mille generazioni per accarezzare, calmare e coprire quello che ha dentro, poi Gloria chiama la guardia, l'uomo non può sentire la sua voce ma vede muoversi i muscoli della gola, se la prende comoda e quando va da lei ha indossato un viso troppo duro per la sua giovane età (sembra un ragazzino con i vestiti di suo padre, le maniche ridicolmente lunghe e penzoloni) e Gloria, muovendo solo le labbra, mormora *adesso sono più forti*, la guardia scrolla la testa, *verranno a prenderti quando sarà il momento*, e lei *è il momento*, e lui *taci puttana* e se ne va. Gloria resta sola, no, non è sola, ci sono io con te, Gloria, senti le mie mani di fantasma qui accanto alle tue? Che fluttuano sul tuo ventre? Lentamente, sudore caldo e scivoloso sulla tua pelle tesa, il tempo è altrettanto fragile della realtà... e la realtà può collassare nell'incubo di questo oltretomba in cui siamo stati gettati io e te, dove nessuna umanità si applica agli esseri umani; ma se la realtà può collassare, può farlo anche il tempo; io sono sempre stato qui, in questo istante del passato, un refolo d'uomo, disincarnato ma sveglio, carico di ricordi del futuro. In questa stanza siamo in tre, uno vivrà, uno morirà e uno, tu, Gloria, ancora non lo so, ma per ora, nonostante il buio e la puzza di questo stanzino, e anche se non posso aiutarti, mi crogiolo nella gioia di poterti toccare di nuovo, di poterti offrire il misero, futile conforto delle mie carezze, il gonfiarsi del tuo respiro fa salire e scendere le mie mani, il tuo corpo si inarca, un'altra ondata di contrazioni ti travolge come quando il vento infuriato scaglia le onde del mare contro gli scogli, un mare che infierirà su quegli scogli e si schianterà su di loro ma che *non* – mi senti, Gloria? – *non* li distruggerà.

Continuai a vagare per la città, senza meta, lungo strade che catturavano la luce con le loro grandi braccia di pietra, rallentando davanti ai bar per sentire l'aroma del caffè appena fatto e ascoltare il tintinnio di cucchiaini e tazzine per poi riprendere subito il cammino. Non volevo fermarmi. Non volevo bere o mangiare niente; gli odori, i suoni e le cose da guardare erano il massimo di cui potessi sopportare di impregnarmi. L'aspro urto di una colonia maschile. La punta acuminata di una risata. L'onda di gas di scarico e radio a tutto volume di un'automobile, lo scintillio del sole sulle vetrine, un silenzioso manichino solo nella sua boutique, una donna che aggrottava la fronte guardando l'orologio sotto una tenda da sole rossa, percussioni di scarpe sul cemento e sui ciottoli, un uomo che discuteva con un altro gesticolando stizzito in direzione del cielo, la voce lamentosa di un bambino, "Ti prego, mamma, ti prego", il profumo delle *empanadas* appena sfornate in una bottega al cui interno un cuoco si affannava a lavorare come se tutta Buenos Aires aspettasse con impazienza solo quello, le sue specialità, il suo trofeo. Com'era facile annegare i pensieri nelle vorticose correnti della città. E com'era difficile trovare un piccolo punto d'appoggio per il pensiero.

Alla fine mi ritrovai in una strada che conoscevo fin troppo bene. Di fronte a me, sull'altro marciapiede, c'era il palazzo in cui si trovava l'appartamento di Gabriel. "Come ho fatto ad arrivare fin qui? Che diavolo stai facendo, Perla?" Non avevo progettato quella destinazione, stavo solo vagabondando, ma non poteva essere una coincidenza se il movimento dei miei piedi mi aveva portato proprio lì. Se fossi stata sul lettino di uno dei miei colleghi del dipartimento di psicologia, sicuramente non me l'avrebbe lasciata passare. I desideri sepolti, avrebbe detto, sono i più forti, fanno da combustibile alle nostre azioni inspiegabili e costruiscono lo schema dei nostri sogni. E nel frattempo avrebbe avuto un'espressione di vittoria, l'eccitazione di vedere le teorie prender vita, proprio lì, sotto i suoi occhi, nel racconto di una donna dai piedi vagabondi. Mi ero già rivolta ai libri di testo in cerca di spiegazioni, ma ne erano nati solo altri problemi, perché la teoria mi aveva reso più difficile negare impulsi e paure profondi senza darmi in cambio le abilità necessarie per non esserne sopraffatta. Mi avvicinai alla porta e suonai al citofono. La sua voce, scricchiolante di elettricità statica, uscì dalla grata. Era in casa.

«Chi è?»

«Sono io, Perla.»

«Ah.» Stupore non mascherato. «Ciao.»

«Passavo di qui.» Indubbiamente vero... ma perché?

«Vuoi salire?»

«Se posso.»

Un lungo ronzio mi autorizzò a varcare il portone.

In cima alle scale, Gabriel mi aspettava davanti alla porta

aperta. Sorrise, ma era un sorriso ambivalente, e non mi baciò sulla guancia. «Entra.»

«Mi spiace, ti avrò interrotto.»

«Non c'è problema.»

«Stavi scrivendo?»

Si strinse nelle spalle. «Sì.»

Abbracciai con lo sguardo il suo salotto. Come al solito era pieno di pile di fogli che occupavano buona parte del piccolo ambiente, come una specie bizzarra e resistente che avesse lentamente affermato il proprio predominio su tutto il resto. Il volume di carta non era diminuito affatto dalla mia ultima visita; anzi, semmai era diventato più caotico e trionfante. La carta spadroneggiava sul bancone della cucina, sul tavolo della colazione, lungo il bordo del pavimento. Gabriel non aveva tolto dalla libreria la nostra foto, quella in cui noi due sorridevamo raggianti alla macchina fotografica con le facce vicine vicine, scattata in quello stesso salotto, un po' storta perché l'aveva fatta lui stesso allungando il braccio. Era ancora lì, incorniciata, accanto a quella più grande della sua famiglia che avevo osservato tante volte: loro cinque insieme a Montevideo, durante un *asado* nel patio di casa. I suoi genitori erano ai due estremi della fila, il padre con un piatto di carne cruda pronta per la griglia, la madre sorridente e senza trucco, e Gabriel nel mezzo con un braccio sulle spalle di ciascuna delle sue sorelle. Le teste inclinate l'una verso l'altra dicevano già tutto. Sembrava che ciascuno stesse ascoltando senza bisogno di parole i pensieri di tutti gli altri. Gabriel parlava volentieri delle sue sorelle. Era molto orgoglioso di loro. Carla era avvocato, ma abitava ancora con i genitori perché non aveva abbastanza clienti da pagarsi un appartamento tutto per sé. Penélope, la più giovane, studiava chimica alla Universidad de la República di Montevideo. Non avevo mai sentito nessuno pronunciare la parola «chimica» con la tenerezza che ci metteva Gabriel quando parlava di sua sorella. Aveva cinque anni meno di lui, una differenza che sicuramente la faceva sembrare sempre bambina ai suoi occhi. Aveva due anni più di me. Una volta glielo avevo fatto notare e Gabriel ne aveva riso, ma un po' a disagio. Fatto sta che metteva un po' a disagio anche me. Non ci eravamo più tornati sopra. Mi commuoveva constatare quanto Gabriel fosse vicino alle sue sorelle, ma scatenava in me anche altre emozioni, un catrame bollente e appiccicoso. Per molto tempo avevo preferito non chiedermi perché, non indagare su cosa ci fosse dietro. Sicuramente c'entrava il senso di colpa. *Guardate che bella famiglia, e adesso guardate un po' me, che non voglio conoscerla, che mi rifiuto di farne parte come lui vorrebbe.* Non meritava forse, Gabriel, una fidanzata da far conoscere ai suoi senza tanti problemi? Poi però avevo capito cosa mi tormentasse tanto riguardo alle sue sorelle. Era invidia. Invidiavo Gabriel – e le sue sorelle – perché avevano dei fratelli, per quella miracolosa fiducia e conoscenza reciproca, sentimenti nati insieme a loro e che gli regalavano un antidoto contro la solitudine destinato a durare tutta la vita, tutte cose negate a un figlio unico.

Gabriel stava aspettando che dicessi qualcos'altro.

«Avevo bisogno di vederti», dissi, prima ancora di percepire il formarsi di quel pensiero nella mia mente.

«Qualcosa che non va?»

«Dev'esserci per forza qualcosa che non va se ho bisogno di vederti?»

Alzò le mani, quasi lo avessi minacciato con una pistola. «Non ho detto questo.»

«Scusa. Non so perché mi sopporti ancora. Anzi, ero sicura che ti saresti rifiutato di vedermi.»

«Perché?»

«Per come ti ho trattato.»

Prese una sigaretta accesa da un posacenere e aspirò una lunga, lenta boccata. Non mi guardò. Era quasi come se non avessi detto niente.

«Devi essere molto arrabbiato con me», dissi.

«Devo?»

«Ma certo.»

«Per cosa?»

«Dai che lo sai.»

«Voglio sentirlo da te.»

Morivo dalla voglia di fumare, ma non mi sembrava il caso di chiedergli una sigaretta, e lui non me la offrì. «Non avrei dovuto riattaccare a quel modo, l'altra sera. E soprattutto non avrei dovuto piantarti in asso.»

Mi studiò attentamente. «Esatto. Non avresti dovuto.»

Era il momento di pronunciare la fatidica parola «scusa», ma mi restò intrappolata in gola.

«Sono stato molto in pensiero, Perla.»

«Davvero?»

«Ti sembra strano? Credi di poter scappare nel cuore della notte, senza dire dove vai, lontana da casa, e pretendere che nessuno si preoccupi? A volte mi stupisco di te.»

«A volte anch'io mi stupisco di me.»

Questo sembrò ammorbidirlo un po'. «Avresti potuto lasciare un biglietto.»

«Dovevo andare, tutto qui.»

«Perla», disse lui con dolcezza, «non siamo mai costretti a fare le cose.»

«Ma a volte crediamo di esserlo.» Parole che fanno male, spine nella mia gola. «Io pensavo di esserlo. Scusa.»

Ci guardammo negli occhi. Sul suo viso, un dolore nudo.

«Mi dai una sigaretta?»

Frugò nel caos che regnava sul tavolo della colazione, trovò il pacchetto, me ne tese una e ne prese un'altra per sé. «Vieni qui, siediti.»

Mi sedetti sul divano accanto a lui. Accendemmo le sigarette e per un po' ci distrasse il solito rituale di fiammifero, fiammella, aspirare.

Poi disse: «Ho riflettuto a lungo. Su quella notte. Non è stata tutta colpa tua. Non avrei dovuto metterti alle strette e per questo ti chiedo scusa».

Non sapevo cosa dire. Ancora una goccia e tutto quello che avevo dentro sarebbe traboccato.

«Mi sei mancata.»

«Davvero?»

«E io ti sono mancato?»

«Tu cosa credi?»

Nelle mie intenzioni non era una domanda dura, ma lui si ritrasse.

«Scusa. In questi giorni non sono più io.»

«Mi sembra evidente.»

Dalla porta aperta del balcone entrava il grido di dolore di una vecchia canzone degli U2, costellato dal rumore delle auto. Il cantante non aveva ancora trovato quel che stava cercando. Rivedevo me e Gabriel, alle cinque del mattino, che ci baciavamo per la prima volta su quello stesso balcone, la città spalancata sotto di noi come le braccia di un amico espansivo.

«A cosa pensi?» mi chiese.

«Niente di importante. Parliamo d'altro. Stai scrivendo qualcosa di nuovo?»

«In un certo senso.»

«Sui *desaparecidos*?»

«Sì. Ovvio.»

Non sapevo bene come formulare la domanda successiva. Cercai di assumere un tono indifferente. «Cosa faresti se ti dicessi che uno di loro è tornato?»

«Uno di chi?»

«Un *desaparecido*.»

«Tornato dall'esilio?»

«Dalla morte.»

«Ti bacerei.»

Non me l'aspettavo, nemmeno in quel tono scherzoso. Poteva essere un ramoscello d'ulivo, o forse una richiesta indiretta. «Sii serio.»

«Va bene. Ti chiederei di farmelo incontrare.»

«Magari è una donna.»

«Di farmela incontrare.»

«Pensavo non ci credessi. Che i morti possono tornare dall'aldilà.»

«Infatti non ci credo. Ma non stavamo ragionando in astratto?»

«Tu cosa credi?»

«Bene, dunque. In astratto, mi piacerebbe incontrarlo o incontrarla.» Si era avvicinato di più, ora il suo braccio sfio-

196

rava il mio. A quel lieve contatto il mio corpo urlò di desiderio; mi chiesi se anche lui provasse la stessa cosa. «E comunque, anche ammesso che io non ci creda, questo non significa che una cosa non possa accadere. Un tempo la gente
non credeva nemmeno ai *desaparecidos*. Il mondo fa delle
cose alle persone indipendentemente da ciò che noi crediamo possibile.»

Aprii la bocca, ma non dissi niente.

«Perché me lo chiedi?»

«Per nessuna ragione particolare.»

«Oh, andiamo!»

«È solo una cosa che mi è venuta in mente, tutto qui.»

Mi fissò, preoccupato. «Ti sta succedendo qualcosa.»

Guardai altrove, fuori dalla finestra, verso la giovane coppia che ancora non era una coppia e che non era più lì.

«Sul serio, dimmi cosa ti passa per la testa.»

«Non posso.»

«Perché?»

«Mi mancano le parole.»

«Comincia da un punto qualsiasi.»

«Non è quello il problema.» Immaginavo la faccia che a-
vrebbe fatto se gli avessi raccontato della figura fradicia e
sgocciolante che si era installata nel mio salotto, di quel-
l'uomo che non era un uomo e che aveva fatto irruzione
in casa mia senza spaccare niente, comparso dal nulla, e
che aveva un odore terribile e perdeva ininterrottamente
acqua e custodiva ricordi che dimostravano che un tempo
era stato vivo, e quando e in quali circostanze, ammesso
che si potesse parlare di dimostrazioni in quella pazza storia di un uomo non-uomo che mangiava acqua, al quale
non riuscivo a smettere di pensare e che mi aveva annegato la vita e tutte le cose di cui pensavo che la mia vita fosse
fatta. «Non posso e basta.»

Con molta delicatezza, lui disse: «Mettimi alla prova».

«Un giorno lo farò. Te lo prometto.» Lo pensavo davvero.
Mi era venuto in mente che se c'era una persona sulla terra
che aveva anche solo una possibilità di credere alla mia sto-

ria, e di tenersela stretta addosso con entrambe le mani, quella persona era lui.

«Basta che tu stia bene», disse, mettendo una mano sopra la mia.

Fissai la sua mano. Stentavo a crederci, ma sembrava sincero. Non stava pensando a sé stesso, o almeno non alla rabbia o al disprezzo o all'incertezza del futuro. Non capivo perché gli importasse ancora di me, quando io stessa mi sopportavo a stento e solo perché non potevo fare altrimenti, perché ero intrappolata nella mia pelle e non potevo strapparmela di dosso e scappare da qualche altra parte. Quella mano si era spinta fin dentro di me per scoprire chi fossi davvero, un'impresa che nessuno dei miei amici poteva anche solo tentare, perché la maschera che portavo era troppo convincente, un'impresa a cui mia madre si era sempre sottratta con una resistenza che sconfinava nell'avversione, un'impresa che mio padre aveva tentato senza riuscirci – perché? – forse per paura delle cose nascoste dentro il nostro legame. Che Gabriel invece avesse semplicemente allungato la mano e percepito tutto ciò... e che quella mano potesse tornare ancora da me, posarsi ancora sulla mia, come in quel momento, calda, morbida, senza traccia di disgusto. Che una cosa del genere potesse accadere.

«Gabriel.»

«Sì.»

«Vorrei che ricominciassimo tutto daccapo.»

Mi appoggiai contro di lui. L'aria sembrava scorrere impetuosa avvolgendoci con una coltre densa e ronzante. Il suo corpo, con il suo scintillante linguaggio elettrico, mi diceva che il desiderio era ancora là, che il baratro fra noi poteva richiudersi facilmente, si stava già richiudendo, abbandonai la bocca sul suo collo e chiusi il cerchio. Lui mi lasciò entrare, mi avvolse, le sue mani fra i miei capelli, sotto la gonna, e la gonna sparì, la sua bocca restituita alla mia, il mio seno restituito a lui, carne che voleva tornare a casa, fece per parlare ma io dissi: «Shh, shh, *querido*, non dire niente», e anche su questo lui si arrese, anche questo mi regalò, suoni liberi dalla gabbia del linguaggio, corpi liberi dalle parole, si lasciò spogliare, permettendomi di usarlo come una tela per i miei colori più profondi. Volevo esaltarlo con il grido delle mie mani nude. La sua lingua parlava alla mia nuca, le sue mani alla mia pelle, il suo sesso parlava dentro di me con una forza che sicuramente sfidava quella di gravità, e che poteva trattenere una persona che stava precipitando, o sparare un corpo fino alle stelle riversandone i segreti nello spazio nero e senza fine.

Dopo restai accoccolata contro di lui, avvolta dalla luce pomeridiana, dagli odori carnali e dal rumore del traffico che entrava dalla finestra aperta, attraverso la quale i nostri gemiti erano sicuramente arrivati fin giù in strada.

«Perlita.»

«Mmm...»

«Che cosa stiamo facendo?»

«Ci crogioliamo.»

«Sì. Ma dopo dove andremo?»

«Dove vuoi tu.»

«Vuol dire che tornerai da me?»

«Tu me lo lasceresti fare?»

«È plausibile.»

«Plausibile? Non suona tanto bene.»

«Prima dovrei sentire le tue suppliche.»

«Non ne ho preparate.»

«Non importa. Spontanee andranno anche meglio.» Mi prese una mano e se la portò alle labbra. «Resta ancora un po'. Preparo qualcosa da mangiare, ceneremo senza rimetterci i vestiti.»

Lo desideravo anch'io. Stavo per dire di sì, stavo quasi per risuonare di quell'idea, quando pensai al mio ospite, affamato della sua acqua, che nuotava nei ricordi e aveva bisogno di me e mi aspettava chiedendosi quando sarei tornata.

«Non posso.» Mi strappai da lui. «Devo andare.»

Gabriel mi fissò con espressione ferita.

«Mi dispiace.»

«Non riuscirò a sopportarlo ancora a lungo, Perla.»

«Non lasciarmi», implorai, per la seconda volta in quella settimana.

«Sei tu quella che se ne sta andando.» Mi scrutava in volto. «Di nuovo.»

«Stavolta è diverso. Devo occuparmi di una cosa.»

«Ma non vuoi dirmi cosa.»

«Non ancora. Ti chiamo presto, vedrai, ti spiegherò tutto.» Gli accarezzai il petto, indugiando sui suoi peli ricci. «Te lo prometto. Chiamerò prestissimo.»

Quando uscii, era ancora sdraiato sul pavimento e mi fissava con sguardo perplesso.

10.
APERTA

Non mi resta molto tempo per raccontare questa storia, a giudicare dal dolore che mi ha appena attraversato il corpo... una sensazione incredibile, come essere stretta dall'ardente pugno di Dio.

Come ho già detto, e come non mi stancherò mai di ripetere, questo è il mio modo di andare dritto al cuore delle cose, girandoci attorno, abbandonandomi alla forza gravitazionale. Ma ormai ci siamo, siamo quasi al nocciolo.

Adesso ti parlerò della notte che mi spaccò in due.

Ero andata in Uruguay con Gabriel. Fu dieci giorni prima dell'arrivo dell'uomo bagnato. Saremmo stati un po' nella villetta della sua famiglia, proprio sulla spiaggia, dopo di che avevamo in programma di trascorrere qualche giorno a Montevideo con i suoi. Per molto tempo mi ero sottratta a questo incontro, ben sapendo che i suoi non potevano essere contenti di sapere che il loro figlio usciva con una ragazza proveniente da una famiglia come la mia. Ma Gabriel mi aveva parlato per anni della casetta di Piriápolis, sulla stessa spiaggia dove i suoi genitori si erano conosciuti, insistendo che potevamo andarci per stare un po' insieme e rilassarci in un luogo di pace e di bellezza. «Ai tuoi non dispiacerà che ci passi la notte con una persona che non è tua moglie?» Questo l'aveva fatto sorridere. «Oh, Perla», aveva detto, «i miei non sono affatto quel tipo di genitori. Ti piaceranno, vedrai, e tu piacerai a loro, hanno avuto un bel po' di tempo per abituarsi all'idea... come dire... di te, e quando ti conosceranno ti vedranno come sei, indipendentemente dalla tua famiglia.»

Alla fine mi ero arresa. L'idea solleticava la mia voglia d'avventura, e poi l'estate era al culmine e il millennio, giovane e fresco, si apriva davanti a noi come una sfida. Nemmeno la bugia per i miei genitori era stata un ostacolo insormontabile: la mia amica Marisol mi aveva fornito un alibi, e mamma – convinta che avessi un nuovo interesse romantico nella persona di un certo Bruno, studente di fisica e figlio di un medico... quando non sapevo più cosa inventare, le mie fiamme immaginarie erano tutte figli di medici – l'aveva accettato senza fare domande.

Mentre attraversavamo in traghetto l'immenso Río de la Plata e guardavo l'acqua scorrere veloce sotto di noi, liscia, densa e limacciosa, non feci altro che pensare ai miei genitori che, a casa, si bevevano la mia bugia. Era la prima volta che attraversavo un confine di stato senza di loro. Ero ubriaca del liquore forte della trasgressione, una calda eccitazione mista di senso di colpa e di potere, la promessa di poter finalmente prendere in mano il timone della mia vita. Sbarcammo a Montevideo e salimmo subito sull'autobus per Piriápolis. La corsa ci portò fuori città, in aperta campagna, con le sue dolci colline e il verde rigoglioso. Mi appoggiai alla spalla di Gabriel come per dormire, ma non potei sconfiggere la veglia. La strada era troppo aperta, il mio desiderio troppo grande, le canzoni pop suonate dall'autoradio dell'autobus troppo allegre. "Mia", pensavo, "questa strada è mia, sono una donna adulta in viaggio con il suo amante e tutto questo... questi momenti, questo corpo, lo sferragliare dell'autobus... tutto questo è mio." Affondavo quasi nella deliziosa illusione di essere libera, di poter diventare qualunque donna volessi. Accoccolata fra le braccia di Gabriel, guardavo i campi dell'Uruguay scorrere via, quieti, ricchi, ammiccanti.

Arrivammo alla villetta e subito cominciammo a fare l'amore sul pavimento del soggiorno, sul tavolo della cucina e finalmente a letto. La libertà di un'intera notte da passare insieme, senza la solita corsa notturna in metropolitana per tornare a casa, mi faceva delirare di desiderio, non riuscivo più a fermarmi. Scese il crepuscolo, fummo avvolti dalla calda oscurità estiva. Gemetti e gridai senza alcun riguardo per i vicini. A un certo punto Gabriel, vedendomi così assatanata, scoppiò a ridere, e risi anch'io, non riuscivamo più a smettere.

«Di cosa stai ridendo?»

«Non me lo ricordo più.»

«Neanch'io.»

«Ah, Perla», disse lui, ancora ridendo. Ne approfittai per baciargli il petto, lo stomaco, la delizia del suo osso pelvico, e già la mano correva al suo sesso.

«Aspetta un momento», disse lui. «Aspetta. Perché non andiamo a fare due passi sulla spiaggia?»

«Perché?»

«È bellissima, di notte. Vedrai che ti piacerà.»

«Non adesso. Non ho ancora finito con te.»

«Torneremo presto.»

«Non voglio lavarti via dalla mia pelle.»

«E chi ha detto che ci laveremo?»

«Non andrò certo in spiaggia con questo odore addosso.»

«Hai un odore divino.»

«Tu sei pazzo.»

«Vuoi che te lo dimostri?»

E senza aspettare la mia risposta balzò su, mi rovesciò sulla schiena e mi bloccò le braccia sopra la testa, tutto in un unico movimento.

«Mi arrendo!» gridai.

E lo feci.

Perdemmo il senso del tempo. La notte ci avvolgeva con le sue pieghe vellutate.

«Adesso non posso più lasciarti uscire.»

«Perché?»

«Hai un odore così buono che tutti gli uomini ti correranno dietro.»

«Gabriel!»

«Non capiranno nemmeno cosa li avrà colpiti, ma sarà stato il tuo odore di sesso, di orgasmo e di sudore muschiato.»

«Non fare lo sciocco.»

«Dovrò abbatterli con un legno trovato sulla spiaggia.»

«Oh, smettila.»

«Cos'è, un ordine?»

Risi.

«Bene, in tal caso...»

«Gabo!»

Erano le due del mattino quando finalmente ci decidemmo a uscire. Il Río de la Plata scintillava sotto una luna spezzata. Le onde si annunciavano l'una dopo l'altra con un lieve *shhh, shhh, shhhhhh*. Coppiette e famiglie passeggiavano a gruppetti lungo la spiaggia, mormorando, ridendo e bevendo *mate*. Vidi anche qualche gruppo di hippy uruguaiani, con i capelli lunghi spettinati, i sorrisi alla marijuana, ceste piene di dolcetti e ninnoli fatti a mano che vendevano per finanziare i loro eterni vagabondaggi. Avevano la mia stessa età, anche meno; sembravano completamente rilassati, troppo in pace per preoccuparsi dei loro capelli o del loro futuro. Io non ero mai stata come loro, né avevo mai avuto un amico così, quindi non riuscivo a immaginare il loro mondo interiore. In passato li avrei presi in giro per come erano vestiti o per quel loro atteggiamento di pigrizia totale, ma quella notte provai una fitta di invidia. Sembravano così liberi. Tutti gli abitanti di quella piccola spiaggia notturna sembravano liberi. Forse era l'aver fatto tanto l'amore, che mi faceva sentire ancora come se avessi le ossa fatte di nettare, o forse era per la lunga giornata di viaggio, ma avevo la strana sensazione di essere entrata in una realtà parallela, in un regno incantato fatto di sesso, di pace e di possibilità. Con la mia famiglia ero stata spesso in vacanza in Uruguay, ma solo a Punta del Este, con le sue folle di bikini costosi e i grattacieli appiccicati l'uno all'altro. A Punta del Este perfino l'oceano sembrava appena uscito dal parrucchiere. Lì invece le onde erano semplicemente sé stesse, alla buona, spudorate, disposte a mescolarsi con la sabbia.

Passeggiammo. Camminavo sottobraccio a Gabriel, appoggiando il mio peso contro di lui. Ci togliemmo le scarpe e andammo verso le onde, e quando l'acqua ci inghiottì i piedi come un'umida seta nera scoppiai a ridere.

«È meraviglioso questo posto.»

«Sapevo che ti sarebbe piaciuto.»

«Dovremo tornarci.»

«Un giorno ci porteremo i nostri figli.»

Risi di nuovo.

«Cosa c'è di tanto buffo?»

«Quali figli?»

«Non lo immagini?»

«Non ho detto questo.»

Mi spruzzò calciando l'acqua con il piede. «Allora cos'è che hai detto?»

Lo disse in tono leggero, ma c'era un accenno tagliente nella sua voce. Non avevamo mai parlato di avere dei figli, non esplicitamente almeno, anche se mi ero domandata spesso – a notte fonda, nuda, entrando e uscendo dal dormiveglia accanto a Gabriel – che aspetto avrebbero avuto un bambino o una bambina sgorgati da noi due, come avrebbero corso o gridato o riso in una casa che sarebbe stata la nostra, da qualche parte in centro, sempre in centro, un appartamento in cui si sarebbero addormentati ogni sera con la ninnananna del perenne brusio di Buenos Aires. Sicuramente era ciò che desideravo per il mio futuro, anche se avesse comportato presentazioni a lungo rimandate, il disvelamento della mia doppia vita, uno scontro con i miei che avrebbe potuto concludersi solo con loro che mi tagliavano via come un membro amputato. Potevo avere una vita con dentro Gabriel oppure una vita con dentro i miei genitori, ma non potevo nemmeno immaginare di averli tutti insieme. E così il pensiero dei figli, come tutti i pensieri riguardanti un futuro ancora remoto, era rimasto imprigionato nella vaga terra di confine tra il sonno e la veglia, non detto.

«Niente.»

«Tu non vuoi avere dei figli con me.» Sembrava sinceramente ferito.

«Non è vero.»

«È per via dei tuoi genitori, vero?»

Avanzai di qualche passo, in silenzio. Una piccola onda ci lambì i piedi e subito si ritirò.

«Quando pensi di cominciare a vivere una vita tua?»

«La sto vivendo.»

«Ma sempre nella loro ombra.»

«Stai dicendo che sono una vigliacca?»

«È così che ti senti, una vigliacca?»

Onde, onde, mi circondavano le caviglie, schiumanti e sveglie. «A volte.»

«Fammeli conoscere.»

«No.»

«Stai per conoscere i miei genitori e non vuoi che io conosca i tuoi?»

«Se li conoscessi, li troveresti insopportabili.»

«Tu li sopporti?»

Avrei voluto lasciar perdere, la notte era così bella, ma lui si fermò e mi guardò con una gravità che rasentava la sfida. «Ti prego. Cerca di capire. Sono i miei genitori.»

Il suo sguardo divenne più tenero. «Forse no.»

«Cosa?»

«Forse sei stata rubata.»

Non dissi niente. Non riuscivo più a muovermi.

«È da un po' che ci sto pensando», riprese. «Questa idea continua a rigirarmi nella testa. Tu non te lo sei mai chiesto?»

«No», risposi io, ed era vero. Non me l'ero mai chiesto. O, meglio, me l'ero chiesto, ma la domanda non aveva quasi lasciato traccia nella mia memoria cosciente, era durata solo un batter d'occhi, chiusi-aperti-chiusi, svanendo subito dopo nell'oblio.

«Perché?»

«E perché avrei dovuto?»

«Be'», disse lui, e l'avrei ammazzato per quel tono pedante, «quasi tutti i bambini rubati sono stati adottati da esponenti del regime. E stando a ciò che mi hai detto di tuo padre...»

«Chiudi la bocca. Non ti ho mai detto niente di lui.»

Con grande dolcezza, Gabriel commentò: «Appunto».

Non replicai.

«Potresti scoprirlo, sai. Andando dalle Abuelas.»

Non sapevo cosa dire. Ascoltavo il mormorio ostile delle onde. Le Abuelas – le nonne di Plaza de Mayo – erano un gruppo interno a quello delle Madres: donne che portavano lo stesso fazzoletto bianco ma che cercavano non solo i loro figli *desaparecidos*, ma anche i figli dei figli, i loro nipoti. Battendosi, dicevano, per la restituzione dei bambini rubati. Che ormai, nel 2001, non erano più bambini, ma giovani a-dulti con una loro vita e un loro destino.

Donne anziane con volti segnati dal dolore che non avevano niente, ma proprio niente a che vedere con me.

«È da tanto che ci pensi?»

Si strinse nelle spalle. «Un po'.»

«Ne hai parlato con qualcuno?»

«No.» E poi: «Quasi».

«Chi?»

«Mia madre. Solo con mia madre, te lo giuro.»

Mi allontanai di qualche passo, addentrandomi nell'acqua fredda fino ai polpacci. La notte ululava di stelle. Avrei voluto arrampicarmi fino a quel cielo stellato e gettarmi nel vuoto nero fra le costellazioni, là dove non ci sono né aria né vita né madri a Montevideo intente a preparare la cena per una ragazza che suppongono sia stata rubata, insopportabili offerte ammucchiate sui piatti.

Gabriel, dietro di me, mi posò le mani sulle spalle. «Ascolta, le Abuelas fanno fare le analisi del sangue. Possono scoprire se il tuo DNA corrisponde a quello di un *desaparecido*. Non devi crederci per forza. Il servizio è per tutti coloro che non sono assolutamente certi della propria identità.»

«Io ne sono certissima», ribattei, a voce un po' troppo alta.

«Non hai niente da perdere.»

«Basta.»

«Io ti accompagnerei.»

Feci una mezza piroetta per guardarlo in faccia. «Ma mi ascolti?»

Gabriel mi fissò. Un'onda avvolse il suo duttile corpo attorno ai nostri polpacci, poi si ritirò. Uscii dall'acqua, raccolsi le scarpe e mi avviai verso la villetta. Gabriel mi raggiunse.

«Scusa», disse. «Mi dispiace... Dimentichiamo tutto.»

Mi mise un braccio attorno alle spalle e io mi irrigidii, ma smisi di camminare. Avrei voluto colpirlo, graffiarlo e ficcargli le unghie nella pelle, ma il mio corpo bruciava dal desiderio di stringersi al suo e così lo feci, mi schiacciai contro le sue lievi sporgenze e rientranze ancora odorose di sesso, nel cui morbido calore anelavo a perdermi.

«Camminiamo ancora un po'», disse.

Riattraversammo il confine fra sabbia asciutta e sabbia bagnata. Il cielo notturno si inarcava sopra di noi, trapuntato di stelle, e faceva del suo meglio per calmarmi e per convincermi a dimenticare la rinnovata paura di incontrare la madre di Gabriel, a ignorare la fantasia di scappar via dalla cena che stava preparando e alla quale, ormai lo sapevo, più che l'ospite d'onore sarei stata un animale braccato, *quella là, guardatela, è un falso*, la conversazione come un campo di gentilezze pieno di trappole nascoste. Anche altre immagini mi si presentavano alla mente, immagini che mi sforzavo di scacciare, come il ricordo del mio primo contatto con le Abuelas, mentre passavo con mia madre davanti alla vetrina di un negozio che esponeva qualcosa di strano. Mamma aveva affrettato il passo, ma io ero riuscita a scorgere dei disegni infantili pieni di cuori spezzati e di bocche urlanti e uno striscione che diceva L'IDENTITÀ È UN DIRITTO, LI RIVOGLIAMO VIVI. «Quelle vecchie megere», aveva detto mamma, «non hanno niente di meglio da fare che cercare di rovinare le famiglie altrui.» Allora, com'è ovvio, quel suo disprezzo e quell'affrettare il passo non mi avevano insospettito, perché mai avrebbero dovuto quando in casa mia tutto ciò che aveva a che fare con i *desaparecidos* veniva trattato così, quell'episodio non era diverso, non significava niente di particolare, vero?, quello sguardo negli occhi di mia madre mentre si voltava un'ultima volta verso la vetrina. Lo stesso sguardo che deve avere avuto la moglie di Lot un attimo prima che il sale sostituisse completamente le sue carni. Niente, non significava niente, dannato Gabriel e dannate le sue idee che distorcevano sempre tutto, aggrovigliando ulteriormente la matassa della mia mente mentre io volevo solo godermi quella bella notte estiva sulla spiaggia. Mentre camminavamo, Gabriel mi sorreggeva delicatamente; ma io avrei voluto strappargli i vestiti di dosso e chiudergli la bocca con la mia un po' dappertutto, solo così avremmo potuto dimenticare l'accaduto, andava tutto bene, stavamo passeggiando su una morbida spiaggia, due innamorati che camminano insieme nella notte, un idillio assolutamente normale, dopotutto. I nostri piedi si muovevano a tempo. L'oceano trasportava la luna in mille schegge luccicanti. Quell'acqua ritmica mi calmava, cominciavo a ritrovare i primi frammenti di serenità.

Poi Gabriel aggiunse: «C'è un'altra cosa che devo dirti».

Un'onda corse ad avvolgerci le dita dei piedi e rifluì via.

«Le ho chiamate a nome tuo.»

«Cosa? Chi?»

«Le Abuelas. Perla, mi sto solo preoccupando per te.»

«Hai detto loro il mio nome?»

«Ascolta, Perla, se i tuoi genitori sono davvero i tuoi genitori, allora non c'è ra...»

«Hai detto loro il mio nome?»

Esitò. Mi strappai via da lui. Aveva un'espressione stupefatta, quasi inebetita. Quando rispose, lo fece con una voce così fievole che quasi si perse tra le onde.

«Sì.»

In fondo alla spiaggia c'era un mucchietto di alghe nere che scintillavano appena fuori dalla portata delle onde. Alla luce del sole dovevano essere verdi, ma in quel momento erano impenetrabilmente nere, viscide, un qualcosa che il mare aveva espettorato dal fondo delle sue viscere, da luoghi dove gli umani non potrebbero sopravvivere e non dovrebbero mai andare, organi interni di un mostro esposti sulla sabbia. Mi sentivo remota alle mie stesse gambe, non mi appartenevano più, da un momento all'altro avrebbero potuto cedere e tradirmi. Vidi la mia famiglia lacerata, la polizia fuori dalla porta, la nostra casa invasa da vecchie con il fazzoletto bianco che tendevano le mani per afferrarmi imprecando ad alta voce e spaccando i mobili. Ma perché mai dovevo pensare quelle cose se non avevo dubbi? "Perla", pensai, "Perla", gridai con il mio silente cervello addolorato, "è mai possibile che tu abbia dei dubbi?"

Me ne andai.

«Perla...»

Continuai a camminare. Lui mi venne dietro, mi inseguì, tese le braccia per fermarmi.

«Lasciami stare!»

«Per favore, non gridare.»

«Vaffanculo, Gabo.»

«Ascolta, guarda che se tu non vuoi...»

«È te che non voglio! Non voglio te, maledetto stronzo, non voglio i tuoi figli né le tue telefonate né i tuoi dannati discorsi arroganti!»

Ci guardammo negli occhi, ansimando. Una coppia più adulta rallentò per vedere cosa stesse succedendo.

«Sistemeremo tutto», disse.

Corsi via.

Non mi resi conto di correre finché non lo sentii gridare il mio nome, una volta, e poi ancora, da più lontano. Corsi fino alla villetta, afferrai la borsa e la valigia con quel che c'era dentro, lasciai tutto il resto e corsi in strada, passai davanti alle casette in cui gli uruguaiani bevevano birra o *mate* seduti nel patio, con aria rilassata e felice, del tutto incapaci di capire perché diavolo una giovane donna dovesse scapicollarsi giù per la strada in una notte così deliziosa, con le cinghie dalla valigia legate male, e corsi fino a raggiungere la strada principale dove l'autobus da e per la capitale ci aveva lasciato qualche ora prima. Andai alla fermata, dove una famiglia stava già aspettando l'autobus, e fui grata a quelle persone che non cercarono di attaccare discorso. Tenni gli occhi inchiodati alla superstrada a doppia corsia, fiancheggiata da bassi campi coltivati. Una terra così tranquilla, sobria e paziente. Non c'è niente di cui preoccuparsi, niente da nascondere, sembravano dire quei campi uruguaiani. Sentivo di odiarli per quella loro serenità. Immaginai Gabriel che mi rincorreva e mi raggiungeva, che mi afferrava le spalle con entrambe le mani, *non partire, andrà tutto a posto*, ancora odoroso di sesso, del sesso che aveva fatto con me, e mi trascinava indietro, nella villetta. Anche in quel momento una parte di me voleva che mi trovasse prima dell'arrivo dell'autobus per convin-

210

cermi a tornare nella casetta sulla spiaggia, indietro nel tempo, alla sontuosa innocenza di quelli che eravamo stati al momento del nostro arrivo, solo otto ore prima, dopo di che avremmo costretto il sole a sorgere di nuovo con la mera forza del nostro piacere e lui avrebbe detto, *Ti chiedo scusa, hai ragione, è stato un grosso errore da parte mia,* e insieme avremmo riso delle assurde teorie che lui e sua madre avevano concepito, *È una brava donna, mia madre, ma ha visto* La storia ufficiale *un po' troppe volte.* Teorie che il sole del mattino avrebbe dissolto come ombre di fantasmi. Ma l'autobus arrivò e Gabriel no, e a volte non si può tornare indietro. Attraverso un finestrino sporco e graffiato vidi le nere colline correre via e trasformarsi a poco a poco nei primi sobborghi della città, Montevideo, con le sue case dal tetto piatto che non rivelavano nulla dei sogni sognati fra le loro mura. Una città che avevo sempre visto solo attraverso un finestrino in movimento. Solo tre ore da Buenos Aires, appena al di là del fiume, eppure per me era ancora un mistero. In quella città, da qualche parte, c'era la casa in cui era cresciuto Gabriel, dove di lì a qualche giorno lui sarebbe tornato, solo, con chissà quale giustificazione per la mia assenza, *Scusa, mamma, è scappata via nel cuore della notte,* abbandonato e imbarazzato, e sua madre gli avrebbe passato il pane in silenzioso trionfo, *Non fa niente, non pensiamoci più, ne troverai una migliore.* Guardavo Montevideo e mi stupivo di quanto poco sapessi del mondo appena fuori dalla porta di casa mia, nonostante i miei diligenti studi scolastici di storia. Eppure anche in quel paese così vicino, in Uruguay, nella capitale sull'altra sponda del fiume, sicuramente c'erano canzoni appostate dietro ogni angolo – ballate, arie, lamenti funebri, tanghi, salmodie, elegie – che si propagavano in lenti cerchi concentrici lungo strade sconosciute. Anche l'Uruguay aveva le sue ferite e le sue macchie segrete. Chissà fino a che punto ne ossessionavano la vita. Mi domandavo che sensazioni avrebbe provato la mia pelle se mi fossi fermata lì, fingendo di poter scambiare una collezione di ferite con un'altra. Potevo scendere dall'autobus e vagare senza meta, senza mai fermarmi, fino a perdere l'orientamento, la presa sul terreno, i miei ricordi, il mio nome. Una donna-tabula-rasa che a-vrebbe vagato per sempre nelle strade di Montevideo, guardatela, ha perso le scarpe, ha perso sé stessa, avete visto che capelli inselvatichiti, che espressione ha negli occhi? Ritroverà mai il suo vecchio io? E, se lo ritrovasse, accetterebbe di indossarlo o lo giudicherebbe ormai strappato al di là di ogni riparazione possibile? Ma non scesi. Arrivai al capolinea e presi il traghetto delle 6.56 per riattraversare il Río de la Plata. Una luce esangue sfiorò l'acqua per tutta la traversata.

È ancora con Gloria, le è stato accanto per un'eternità, una sfilza di momenti liquidi che tracimano dai confini del tempo, lei è stata a lungo in travaglio e ora le guardie hanno portato nella sua cella una barella su ruote, un cappuccio e delle catene, *no vi prego le catene no*, ma non lo sentono, la incatenano alla barella, le bendano gli occhi e la spingono lungo un corridoio fitto di cupe porte tutte u-guali, senza un numero né un nome che serva a identificarle o a identificare chi ci sta dietro, li segue in un ascensore che sprofonda nei sotterranei e poi lungo un altro corridoio fino a una stanza spoglia dove li aspettano due infermiere, le guardie scaricano il loro fardello e se ne vanno. Gloria è come trasfigurata dallo spostamento, è nuda e legata e non può vedere, le forti lingue delle sue mani non possono più accarezzare il ventre e nemmeno lui può toccarla nella luce acida di quella stanza, è schiacciato contro la parete e non può avvicinarsi a lei, può solo guardare, Gloria è inchiodata e aperta, il ventre enorme come una pallida balena, ansante come una balena spiaggiata, suda, la bocca si torce in un urlo ma lui non lo sente e forse quell'urlo è il suo canto della balena, un suono che può viaggiare per miglia e miglia sotto il mare finché qualcuno non lo sente, non lo riconosce, una musica sottomarina in grado di dire cose che non sono mai state dette ma che devono assolutamente essere dette, devono, l'urlo erompe dalla sua gola spalancata come altri urli erompono in altri luoghi, erompe lentamente lentamente attraverso il tunnel della sua carne, le sue gambe sono spalancate all'aria e alle infermiere che non le dicono una parola, è stato ordinato loro di non farlo, non sanno niente della donna che giace esposta sul tavolo a parte ciò che possono anche indovinare da sole, e comunque si sforzano di non indovinare niente, sono in un sotterraneo buio e senza finestre e la prima infermiera vorrebbe tanto un po' d'aria fresca e una sigaretta, e la seconda infermiera vorrebbe affondare il viso nel petto del suo uomo e sentire le sue mani spogliarla del vestito e dimenticare ogni cosa di questo posto, di questa donna spogliata del suo nome, dei vestiti e del senso della vista ma è fortunata perché ha ancora il diritto di gridare anche se le infermiere non capiscono il suo urlo perché non sono sott'acqua, non ci sono mai state, il loro tocco è freddo e professionale, non le dicono *adesso spingi*, non le dicono *puoi farcela. Gloria, spingi, Gloria, puoi farcela, guarda, ci siamo quasi*, è lui a formulare con le labbra le parole che non ha avuto occasione di dirle, ma Gloria non le sente e comunque non ne ha bisogno, non si limita a spingere, scoppia, si spacca in due, grugnisce, si gonfia, poi crolla, il suo viso non l'ha mai visto così, a guardarla sembra che potrebbe fare a pezzi il mondo, il suo sesso è enorme, vibra e si spacca come un frutto che non può più sopportare la sua maturità, si allarga e a un tratto là dentro si vede una carne che non è la sua carne, tenera, con i capelli, luccicante, dapprima una piccola superficie di carne a forma di lacrima poi più grande man mano che il sesso di Gloria si allarga, sempre di più, la seconda infermiera avvolge le dita guantate attorno alla testolina nel momento in cui sguscia fuori, c'è un faccino, degli strilli, lui non li sente ma vede aprirsi la piccola bocca da pesce e gli occhi strizzarsi (ed eccola lì, la ragazza, tu non potrai ricordare questo posto o questo momento e nemmeno i tuoi primissimi strilli ma sono tuoi, e forse questo istante resterà dentro di te mentre crescerai, formando un nido silenzioso dentro il tuo corpo, nel petto o nella nuca o nel bacino o

213

nella colonna vertebrale), ora il viso di Gloria cambia di nuovo, si spalanca per lo stupore, lei si inarca per quanto glielo permettano le catene e il corpicino l'abbandona come una farfalla che esce dal bozzolo infranto. Le infermiere visitano la bambina, la sollevano per i piedi e la sculacciano come per assicurarsi che sia fatta di un materiale abbastanza solido da resistere alle pressioni di questo mondo. Gloria respira con tutto il corpo e quando il secondamento è finito e le infermiere l'hanno lavata con una spugna e poi asciugata, e gli strilli della bambina si sono calmati diventando un pianto sommesso, Gloria dice, *grazie*, l'acqua è tiepida e le mani delicate, ma quando chiede *cos'è, un maschio o una femmina? un maschio o una femmina?* le infermiere, bene addestrate e spaventate, fanno rotolare la barella fuori dalla stanza senza rispondere.

Tornando dall'appartamento di Gabriel, prima di rientrare in casa dal mio ospite bagnato mi fermai al supermercato di quartiere dove lattine e tagli di carne mi sembrarono come immersi in una foschia lattiginosa. Quasi non riuscivo a vedere gli scaffali per via di ciò che era successo all'aria nel mio cervello, per come era diventata indicibilmente chiara. Esternamente mettevo gli acquisti nel carrello come una donna qualsiasi in un mondo qualsiasi, ma dentro di me il mondo si era spaccato da parte a parte e vorticando ne erano uscite tutte le sue storie in un miscuglio inarrestabile di verità scontate, dalla genesi fino alla fine dei tempi.

C'era una volta un bambino di nome Héctor. Da piccolo suo padre lo picchiava e una volta spaccò la mandibola a una tartaruga a cui era molto affezionato, ma lui era un bravo bambino e crescendo diventò un gran lavoratore che portava con orgoglio la sua uniforme ben stirata e la forza che aveva giurato di usare al servizio del suo paese. Il tipo d'uomo con il petto splendente di medaglie, che con la sua sola presenza è in grado di suscitare una miscela perfetta di ammirazione e timore. Héctor imparò dunque a nascondere i suoi punti teneri e a metterli da parte per la bambina

214

che un giorno avrebbe avuto – solo per lei –, lei sola li avrebbe visti. Poi sposò una ragazza di nome Luisa, che aveva trovato il proprio cuore nelle pinacoteche di Madrid e poi l'aveva scagliato contro una tela nera e viola lasciando al suo posto solo una cavità inacidita, ma che comunque riuscì a tirar fuori abbastanza emozione per scambiare con lui i voti nuziali indossando l'abito da sposa più caro che la sua famiglia fosse riuscita a trovare, un abito che poteva preludere solo a una gran fecondità e alla moltiplicazione della loro gioia come la Parola di Dio ci comanda nei secoli dei secoli.

Desideravano tanto un figlio, ma nei primi anni del loro matrimonio non ne arrivarono, cosa che nella loro cerchia destò parecchio stupore e anche un refolo di pettegolezzi... ma poi il paese si trasformò completamente e il loro sogno poté realizzarsi, grazie all'intercessione di Dio e all'ordine naturale delle cose. Ebbero una bambina o, meglio, siccome non potevano averla la rubarono a delle persone la cui esistenza fu sistematicamente cancellata, come se avessero vissuto solo a matita. Sicuramente, nella loro testa, non fu tanto un furto quanto un salvataggio, un gesto di grazia che faceva seguito a una cancellazione inevitabile e che, avvolto nel silenzio, sarebbe scomparso anch'esso nelle pieghe dimenticate del tempo. La bambina, rubata o salvata che fosse, crebbe senza sapere niente dell'amaro collante che teneva insieme la sua famiglia, e amò con tutto il cuore l'uomo dall'uniforme ben stirata e la tartaruga ferita, l'uomo che di notte si sedeva sul suo letto per cantarle la ninnananna, sapendo di scotch, e quando al buio lui le domandava: «Vuoi bene a papà?» lei rispondeva: «Sì», e quando lui diceva: «E gli vorrai sempre bene? Qualunque cosa succeda?» lei ripeteva ancora: «Sì, sì», e ci credeva con ogni singola cellula del suo corpo, e anche quando, molto tempo dopo, sentì parlare dei corpi che suo padre aveva trattato come segni a matita che non avevano diritto di stare sulla tela, anche allora lei disse un «sì» che sicuramente la rendeva mostruosa – una bambina-mostro, deformata dall'amore – ma che non poteva non dire perché anche questo, anche l'amore per il proprio padre, è nell'ordine naturale delle cose.

Ed ecco la bambina, diventata adulta, ma sotto la pelle ancora bambina, ancora e sempre la stessa bambina di un tempo, percorrere la strada fra il supermercato e una casa che non solo in quel momento era infestata da un fradicio fantasma del passato, ma che per tutta la sua vita era stata infestata da ombre e bugie. I suoi piedi la portarono fino a casa, o fino al posto che le avevano insegnato a considerare casa sua, piedi molto più coraggiosi del resto di lei, delle mani che stringevano troppo forte i sacchetti della spesa, degli occhi che le bruciavano, della gola che le si chiudeva come stretta da un laccio invisibile, delle ginocchia che rischiavano di cedere mentre frugava con la chiave nella serratura e spingeva la porta per ritrovare il noto odore di mele marce e di pesce angelo che subito l'avvolse, e dentro casa la piscinetta rossa in cui da bambina aveva fatto il bagno nelle bugie, e là, nella piscinetta, l'uomo o il non-uomo che per tutto il giorno aveva desiderato e temuto di vedere e che, come notò in quel momento con la sua nuova, terribile lucidità, era bello. Bello. Le gocce che gli rotolavano sulla pelle sembravano lacrime.

È a casa, finalmente, ferma in mezzo alla stanza, e non posa nemmeno i sacchetti della spesa. Lo fissa con animalesca intensità. Fissa l'acqua che lo circonda, profonda e tiepida.

E lui pensa, è tutto finito. Si è stancata di me. Le chiederò scusa, me ne andrò se proprio devo, anche se non so dove andare.

Poi lei si avvicina. Ha gli occhi umidi.

E a voce bassissima dice, So chi sei.

TRE

11.

CULLA

E la stanza diventa una culla di luce con dentro loro due. Mobili e pareti scompaiono tra le ombre fuori dalla piccola sfera che contiene tutto ciò che davvero conta, solo lui e la ragazza.

Mille domande si agitano dentro di lui, ma non può formularle tutte insieme. Come hai fatto a capirlo?

Da molte cose, risponde lei. Perché sei venuto qui, in questa casa, fra tante che ci sono in questo paese. E anche per via delle cose che so sulla mia famiglia. E per i tuoi occhi.

Vorrebbe tanto poterseli guardare in uno specchio, ma solo per rintracciarvi qualcosa di lei, un'annunciazione della sua venuta nel taglio o nel colore.

Ci sono tante cose che vorrei domandarti.

Chiedi pure.

Non so da dove cominciare.

Da un punto qualunque.

Lei come si chiamava?

Tua madre?

Non risponde.

Si chiamava Gloria.

E com'era?

La sua mente esplode di luce, e risponde, Era bella. Testarda. A volte rideva nel sonno. Al ristorante parlava sempre troppo forte, tutti si voltavano a guardarla.

La ragazza non dice niente.

Cerca di richiamare alla mente altri ricordi per lei, poi si sforza di mettere insieme le parole per tradurre il ricordo in suoni. È faticoso. Infine dice, Era nata ad Azul. Si era trasfe-

219

rita in città a tredici anni. Ci siamo conosciuti in una libreria, nel cuore della notte. Le piaceva fare lunghe passeggiate e perdersi apposta per vedere cosa c'era dietro il prossimo angolo e dietro quello successivo.

Quanti anni aveva?

All'incirca la tua età.

Ed è scomparsa?

L'hanno portata via. Quando hanno preso me, hanno preso anche lei.

Smette di parlare. Sulla punta della lingua ha l'immagine di Gloria legata alla sedia, coperta di lividi, bendata, incinta, un attimo prima che una dozzina di stivali neri lo mandasse al tappeto. Ma non vuole mettere in parole quell'immagine. Preferisce lasciar fluttuare la più vaga espressione *hanno preso anche lei*. È un gesto di protezione, miserabile risarcimento per tutti gli anni in cui non ha potuto avvolgerla con le sue ali, ma è tutto ciò che può darle. Poi dice, Tu le somigli.

Davvero?

Hai la sua bocca, i suoi capelli.

Istintivamente si porta la mano alle labbra. E quando... quando l'hanno portata via, era incinta di me?

Sì. Era incinta di te.

Si blocca, sembra fare appello a tutte le sue forze per andare avanti. Quando sei arrivato qui, lo sapevi già?

No.

Da quanto tempo lo sai?

Qualche giorno.

Eppure sei venuto proprio qui, anche se non sapevi.

Sì.

Com'è possibile?

E tutto il resto, com'è possibile?

La ragazza va verso il divano e accende una sigaretta. Tacciono, insieme. L'aria è insopportabilmente carica; brilla di un peso opalescente che preme per traboccare. Lui sente la lontananza da lei come un dolore su tutta la pelle, il piccolo nido del loro mondo condiviso deve tendersi troppo, contenere troppe cose; ma in quel momento, quasi percependo la tensione, la ragazza torna vicino alla piscinetta e si siede accanto a lui. Ne prova sollievo. Il fumo si leva in spirali verso il soffitto, lei lo fissa con la concentrazione di un cacciatore.

A cosa pensi? le chiede.

Non posso dirtelo.

Perché?

Ci sono cose che non bisognerebbe mai dire ad alta voce.

No?

No.

Tutte le cose si possono dire.

Stronzate.

Ma è vero.

Ho paura.

Dillo lo stesso.

Stavo pensando a te. Se non fossi morto. Come sarebbe stato per me. Chi sarei stata.

Saresti stata comunque te stessa.

Ma non la stessa che sono ora.

Cos'è che ci rende noi stessi?

Esperienze. Acculturazione.

E cos'altro?

Non lo so.

Ciò che abbiamo dentro.

E lei dice, Come faccio a sapere cosa è stato dentro di me fin dall'inizio e cosa ci è stato messo dalla mia vita mentre la vivevo.

Non lo sa nessuno.

No.

Eppure esiste una te stessa che era lì fin da prima che tu nascessi e che nessuno ha modellato né cambiato né avrebbe potuto farlo, né Gloria né io né nessun altro.

Come fai a saperlo?

Dall'acqua.

Quale acqua?

Quella in cui sono stato dopo essere morto.

La ragazza tace.

Chi ti sarebbe piaciuto essere?

Non so, dice lei. Ora come ora non so nemmeno chi sarò

221

domani mattina. Mi sento nuda, denudata della mia vita. Come se mi fossi tolta di dosso tutte le bugie e non fosse rimasto niente. Non so come altro spiegarlo.

La sua sigaretta è finita; ne accende un'altra e per un attimo la fiammella le illumina il viso. E lui pensa, Darei qualsiasi cosa, qualsiasi, dieci anni con le parti molli attaccate alle loro macchine, per esserti rimasto accanto e averti vista crescere al posto dell'uomo che chiami papà.

Parlami di lui.

Lui chi?

L'altro tuo padre.

Si gira dall'altra parte.

Ti vuole bene?

Sì. Non so. Non so più cosa significano quelle parole.

È stato buono con te?

Sì. Nell'insieme, è stato un buon padre.

Lui muove le dita sotto il pelo dell'acqua, le stringe forte.

Cantava per farmi addormentare. Mi ha sempre vestita e nutrita. Voleva solo il meglio per me, o almeno ciò che a lui sembrava il meglio.

Ma non è tutto... lui se lo sente nelle ossa che quel ritratto è incompleto, come un volto mezzo illuminato e mezzo in ombra, e proprio per questo, o forse anche per qualche altra ragione, vorrebbe maledire quell'uomo che potrebbe giustamente essere definito una bestia, un impostore, un secondino camuffato da padre. Fa appello a tutte le sue forze per cercare di controllarsi. Non deve esplodere, non deve arrabbiarsi, e comunque dovrebbe essere contento di sapere che, da piccola, la ragazza ha ricevuto una certa dose di tenerezza paterna, chiunque sia stato a dargliela. Deve essere gentile con lei; deve controllarsi, essere comprensivo. Deve accettare l'idea – costringersi ad accettarla – che lei stanotte non ha solo ritrovato i suoi genitori, li ha anche persi, ha perso quegli altri genitori che per tanti anni sono stati i soli, per lei. Non importa chi sono o cosa hanno fatto, per lei sono stati i suoi genitori. L'hanno cresciuta. Le loro impronte digitali sono impresse indelebilmente sulla sua mente. Impreca fra sé e sé contro quel fatto, pur essendo pienamente consapevole che il fatto stesso non ne sarà scosso.

E tu gli vuoi ancora bene.

Mi odierai per questo?

Mai.

Come puoi esserne sicuro?

Ne sono sicuro e basta.

La voce della ragazza si riduce a un sussurro. L'hai visto, laggiù?

Dove?

Nel posto in cui ti hanno portato quando sei scomparso.

Lui getta un'occhiata alla foto del matrimonio, allo sposo con lo sguardo indagatore, irrequieto. No. Non mi sembra.

La ragazza sembra sollevata.

Ma per la maggior parte del tempo avevo gli occhi bendati.

Ah.

Perché, tu credi che fosse là?

Non lo so. Forse non c'era un solo posto. La ragazza china il capo, i capelli le nascondono il viso come due tendine. Sì che lo farai. Mi odierai.

Come potrei odiarti?

Per via di lui.

Tu non sei lui.

Ma sono sua figlia... lo ero. Pensavo di esserlo.

Le sue mani non sono le tue.

Ma sono cresciuta qui.

Eri solo una bambina.

L'ho difeso. Lo difendo ancora, dice la ragazza, e il dolore le crea un nodo in gola. Ho saputo del suo mestiere e non ho detto niente.

Non importa.

Come può non importare?

Per quella che sei in realtà.

Chi? Chi?

Un ricordo gli si affaccia alla mente, il ricordo della prima volta in cui ha percepito la presenza della bambina su questa terra, quando non era altro che una minuscola virgoletta di carne scivolata dentro il corpo di Gloria come il più carnale e tenace dei miracoli. Dice, Tu sei lo splendore.

Come? Quale splendore?

Adesso te lo spiego. Voglio provare a darti un ricordo, ci entrerò dentro e ti porterò con me e te lo racconterò mentre succede. Potrebbe volerci un po' di tempo. Mi ascolterai?

La ragazza sta piangendo. Fa cenno di sì con la testa.

Lui chiude gli occhi e s'immerge nella sua mente.

Era terrorizzato, non si sentiva pronto, ma Gloria aveva orecchie solo per la gioia. Sei settimane, disse, il cuore ha già due ventricoli, batte. Si è formata la testa.

Con occhi e orecchie?

Le orecchie no. Non ancora. Solo due cavità là dove passeranno i dotti auricolari.

Ah.

Smettila di fare quella faccia spaventata.

Chi ha detto che sono spaventato?

Scoppiò a ridere. Io. Vieni qui.

Le andò vicino e lei gli prese la mano e se la appoggiò sul ventre, che sembrava lo stesso di sempre, liscio e piatto e caldo; lo attirava verso il basso, sotto la cintura della gonna.

Shh, non ora.

Perché no?

Perché voglio che mi tocchi la pancia.

La sto toccando, è molto sexy, e anche tu sei sexy.

Non in quel senso. Il bambino.

L'embrione.

Gloria alzò gli occhi al cielo. Tu ascolta con la mano.

È troppo presto perché si senta qualcosa.

Non è vero. Ascolta.

Era così bella e lui era distratto dalla luce del tardo pomeriggio che le sfiorava la nuca. Il ricordo è vivido, pieno di luce, rivede il raggio di sole che entrava obliquamente dalla finestrella della cucina, Gloria era seduta al tavolo della colazione e lo guardava con le labbra socchiuse, chissà come aveva fatto un timidone come lui a finire tra le braccia di una donna così. In una casa che era la loro casa, sposato con lei, e ora quel piccolo fenomeno, *sei settimane*. Obbedì, mise la mano sulla pancia di Gloria, attese. Non sentì niente, nessun movimento, niente di nuovo. Cercò di ascoltare con la mano: Ehi tu, sei settimane, sei là dentro? mi senti? mi riconoscerai quando finalmente verrai fuori? Cercò di visualizzare quell'esserino con gli occhi ma senza orecchie, tu non senti, non vedi, e anche ammesso che i tuoi occhi ci vedano dentro Gloria c'è solo buio, il tuo naso la tua bocca le tue mani stanno per arrivare e io e Gloria saremo il tuo stampo, e ti puliremo dalla cacca e ci sveglieremo ai tuoi strilli, ci lascerai mai dormire? Fu allora che lo sentì. Un lieve splendore sotto il palmo, come se i nervi della sua mano avessero improvvisamente acquisito un sesto senso. Come se i suoi nervi avessero individuato una scintilla in cui si riconoscevano, una luce dentro il corpo di Gloria che non era semplicemente la fonte del desiderio o il calore che era abituato a trovare in lei; forse era uno scherzo della sua immaginazione, ma avrebbe giurato che vicino al centro del suo palmo, qualche centimetro sotto, nascosta tra la carne di sua moglie c'era un'essenza che era collegata a lui ma non era lui, che era collegata a Gloria ma non era lei, un'essenza che splendeva come non era mai successo in nessun altro luogo in tutta la storia dell'universo, che apparteneva a quel luogo, a quel momento, e che sarebbe stata integralmente sé stessa, unica come un viso o un'impronta digitale ma molto più distillata, in quel momento, in quel suo stato primordiale, ancora non formata ma completa, splendida sotto la sua mano, un'essenza pura, non adulterata, tutta presa in un lungo, lento movimento di crescita.

Gloria lo osservava da vicino.

Siamo pronti per questo? le disse.

Lo saremo.

Come fai a saperlo?

Lo so.

La luce si era fatta di un oro più profondo: un attimo ancora e sarebbe sfumata nel crepuscolo. Le avvolgeva le spalle come uno scialle. Le fece scivolare la mano sotto la cintura della gonna. Adesso si può?

Lei rise. C'era come una campanella nella sua risata. Si può, si può.

La sua pelle sapeva di sale e di afa estiva. Si sdraiò sul tavolo della cucina, le sue gambe lo avvolsero, gambe che avrebbero potuto stritolarlo mentre scivolava dentro di lei, gambe con una potenza del tutto nuova, è un ricordo molto vivido, il corpo di Gloria umido e appassionato, trasudante di una gioia feroce ed estatica all'essere penetrato, al contenere una nuova vita, all'essere illuminato da dentro, al sentirsi integro e vivo in un mondo che ancora non l'aveva cancellata dalla propria faccia, che ancora non le aveva rivelato cosa succede alla gente nei suoi sotterranei invisibili. Il sesso li avvinse e li sciolse, stringendoli tutti e tre in un nodo rovente e cancellando d'un colpo i confini fra loro. Era con Gloria che stava facendo l'amore, ma non poteva fare a meno di parlare anche al nuovo esserino, allo splendore, all'embrione, e lui spingeva e spingeva verso il punto del suo annidamento e al tempo stesso aveva paura di disturbarlo o di fargli intravedere qualcosa che bambini e lattanti non dovrebbero vedere, temeva che ci fosse qualcosa di sbagliato nello stare insieme in quel modo, tutti e tre oscillanti e vorticanti in una sola bolla di calore, eppure un istinto sconosciuto lo spingeva a continuare, a festeggiare il nuovo venuto, a cercare di sentire la sua presenza, a protendersi verso quello splendore proprio con la parte del corpo da cui erano usciti i semini ansiosi di crearlo, si tendeva sempre di più, le cosce di Gloria erano calde e spalancate come cancelli ma lui non avrebbe mai potuto raggiungere il suo centro quindi lo salutò da lontano, pensò la parola ciao e attraverso il suo sesso la spedì, bruciante, nei misteriosi labirinti bui del corpo di Gloria.

E questo fu solo l'inizio. Sei settimane divennero sette, otto, dieci e venti, ventotto, ogni settimana una rivelazione. Le forme di Gloria divennero l'attestato vivente del miracolo (non era infatti, pensava lui, un vero e proprio miracolo, nonostante fosse già accaduto miliardi di volte a questo mondo e nonostante tutte le verità carnali che avevano prodotto quella maculata concezione?). Vedeva Gloria accarezzarsi la pancia sotto la doccia, e al mattino mentre si vestiva, e davanti ai fornelli mentre soffriggeva le cipolle. E non solo accarezzava, parlava anche, sottovoce, condividendo segreti o promesse con l'esserino che aveva dentro. Colloqui privatissimi, dai quali perfino lui era escluso. Gloria abbondava di nomi, che ne dici di questo, o magari questo se è un maschietto e quest'altro se è una femmina, come poteva una sola parola cantare al mondo la piena risonanza di quel bambino? Gloria si era come trasformata, gli spigoli più aspri del suo carattere si erano arrotondati in una voluttuosa, quasi compiaciuta vocazione per il piacere. Si beava dell'attenzione di perfetti sconosciuti che per strada o al mercato l'avvicinavano e le toccavano la pancia, Oh che meraviglia, toccavano il suo corpo senza chiedere il permesso, a volte senza nemmeno prendersi la briga di salutare, È una femmina, lo sento, oppure Dev'essere un maschietto, lui si arrabbiava vedendo tutta quella gente che aveva la sfacciataggine di toccare sua moglie in pubblico senza conoscere nemmeno il suo nome. Le prime volte aveva cercato di impedirglielo, ma Gloria l'aveva fermato, Lasciali fare, non importa, poi aveva capito che non era semplicemente che non le importasse: Gloria godeva di quei contatti, si illuminava come una lanterna, non percepiva il tocco di quelle mani sconosciute come un'invasione bensì come una forma di benedizione, di venerazione addirittura, era il mondo a porgerle la sua ammirazione e la sua benedizione attraverso tutte quelle mani. Toccava a lei, ora, percorrere la strada di Maria e ne era deliziata, ne assaporava ogni pezzetto, perfino il gran miracolo delle caviglie gonfie e dei problemi di digestione, di cui si lamentava come chi si sottomette a una rivelazione. È incredibile, diceva, non arrivo più ad allacciarmi le scarpe. Le dava un piacere senza precedenti l'essere incinta. Si rimirava nello specchio, accarezzandosi la pancia tonda, quando pensava che nessuno la stesse guardando. A volte lo faceva nuda, affinché il suo tocco potesse arrivare più vicino al nascituro. Di notte, quando i calci del bambino la svegliavano, camminava orgogliosamente su e giù per l'appartamento a caccia di *alfajores* al cioccolato. E scoppiava a piangere senza motivo, o per tutti i motivi del mondo, guardando fuori dalla finestra per decifrare messaggi segreti che solo lei poteva leggere in cielo. E per tutto quel tempo c'eri tu, là dentro, ad allargarle il giro vita, a rallentare i suoi passi e ad arrossarle le guance di euforia. Era tuo lo splendore che prendeva in prestito nei giorni più esaltati, tuo il rossore che le saliva al viso. Eri perfetta allora come sei perfetta adesso. Ed esattamente come allora tu eri dentro di lei, oggi lei è dentro di te, nei tuoi occhi, nelle tue orecchie e nelle tue caviglie, nella strisciolina di pelle morbida sotto le unghie, nel sangue che ti scorre nelle vene verso il muscolo cardiaco. La forma di Gloria ha contenuto la tua forma e le ha dato un luogo da cui cominciare, e lì, dentro di lei, tu sei diventata te stessa, il Chi che sei ancora oggi e che avrà sempre le sue radici nel puro Chi di Gloria: finché vivrai, finché ogni tua cellula tratterrà dentro di te i suoi attorcigliati segreti, tu non sarai del tutto persa e lei non sarà del tutto morta.

Ritorna nella stanza, la guarda. Ha acceso un'altra sigaretta e si è voltata verso la parete. Ecco, ha detto troppo. È la prima volta che sente parlare di sua madre e lui tira in ballo il sesso. È proprio un idiota. Ha perso il contatto con le buone maniere dei vivi, ha dimenticato che ci sono argomenti di cui non bisogna parlare e che sicuramente i padri non devono condividere con i figli; là dov'era ha scordato che la passione fisica va trattata come un segreto di cui parlare bisbigliando e non come una radiosa forza vitale. Sono un cretino, pensa, adesso sì che l'ho persa, si chiuderà di nuovo, ma poi lei si volta dalla sua parte e sul suo viso c'è un'emozione nuda.

È stato davvero così?

Così e anche di più.

Lo guarda. Come ti chiami?

Non ho più nome.

Com'è possibile?

L'acqua se l'è portato via.

E come ti chiamavi prima dell'acqua?

Tende la memoria, invano. Non lo so. È andato.

Fa lo stesso, dice lei in tono gentile. Va tutto bene. Poi tace e restano seduti, insieme, un lungo silenzio che non somiglia agli altri silenzi che hanno condiviso fino a quel momento. È un silenzio amniotico, che li unisce invece di separarli. Lui sente che potrebbe galleggiare con lei in quel silenzio per sempre. Il tempo si deforma, si allunga. Rallenta e accelera e non fa *tic tac tic* con una calibratura artificiale; si scioglie; si riversa. Lei è seduta sul pavimento accanto a lui, così vicina che lui sente l'odore delle sue sigarette e il profumo dolce dei suoi capelli, ed è aperta alla sua presenza, si è come dipanata, non ci sono più veli nei suoi occhi. Quella che stanno vivendo è molto più di una notte: è una casa scavata nel deserto, una candela accesa in un cielo nero, del sale sulla lingua di un moribondo, in aperta sfida agli ordini dell'oblio.

Mormora una melodia. Il suono si leva da lui senza che l'abbia pensato. È da tanto tempo che non canta, da molto prima di morire, all'inizio la voce è un po' roca, bagnata e melmosa in fondo alla gola, ma poi si scioglie e scorre sulla melodia come un ruscello sui ciottoli. Che canzone è? È una vecchia canzone; non l'ha scritta lui. Sua madre gliela cantava quando era bambino e tutte le sue notti erano fresche, sicure e tinte della presenza di Dio, sì, ora lo sa, è una ninnananna. La sussurrava al buio sul pancione di Gloria, sotto le lenzuola, quando quel pancione era grosso e pieno e attirava come una calamita le mani ammirate di tanti sconosciuti. A letto però, la notte, nessuno poteva toccare Gloria tranne lui, e lui toccava e toccava e a volte cantava e chiedeva, Mi senti? Avrebbe tanto voluto che il bambino lo sentisse. Voleva che si ricordasse di lui più che di tutti gli altri. Sperava, cantando, di penetrare nel minuscolo cuore di quel quasi-bambino.

Anche adesso canta sottovoce e sua figlia, seduta accanto

alla piscinetta rossa, ascolta. I suoi occhi fissano la parete, il quadro con la nave, ma la testa si china verso quel suono. La melodia ondeggia e non spezza il bel silenzio fra loro, anzi, lo nutre, lo rafforza, versa fluido su fluido su fluido.

Il suo canto mi circondò e io avrei voluto strisciarvi dentro, avvolgermi in quella ninnananna, in quella grande coperta bianca di suoni. Avrei voluto restare per sempre in quella notte, non solo in quel momento, sempre, affinché da quell'istante in poi, ovunque fossi andata e qualunque cosa avessi visto, quella notte potesse coprirmi e circondarmi, facendo da filtro tra me e il mondo. Mi sentivo avvolta. Sostenuta. E volevo essere tenuta così per il resto della mia vita. Sarebbe stato bello se mi avesse tenuta così anche da piccola, quell'uomo, la sua voce, la sua compagnia. C'era una donna che avrei potuto essere se fossi vissuta sempre nel raggio d'azione della voce di quell'uomo, se quell'uomo fosse rimasto al mondo per sostenermi fin dal principio. Quella donna, invece, non sarebbe mai esistita. Non potevo riscrivermi daccapo. Eppure in quei momenti, nel delicato calore di quella notte, lei sembrava più reale di me, più legittima della Perla che abitava la mia pelle. Avrei voluto raggiungerla, ovunque fosse, negli angoli strappati del cosmo dove tutti i nostri avrei-potuto-essere si acquattano tra le ombre, e toccarla, capirla, quantomeno guardarla negli occhi. Il mio io alternativo. Una donna che non era stata spezzata alle radici. Una Perla dalla cui bocca avrei voluto udire le parole "amore" e "verità" e "famiglia", per sentire come le avrebbe pronunciate, se le avrebbe buttate fuori in facili scintille o nelle lunghe, lente sillabe di una canzone. Perché io, la gemella falsa, la Perla a cui era stato concesso di esistere, non sapevo più come gestirle, quelle parole. Chiusi gli occhi. Il mio nuovo padre, il primo, cantava ancora. La melodia affondava dentro di me, delicata, fosforescente. Mi voleva ancora, nonostante quello che il mondo gli aveva fatto. E io volevo assorbire le sue storie, farle mie. Volevo credere che tra noi ci fossero dei fili – fra lui, Gloria e me – che erano stati scossi ma non si erano spezzati, e che forse correvano sotto la superficie della realtà come parte di una trama segreta che brilla in reami oltre il tempo. Quei fili sembravano l'unica cosa che mi fosse rimasta al mondo.

E giunse l'alba. Arrivò lentamente, quasi con riluttanza, come se il sole stesso non volesse intromettersi nei suoni e nei silenzi di quella notte, eppure arrivò e ci trovò insieme sul pavimento del salotto, vicini, zitti e svegli. Nella pallida luce del giorno spensi un'altra sigaretta e la misi sul mucchietto di quelle schiacciate nel posacenere. Poi andai a togliere l'acqua dalla piscinetta. Tazza, secchio, tazza, secchio. Lui cantò ancora mentre toglievo l'acqua, stavolta era una melodia senza scopo, un'aria vagabonda. Fissai il secchio pieno della sua acqua. Non volevo più rovesciarla nelle condutture di casa: né nella vasca, né nella doccia, né nei lavelli. Volevo rovesciarla al sole. Portai il secchio nel patio, vicino alla vecchia quercia che conosceva le mie arrampicate di bambina, le mie letture all'ombra, le abili formiche che avevo osservato nelle lunghe giornate estive domandandomi: "Chissà dove vanno? Da dove vengono? Cosa succede in quei loro minuscoli cervelli formicheschi?". Rovesciai l'acqua ai piedi dell'albero. Lasciò nella terra delle strisce più scure, che entro metà mattina sarebbero sparite. Parte di quell'acqua sarebbe evaporata al sole, ma il resto sarebbe penetrato a fondo nel terreno per offrirsi alle radici dell'albero. Che sicuramente, pensai, ne avrebbero bevuto ogni goccia.

12

«Come può un bambino rubato», chiedeva il libro, «formarsi un'identità vera?» Lo tenevo aperto alla luce del mattino. L'ospite, finalmente, aveva chiuso gli occhi; era andato a dormire, o in qualunque posto andasse quando riposava. Io invece non avevo dormito affatto. Sapevo che avrei dovuto farlo, la notte era stata lunga e vigile e gli occhi mi bruciavano per la stanchezza, ma non potevo. Il mio cervello era troppo affollato, e lo stesso la stanza, palpitante di migliaia di ricordi riemersi dai corridoi del passato che chiedevano di essere scrollati all'aria aperta e guardati di nuovo. Rivedevo me stessa bambina mangiare il gelato da un piattino di cristallo e i dolcetti che per tutto il giorno erano stati nella tasca dei pantaloni di Scilingo, mentre mio padre (potevo ancora chiamarlo così?) e il suo amico Scilingo bevevano martini e chiacchieravano con le teste vicine. Rivedevo mia madre (potevo ancora chiamarla così?) sfiorare delicatamente i gerani nei giorni in cui le pianticelle ricevevano ancora acqua e attenzioni e non venivano lasciate morire. Rivedevo me stessa accoccolata sul divano con un libro della biblioteca mentre mamma, accanto a me, leggeva una rivista, i corpi abbastanza vicini perché il suo profumo delicato mi riempisse i polmoni. Rivedevo me stessa giocare a carte con mio padre, «Però non lasciarmi vincere, papà», e lui che alzava le sopracciglia con esagerato allarme, «Certo che no, Perlita, la vittoria te la sei guadagnata», e rivedevo me stessa, sola, la sera in cui papà aveva scoperto il mio racconto pubblicato sul giornale e aveva detto: «Ah sì, e tu chi saresti», e mi aveva lasciata in piedi, immobile come una colonna accanto al divano, incapace di sedermi, incapace di emettere un suono.

Una folla di ricordi, troppi. Non sopportavo di continuare a guardarli, ma non potevo nemmeno dormire circondata dal loro clamore: per questo avevo preso in mano il libro che il giorno prima ero andata a cercare in biblioteca. Un libro dedicato ai figli dei *desaparecidos:* lo avevano scritto le Abuelas di Plaza de Mayo, decenni dopo l'inizio della loro ricerca, e si rivolgeva ai nipoti che ancora speravano di ritrovare. Guardai l'uomo bagnato, addormentato nella piscinetta. Forse anche sua madre era una di loro. Forse lo stava ancora cercando. Cercai di visualizzarla, una donna logorata dal tempo, che probabilmente viveva a pochi chilometri da casa mia, separata dal figlio (e dalla nipote) da immensi baratri di realtà, e che ancora portava in giro per le strade la foto del figlio alle manifestazioni, tenendola alta sopra la testa.

Sfogliai il libro all'indietro fino alla fotografia di una Abuela con il fazzoletto bianco e due occhi simili a pozzi di dolore. Mi fissava con un'espressione così intensa che sembrava fossi io l'immagine riprodotta e lei la presenza viva e respirante. Mi domandai se potesse essere lei.

Ma era solo una delle tante. I bambini rubati erano almeno cinquecento, o per lo meno così era stato calcolato, e fino ad allora solo sessanta erano stati reintegrati nella loro vera identità. «Reintegrati», diceva il libro: come se l'identità che avevo avuto prima di nascere mi stesse semplicemente aspettando, un pezzo di tessuto piegato con cura, pronto perché io potessi scivolarci dentro, esattamente della mia misura. Come se io potessi tranquillamente diventare la donna che sarebbe sbocciata insieme ai suoi veri genitori se il paese non fosse stato travolto dal *Proceso.* «Reintegrati», come quando si restaura un quadro antico, con tutte le minuscole crepe e le zone sbiadite riportate alle loro condizioni originali per farlo sembrare esattamente come sarebbe stato se tutti i secoli intercorsi non fossero passati affatto. Recalcitravo davanti a quell'idea. Non avevo affatto voglia di cancellare la persona che ero stata in tutti gli anni in cui non avevo saputo nulla delle mie origini. Per quanto falsa potesse essere la mia identità, era l'unica che avevo. Senza, non ero niente.

Mi domandavo se le Abuelas, nel caso fossi andata da loro, mi avrebbero chiesto di fare proprio questo, di ripudiare la persona che ero stata. Quel pensiero mi provocava una fitta di dolore sotto la gabbia toracica.

Andai avanti a leggere. Di questi bambini *desaparecidos*, alcuni erano stati rubati da piccoli, altri addirittura nell'utero della madre. Guardai quelle foto di bambini, scattate prima che fossero rubati, scrutando i loro grandi occhi primordiali alla ricerca di storie che non potevano raccontare. Non avrei voluto leggere delle madri, ma lo feci ugualmente. Il libro parlava delle cose che erano state fatte a quelle donne, donne incinte, sottoposte alle stesse vessazioni degli altri *desaparecidos*, costrette a vivere gli stessi incubi, con l'unica eccezione delle ore ammanettate del parto, dopo il quale potevano o non potevano vedere il loro bambino prima che gli fosse rubato per sempre, una sparizione dentro un'altra sparizione, strati su strati di dileguamento.

Chiusi gli occhi. Non volevo pensare alla mia nascita, ma le immagini mi si imponevano e vedevo catene, sangue e una specie di sotterraneo medievale fiocamente illuminato, anche se sapevo che questa parte era solo frutto della mia immaginazione. Così tanti buchi nel ricordo e nella conoscenza, e solo l'immaginazione per riempirli. In realtà da bambina non mi era stata raccontata alcuna falsa versione della mia nascita, né avevo visto fotografie di mamma incinta. «Oh», diceva lei, «non mi andava di essere fotografata, ero tutta gonfia, sai com'è, le caviglie, il viso, per non parlare del giro vita.» Quanto al parto, si limitava a dire: «I dolori, non puoi nemmeno immaginarli», facendo un gesto vago con la mano. Un'altra bugia, ovviamente. Sembrava proprio che avrei dovuto ripassare ogni singolo ricordo della mia infanzia, ogni centimetro di memoria era insozzato di bugie, e tutto quel selezionare e ripulire sarebbe durato quanto la mia vita. E comunque ci sarebbero sempre stati dei buchi, delle cose che non avrei potuto scoprire, che potevo riempire solo con l'immaginazione. Per esempio il ritratto immaginario dell'uomo con l'uniforme della Marina che un giorno tornò a casa dal lavoro con un fagottino urlante tra le braccia.

Héctor, ma cos'è?

Nostra figlia.

Com'è possibile?

Mi hanno chiamato in ufficio.

Dall'agenzia per le adozioni?

Dai piani alti, direttamente dal governo.

E la lista d'attesa?

Non farmi troppe domande, Luisa. Non preoccuparti, adesso è nostra. È orfana, nessuno verrà a cercarla.

È una bambina?

Una bambina. Si chiama Perla.

Forse era andata così, o forse no. Ma questa versione sembrava plausibile. E soprattutto mi sembrava giusto che fosse stato lui a scegliere il mio nome. Quando ero piccola, papà mi diceva sempre: «Sono stato io a darti il nome, Perla», con un'enfasi tale che ancora oggi mi sembra l'unico dettaglio credibile. Perché ero il suo tesoro, questo almeno restava vero, no? Una bambina che per lui era come l'oro. Oro rubato, non potei fare a meno di pensare. Tutto ciò mi faceva sembrare un po' come un bottino di guerra, un oggetto reclamato dal campo di battaglia, come i guerrieri hanno sempre fatto fin dalla notte dei tempi. Oro, lance, schiavi. Giovani donne comprate e vendute, fin dai giorni di Troia. Ragazzine allevate per essere fedeli a un padrone, così fedeli che si poteva anche liberarle dalle loro scintillanti manette e restavano lì, senza muoversi, perché dopotutto l'amore che portavano allacciato alle caviglie era più pesante del ferro, e comunque dove sarebbero potute andare?

"Adesso basta", pensai, "sono pensieri ridicoli, tu non sei affatto una schiava, sei una donna adulta, libera di lasciare questa casa in qualsiasi momento."

Allora lo farai?

La domanda si aprì a ricciolo. Stese all'infuori i suoi petali enormi. Girai lo sguardo sulla libreria, sulla foto della bambina e su quella con lo sposo e la sposa che andavano incontro al loro futuro a bocca chiusa, sul quadro blu e sulle tende immobili e, dietro le tende, sul patio che una volta aveva contenuto troppi vasi da fiori per poterli contare e sull'uomo bagnato, addormentato nella piscinetta di plastica, che per tutta la notte mi aveva tenuto compagnia con le sue canzoni a fior di labbra, lasciai che tutte quelle cose mi lacerassero per scoprire che dentro di me già la sapevo, la risposta. Non sarei rimasta un altro giorno. Non potevo più restare in quella casa infestata dove non potevo formarmi quella che il libro chiamava «un'identità vera», e anche se forse non avrei potuto essere «reintegrata» – non volevo essere «reintegrata», se ciò comportava una cancellazione –, anche se al momento non sapevo con precisione dove stessi andando o chi volessi diventare o quanto tempo ci sarebbe voluto per scolpire la strada di questo diventare, in quel preciso istante seppi con assoluta certezza di volermi strappare via l'io che avevo indossato come un vestito pesante che non ti lascia respirare ma a cui ti aggrappi perché hai paura del freddo. Io invece avevo bisogno di sentire freddo. Avevo bisogno di denudarmi, di essere famelica, viva... ma restando vicina a ciò che vivo non era più, a quel fantasma, perché anche lui, pensavo, fa parte di ciò che sono veramente. Avrei voluto trascorrere insieme all'uomo bagnato ancora mille e una notte, perché lui era legato a me e io a lui. Volevo stargli vicino e stare vicino a Perla, alla mia versione denudata, volevo potermi guardare allo specchio la mattina sapendo chi stavo salutando, e riuscire ad accarezzare quel viso di vetro qualsiasi cosa avesse fatto.

Il sole era maturo e pesante nella stanza. Per quasi tutta la mattina me n'ero stata lì con il libro come unica compagnia. L'ospite dormiva ancora, ma io mi sentivo come catapultata in un luogo al di là del sonno. Riuscivo a pensare solo al telefono, immobile e pronto sulla scrivania dello studio. Cosa sarebbe successo se avessi chiamato i miei a Punta del Este, cosa mi sarebbe uscito di bocca? "Fallo adesso", pensai, "prima che torni il buonsenso e la paura riprenda il sopravvento." Andai nello studio, mi sedetti sulla morbida poltrona di pelle e feci il numero.

Si sveglia al rumore di passi che si allontanano in corridoio. La notte precedente lo invade di nuovo e pensa, anche stanotte sarà lo stesso, e domani notte, e la notte dopo, una lunga catena di ore incandescenti, che futuro glorioso, la ragazza e lui a condividere la stessa stanza, la stessa sfera, il suo canto sommesso e i capelli di lei, la sua acqua e i pensieri di lei, insieme e insieme e insieme.

La stanza risplende di luce diurna. L'aggressività del divano è zittita per sempre. Gli orologi fusi nell'arido panorama non fanno *tic tac*. Il cigno china ancora il capo, ma dalla sua postura è scomparso ogni senso di oppressione, è solo un inchino ai misteri che porta dentro o che vede attorno a sé. Lui li ama, adesso, l'orologio, il cigno e il divano, come un pesce ama la barriera corallina, i sassi e la corrente che rendono possibile la sua acqua, senza pensare, senza il più piccolo fremito di pinna, sì, eccoci qui, intrinseci all'oceano. Vuole restare in questo stato di comunione finché il fato glielo permetterà, questa stanza è tutto e tutto è in questa stanza, o almeno lo sarà quando la ragazza tornerà e resterà con lui e lui potrà bere l'aria fusa della loro reciproca presenza, questa, pensa, è la vera curvatura del mondo... ora lo capisco: tutte le cose sono fuse sotto la superficie come la massa di noi era fusa nell'acqua, è la separatezza di pelle, scoglio e mente la vera, grande illusione. Noi non siamo discontinui; non siamo solidi. Le persone, le cose e perfino le città sono fatte per scorrere insieme e per stare in contatto, è per questo che siamo sempre pieni di desiderio, io desidero la ragazza, lei desidera la verità, la verità ha bisogno di parole, le parole di gente che le ascolti, e la gente di – cosa? – di tutto, aria, casa, violenza, caos, bellezza, speranza, volo, vista e infinite altre cose. E sempre, che sia per accarezzarlo o per torturarlo, bisogno dell'altro, soprattutto questo.

È raggiante per questa nuova consapevolezza, non vede l'ora di condividerla con lei, aspetta con ansia il suo ritorno. Ma poi sente la sua voce provenire da una stanza in fondo al corridoio. Ha lasciato la porta aperta. Che stia parlando da sola? No, è al telefono. La voce è dura; non l'ha mai sentita così, la sua voce. Si tende per ascoltare. Per capire.

Mio padre rispose al terzo squillo. «Pronto?»

«Ciao, sono io.»

«Ah, Perla. Ciao.» Era d'umore affabile, rilassato. «Stavamo giusto uscendo per andare in spiaggia.»

«Volevo solo sapere come state.»

«Stiamo alla grande, magnificamente. Peccato che presto sarà ora di fare i bagagli.»

«Sì.»

«E tu? Come stai?»

«Bene.»

«Sei sicura? Mi sembri un po' strana.»

«Credi?»

«È quello che ho detto, giusto? Cosa stavi facendo?»

Dal tono della domanda sembrava che volesse saperlo sul serio e, prima di riuscire a fermarmi, prima di rimettere il solito velo sul tono della mia voce, risposi: «Pensavo».

«Mmm! A cosa?»

«A molte cose.» Feci una pausa. Mi tremavano le mani. «Per esempio, a cosa hai fatto, esattamente. Se lo rifaresti ancora.»

«Fatto cosa?»

«La guerra. Quello che è successo all'ESMA.»

Restammo entrambi scioccati dalle mie parole e dal loro tono. Silenzio.

«Perché tiri fuori questa storia proprio adesso?»

«Perché non riesco a togliermela dalla testa.»

Non disse niente e pensai che quella pausa non sarebbe mai finita; ero convinta che si sarebbe tirato indietro, finestre chiuse, tende tirate. Invece lui, a voce bassissima, disse: «Perla. Per l'amor di Dio».

«Per l'amor di Dio cosa?»

«Non farmi questo.»

Ma anche volendo non avrei più potuto fermare la donna

che si era impossessata del mio corpo e della mia lingua. «Conoscevi i loro nomi?»

«I nomi di chi?»

«Delle persone che avevi in tuo potere. Dei...» – *desaparecidos*, distrutti, sfigurati – «sovversivi.»

«Devi proprio tirar fuori questa storia mentre sono in vacanza?»

«Sì. Devo proprio.»

«Perché?»

«Perché c'è qualcosa che vorrei sapere sui miei genitori.»

«Ecco, ascolta, noi non abbiamo mai...»

«Cos'hai fatto ai miei genitori?»

Di nuovo silenzio; un silenzio cavernoso, nel quale la mia domanda riecheggiava, riecheggiava, riecheggiava. «Che accidenti stai dicendo?»

«Penso proprio che tu lo sappia, papà.»

«Ascolta», disse, e la sua voce era calma, attentamente calibrata, un voltaggio regolato con cura, «credo proprio che tu abbia parlato con le persone sbagliate.»

«Voglio che tu mi risponda.»

«Qualcuno ti ha fatto confusione in testa.»

«Non sono affatto confusa.»

«Sì che lo sei. Sarà meglio che ne parliamo guardandoci in faccia. Domani sera saremo a casa, ne parleremo e chiariremo tutto. Va bene?»

Non mi avrebbe risposto. Non mi avrebbe mai risposto. Continuare non aveva alcun senso, ma non si poteva nemmeno fingere che la bomba non fosse stata lanciata. Visualizzai la donna che recitava il ruolo di mia madre, dall'altra parte della stanza, seduta rigida nel suo accappatoio da spiaggia ad ascoltare una metà di quella conversazione. "Perla", pensai, "che cos'hai fatto?" «Va bene.»

«Niente di tutto ciò è come pensi.»

Toccò a me restare in silenzio.

«Non farti mettere in testa delle idee sbagliate. Non si è mai abbastanza attenti, di questi tempi, là fuori c'è un mucchio di gente che ha interesse a diffondere delle sporche bugie.»

Scoppiai a ridere... non potei evitarlo, il suono mi scappò fuori dalla gola prima che avessi il tempo di rimangiarmelo.

«Si può sapere cosa c'è da ridere?»

«Niente.»

«Perla.» Adesso sembrava più nervoso. «Non appena sarò a casa io e te faremo una bella chiacchierata. E allora potrai farmi tutte le domande che vorrai.»

Tutte? Proprio tutte? *Papà, questo è il nostro ospite, non far caso alla sua pelle sgocciolante... vi siete già incontrati da qualche parte?*

«Okay?»

Io, zitta.

«Perla?»

Stavo per buttar giù il telefono o per mettermi a gridare, la mano mi prudeva per la voglia di sbattere giù la cornetta e la gola mi bruciava per le parole non dette, ma non lo feci perché all'improvviso vidi chiaramente il mio futuro, un futuro nel quale non ci sarebbe stata nessuna chiacchierata da padre a figlia, un futuro nel quale quella telefonata sarebbe stata archiviata in un cassetto sigillato del mio cuore con la scritta L'ULTIMA VOLTA CHE HO SENTITO LA SUA VOCE. E ciò mi faceva sentire al tempo stesso libera e intorpidita, un braccio che sta per essere amputato e dice uno sbalordito addio al resto del corpo. Per questo, e solo per questo, restai al telefono.

Dissi: «Okay».

«Sta' attenta, laggiù. E non pensare troppo.» Poi ci fu una pausa, sentii un soffio leggero. «Tua madre ti manda un bacio.»

«Okay.»

«Ebbene? Non ce ne mandi uno anche tu?»

Lo disse ridendo, nel tentativo di alleggerire la tensione, ma sentivo l'ansia nella sua voce, quasi una supplica. Pensai di lasciarlo in quella posizione, di chiudere la telefonata con quella domanda in sospeso, senza risposta – dopotutto lui aveva fatto lo stesso con la mia –, e forse avrei dovuto farlo, ma non ci riuscii. Ero una vigliacca. Una vigliacca, o forse solo una figlia, nonostante tutto. «Ma certo, papà.»

240

«*Hasta pronto*. Ti voglio bene.»

«*Adiós*.» Pensai di dire anch'io "Ti voglio bene"; quelle parole restarono sospese, mute, nella mia bocca; ma prima che la lingua potesse obbedirmi vidi la mia mano allungarsi verso il telefono e premere il pulsante. Udii il *clic* della comunicazione che si interrompeva.

Misi giù la cornetta. Le pareti a pannelli sembravano respirare attorno a me. *Ormai è fatta*, sospiravano, *non puoi più tornare indietro, il taglio è cominciato*. Pur sapendo che mio padre era di là dal fiume, in Uruguay, mi aspettavo di vederlo entrare da un momento all'altro per correre verso di me, dopo di che le sue mani avrebbero afferrato le mie con affettuosa autorevolezza, *Perla, che stronzate sono queste, tu non vai da nessuna parte*. Avrebbe trovato il modo di convincermi a restare. Ma ovviamente lui non arrivò affatto, restai sola, e vorrei poterti dire che ne fui contenta, che restai padrona del campo con un misto di vittoria ed esaltazione, senza la minima traccia di rimpianto per la sua presenza. Questa è la storia che vorrei raccontarti, ma sarebbe una menzogna. Fissai la porta per molto, molto tempo. Le pareti rabbrividivano e pulsavano tutto attorno a me. Avevo la nausea. Mi sentivo come sventrata. Avrei voluto appoggiare la testa sulla scrivania dell'uomo chiamato Héctor e dormire per giorni e giorni, per settimane, per il resto della mia vita. Ma loro sarebbero tornati l'indomani sera. Non potevo dormire, dovevo agire.

Sollevai di nuovo la cornetta e composi un altro numero.

«Pronto?»

«Gabriel.»

«Perla.» La sua voce tradiva contemporaneamente il sollievo e l'allarme.

«Come stai?»

«Bene», rispose seccamente.

«Mi manchi.»

Silenzio.

«Dico sul serio.»

«Bene. Se lo dici tu.»

«Ascolta, so di essermi comportata in modo orribile con te,

non meriterei nemmeno di chiedertelo, e se fossi in te non credo proprio che mi direi di sì, ma ho bisogno d'aiuto.»

Per un attimo Gabriel non disse niente, e io cercai con tutte le mie forze di non lasciarmi prendere dal panico.

«Per fare cosa?»

«Devo assolutamente andare via da questa casa.»

«Vuoi uscire, andare da qualche parte?»

«No, intendevo andarmene per sempre.»

Ancora silenzio, e stavolta restai seduta, perfettamente immobile. Provavo una sorta di calma sovrannaturale ora che le parole mi erano uscite di bocca.

«Stai bene?»

«Sì. Almeno credo. Forse meglio di quanto io sia mai stata.» "Perla", mi ammonii, "cerca di dire delle cose sensate. No, all'inferno, è troppo tardi per il buonsenso." «Avevi ragione tu.»

«Su che cosa?»

«Sui miei genitori.»

«Oh.» La sua voce divenne infinitamente dolce. «Perla.»

«Quello che hai detto sulla spiaggia. Avevi ragione.»

«Come fai a saperlo?»

«È difficile da spiegare.»

«Provaci.»

«Lo farò. Ma non per telefono.» Pensavo che sarebbe stato meglio mostrargli il fantasma invece di raccontargli ciò che avevo vissuto negli ultimi giorni. Com'era possibile mettere in parole quello che mi era capitato?

«Sei molto coraggiosa.»

«Io?»

«Quello che stai affrontando. Non riesco nemmeno a immaginarlo.»

Chiusi gli occhi. «No, non sono coraggiosa. Non ho mai affrontato niente, non ho vissuto un singolo istante che si potesse definire vita vera.»

«Ma se non era vita, allora cos'era?»

«Non lo so. Mi sento come una che sta scomparendo.»

«Semmai il contrario.»

«Cosa vuoi dire?»

«Che forse, finalmente, stai apparendo.»

Guardai, oltre la libreria, la finestra con la sua scheggia di cielo visibile. «Dal nulla? E senza niente?»

«Con il tuo vero io.»

«Non ce l'ho, un io vero.»

«Certo che ce l'hai.»

«È stata tutta una menzogna.»

«E noi due? Anche questo è stato una menzogna?»

«No. No.»

Il silenzio si stese fra noi; mi sembrava quasi di sentirlo pensare. «Hai già parlato con i tuoi genitori? Voglio dire, con i...»

«So di quali genitori stai parlando. No, non sono a casa. Sono in vacanza, torneranno domani sera.»

«E tu vuoi andartene prima che tornino.»

«Esatto.»

«Hai bisogno di un posto dove stare?»

«Se posso. Solo per un po'. Finché non trovo un posto mio.»

«E come pensi di fare?»

«Troverò un lavoro. Lascerò l'università.»

«Non puoi interrompere gli studi.»

«Certo che posso.»

«Non devi farlo per forza. Puoi venire a stare da me.»

Un fiotto di gratitudine mista a sollievo mi percorse da capo a piedi. Ma subito dopo visualizzai la nostra vita insieme – io, lui e il fantasma – con quella ridicola piscinetta installata per sempre nel suo soggiorno. No, era decisamente troppo. «Grazie, Gabo. Davvero. Ma tu non sai che grana ti stai accollando. C'è una cosa che ancora non ti ho detto.»

La linea telefonica fra noi sembrò formicolare.

«Non è quello che pensi.»

«Io non so cosa pensare. Non so di cosa stai parlando.»

«E io non so come dirlo. Non è una cosa che si possa dire, bisogna che te la mostri. Perché non vieni qui?»

«Quando?»

«Stasera, se puoi.»

«Va bene alle nove?»

«Benissimo. Ti spiace venire in macchina? Così ci posso caricare un po' delle mie cose.»

«Certo.»

«Grazie. Ti amo.»

«Non stai scherzando?»

«No, non scherzo.»

«Dillo ancora.»

Risi. «Ti amo.»

«Bene, allora.» La sua voce sembrava sgravata da un peso. «Ci vediamo dopo.»

Riattaccammo. Appoggiai la schiena alla poltrona di pelle di mio padre, dell'uomo che avevo sempre pensato fosse mio padre. Cercai di immaginare che faccia avrebbe fatto Gabriel vedendo l'ospite, sconvolta o disgustata o affascinata. Speravo solo che non sarebbe scappato e che avrebbe accettato di aiutarmi a spostare l'uomo bagnato sul sedile posteriore della sua auto. L'avremmo avvolto in una coperta, pensai, forse anche in una tela cerata. Avrei preso anche la piscinetta. E poi qualche vestito, qualche libro, le foto di quando ero piccola. Non tutto, ovviamente, solo le cose senza cui non potevo vivere. Forse niente. Forse non c'era niente, in quella casa, senza cui non potessi vivere, forse potevo andarmene così, a mani vuote, e sopravvivere ugualmente. In quel momento la stanchezza che avevo cercato di ignorare per tutte quelle ore calò su di me il suo felpato cappuccio nero e cedetti al sonno. Sognai delle formiche, milioni di formiche, che si arrampicavano sulla grande quercia del patio, sempre più in alto, verso il cielo.

La luce sta sbiadendo. Gli angoli hanno già perso il loro sole. Sono tante le cose che vorrebbe gridare nelle ombre che si vanno addensando. La tartaruga arriva sulle sue zampe lente e si ferma in mezzo alla stanza, è contento di vederla. *Clac*, dice la sua dura mandibola alle ombre. *Clac*.

Sono passate ore da quelle due telefonate e la ragazza è ancora di là, nel silenzio più assoluto. Forse si è addormentata. La lascerò riposare, pensa. E la lascerò andare. Non può rubarle la vita. Non vuole esserle di peso. Che cosa commovente che abbia pensato di portarlo con sé. È davvero una ragazza gentile... e coraggiosa, guarda come ha saputo parlare all'uomo che le ha fatto da padre. Ma lui sa di non poter convivere con la persona che lei ha chiamato subito dopo, con l'uomo che verrà quella sera con l'automobile e due occhi penetranti. Un certo Gabo. Che lei dice di amare, e lui spera tanto che questo Gabo ricambi il suo amore e sia buono con lei, e la tratti come il miracolo che è. A ogni modo lei ha un posto dove andare e tu devi lasciarla andare. Gira lo sguardo sulla stanza e sente di amarla, ama il quadro con la nave realizzata con le stesse pennellate del mare, le tende dove ha visto frammenti del corpo di Gloria, le pareti che hanno cantato di luce accecante, il divano con cui ha guerreggiato, il cigno di porcellana che vorrebbe schiudere le sue rigide ali bianche per raccontare i suoi segreti in una sferzata di volo. Dove andrà? Non ne ha idea. Seguirà l'istinto. Chiude gli occhi e cerca, si immerge, vortica e si ritrova nella stanza con gli apparecchi elettrici e gli uomini addestrati, vede tutto con chiarezza ma stavolta è diverso, non sono ricordi suoi, non è lui quello legato al materasso, è un uomo più anziano, con i capelli lunghi, sta sdraiato sul materasso e si contorce, vede l'ufficiale che aziona la macchina, la guardia vicino alla porta e il dottore con il blocco per gli appunti: l'ufficiale che aziona la macchina è calmo come un capitano al timone della sua nave, la schiena diritta, le spalle larghe, pronto ad affrontare qualsiasi tempesta; la guardia è giovane, zelante e sbarbata di fresco, fa la sua parte per salvare il paese, ma distoglie lo sguardo; il dottore prende appunti ogni volta che l'ufficiale gira una manopola della macchina e l'uomo nudo con i capelli lunghi si contorce tirando le catene, il dottore lo osserva attentamente, è un uomo di scienza, poi si gratta il naso e annuisce fra sé. Lui osserva i quattro uomini dalla sua postazione sul soffitto. Una danza, una coreografia estrema, quattro uomini in una stanza vuota. Lui è più leggero dell'aria, fluttua, può fluttuare anche fuori di lì, in corridoio, e sente che deve farlo, qualcosa lo tira fuori dalla stanza e lungo il corridoio e lui va perché lei non è lontana, devo trovarla, passa davanti alle porte delle celle, chiuse, con i buchi della serratura tappati, tutte in fila, non sta cercando, va verso qualcosa come un frammento di ferro va verso il magnete. L'attrazione diventa sempre più forte mentre sale una rampa di scale, percorre un altro corridoio e passa davanti a una stanza in cui le guardie giocano a carte guardando la televisione (sembrano annoiate, hanno lo sguardo vitreo, ridono ma non si guardano in faccia), e poi ancora un corridoio e un'ultima stanza dove finalmente la trova. È per terra e trema. È accoccolata in posizione fetale, la sua pancia è più piccola ma non è ancora tornata alle dimensioni normali. Ha gli occhi bendati ma non è legata, sanguina in mezzo alle gambe, le guardie se la sono appena spassata con lei, l'hanno usata come una cagna ma tu non sei una cagna, mia Gloria, tesoro, *mi vida*, sono qui, sono con te, e allargherò e allungherò in tutte le direzioni il niente di cui sono fatto per stendermi su di te come una coperta, mi senti attraverso i confini dello spazio, della morte e del tempo? Hai un po' più caldo, Gloria? Vorrei fasciarti tutta, avvolgerti, la morbidezza della mia coscienza come uno strato imbottito per attutirti ogni caduta. Srotola la superficie della sua mente nuda e l'accarezza con quella. È la sua pelle, la stessa che ha accarezzato in tante notti sudate e in tanti languidi mattini, morbida, una gioia al tatto, come la gioia di tornare a casa dopo un lungo viaggio. Tu. Torna a casa. Il respiro di Gloria si placa, le sue dita sottili si muovono come per suonare al pianoforte una melodia muta, cercando a tentoni dei tasti sfuggenti. Rovescia la testa all'indietro, le sue labbra si schiudono. Sì, Gloria, sono qui, sono qui. Sente la sua presenza, deve sentirla, lui lo crede con tutta la sua traslucida essenza, sente il corpo di Gloria rilassarsi alle sue intangibili carezze. Restano così, insieme, per un istante infinito o per una brevissima eternità. Quando le guardie entrano nella cella per ammanettarla e portarla via, le si drappeggia sulle spalle come uno scialle invisibile e senza peso e resta con lei anche sul camion dell'esercito che romba nella notte, verso l'estrema periferia della città, con il suo carico di persone bendate e inebetite, ammucchiate l'una sull'altra al buio, persone nude che si fondono fra loro e lottano per respirare quell'aria resa pesante dall'odore di corpi non lavati. Non vedono dove le stanno portando ma qualcuno sicuramente lo sa, le teste ciondolano come se fossero addormentati o stessero pregando. Gloria dondola a ogni sobbalzo del camion. E lui dondola con lei, lo scialle umano, lo conosce già questo viaggio, ricorda il camion che l'ha portato all'aeroplano, e cerca di accarezzarle il corpo con la sottile, invisibile tela della sua mente. Una volta io e te, Gloria, abbiamo fatto un giro in macchina per la pampa, il tuo profilo era così bello sullo sfondo sfuggente dei campi di grano, un paesaggio così lungo e piatto, come ti amavo in quel momento e come ti amo anche adesso, pensa a quei campi di grano, Gloria. Il camion si ferma e le guardie lo svuotano del suo carico su uno spiazzo in terra battuta vicino a una baracca, ordinano ai prigionieri di mettersi in fila davanti alla luce dei fanali, ma i prigionieri non ci vedono, così le guardie li sistemano con le mani, l'aria è fresca e frizzante, sente Gloria inalarne lunghe boccate, è la prima aria notturna che respira da mesi, buia e dolce del respiro di foglie e rocce e del sapore di sole che vi aleggia ancora, ha appena inspirato a pieni polmoni quando partono le raffiche e l'aria le resta attorcigliata nei polmoni, non la espirerà più. Le guardie fanno rotolare i corpi accartocciati in una fossa poco lontana, già pronta, abbastanza grande per ingoiarli tutti in una volta, una grande bocca di terra che fa sparire tutto il carico. Gloria scompare sotto un corpo femminile e uno maschile e una palata di terra, e allora lui si stacca da quel guscio che ormai non la contiene più e sale, sale, fuori dalla fossa e ancora più su, si solleva da terra e le guardie, il camion e la tormentata ferita aperta nella terra rimpiccioliscono sotto di lui, adesso sa, ha visto tutto, sa che è stata la terra a prendersi Gloria (non il mare, non il fuoco) e con questa conoscenza a sferzarlo sicuramente la ritroverà, Gloria, la tua piccola luce dev'essere da qualche parte, rintanata su una montagna, intrappolata nella roccia, raggomitolata fra le radici di un albero, a cavalcioni sulla corrente di un fiume o persa nell'azzurra cupola del cielo, ti cercherò dappertutto, e quando ti troverò avrò così tante cose da mostrarti, da darti e da riversare in te, presto saremo di nuovo insieme, niente è finito, noi non siamo finiti, era una femmina, una bambina, si chiama Perla, ha i capelli folti come i tuoi e la tua bocca, che Dio l'aiuti, insieme a lei ho vissuto dei momenti che ora sono al sicuro nella mia memoria, momenti che vivono e vivono e che non possono essere cancellati perché sono più forti delle pallottole e degli aerei e guarda, guarda, te li sto portando, dovunque tu sia. Adesso è ancora più in alto, oltre le cime degli alberi, e da lassù vede la città, a est, Buenos Aires, scintillante delle mille luci di chi vive in una notte qualsiasi, perché tutte queste cose sono accadute in una notte qualsiasi, il fiume risplende, lungo e nero dietro la città, e lui, pur non sapendo cosa diventerà, non ha paura, è pronto a cambiare, pronto a cercare, pronto a risorgere.

La stanza era ormai quasi buia quando mi svegliai, stupita di ritrovarmi con la faccia sulla scrivania. Mi sentivo intontita, disorientata. Avevo pensato di preparare le valigie prima dell'arrivo di Gabriel, ma ormai sarebbe stato lì a momenti. E poi c'era qualcosa che non andava nella casa, anche se non sapevo cosa. Una sensazione, un ronzio, forse proprio l'assenza di ogni suono. Chissà cosa stava facendo il mio ospite. Dovevo andare a vederlo.

Ma quando arrivai in salotto lui non c'era. La piscinetta era stracolma, l'acqua tracimava dai bordi di plastica rossa riversandosi sul pavimento di legno duro, ma dentro non c'era nessuno.

"No", pensai, "no" e "no".

Tirai indietro le tende, corsi in cucina, frugai nell'armadio dell'ingresso, aprii le porte scorrevoli che davano sul patio e guardai fuori, dietro i rosai, dietro la quercia silenziosa, nel cielo scuro e misterioso. Se n'era andato. Non avevo nemmeno un nome per chiamarlo, non sapevo quali sillabe scagliare verso il cielo. Ma ormai lo conoscevo, pensai, lui era mio e io ero sua. Ogni cellula del mio corpo gridava invocando il suo ritorno, ma lui non tornò. La perdita mi schiacciò, gonfiandosi nella marea delle altre mie perdite. Troppe per poterle misurare. Per poterle contenere. Il patio si stendeva davanti a me in assoluto silenzio, la casa si acquattava alle mie spalle, deserta, perfino il cielo era vuoto, non reagiva, denso e scuro. "Che fine hanno fatto le stelle? Dov'è mio padre? E io, dove sono?" Poi, all'improvviso, fu come se mi guardassi dall'esterno, come se non fossi più io ma un mero campo visivo e vedessi la donna girarsi e rientrare, restare qualche minuto davanti alla piscinetta, assorta, e poi strapparsi di dosso i vestiti ed entrare. Il livello dell'acqua si alzò di colpo e il liquido traboccò, spargendosi sul pavimento e serpeggiando verso le pareti. La donna restò a lungo accovacciata là dentro, nuda. Pensando a tutto e non pensando a niente. Pianse. Si guardò le mani vuote attraverso la trasparenza dell'acqua. Poi, in una brusca trasformazione alchemica, divenne sé stessa, né più né meno. Sentivo l'acqua tiepida avvolgermi le membra, mormorando di tempi passati e di tempi non ancora giunti. Girai lo sguardo sulla stanza. Non potevo permettere che restasse così, falsa e immacolata. Uscii dalla piscinetta e lasciai che fossero le mie mani ad agire, loro sapevano cosa fare, le mie mani presero il comando e afferrarono il secchio, lo riempirono con l'acqua della piscinetta, presero la mira e scagliarono l'acqua contro la parete. Tuffai di nuovo il secchio e una grande onda si abbatté sul divano di pelle, rovinandolo per sempre. E via così, inzuppando un'altra parete, la riproduzione di Dalí restò sgocciolante e raggrinzita, il suo arido paesaggio inondato da un improvviso diluvio che deformò ulteriormente gli orologi; la parete pianse ruscelli di lacrime; gettai altra acqua e il quadro con la nave scintillò di fresca umidità e in quel momento udii un suono, una donna gemeva con la sua vera voce, senza più preoccuparsi dell'uso appropriato della voce o di quale sia il posto giusto per l'acqua, che l'acqua si innalzi e anneghi tutta la casa e la trascini in mare. Poi il secchio si riempì di nuovo e l'acqua – acqua fatta di ricordi, chiara e limpida in modo insopportabile – spruzzò la libreria, infradiciò i libri, piovve sul ritratto di nozze di un uomo e di una donna che sorridevano a bocca chiusa, avrei voluto che quelle bocche si aprissero e ingoiassero il mare che stava foderando la loro casa, avrei voluto che tutta la casa si rovesciasse, nuotasse e fluttuasse sotto quelle acque, poi le mie mani portarono il secchio in cucina e nello studio e inzupparono la poltrona di pelle, la scrivania, il tappeto e i libri, le cui pagine sarebbero rimaste per sempre arricciate per la forza di quel diluvio, poi dall'ingresso arrivò il suono del campanello e subito dopo un rumore di colpi sordi, ancora e ancora, ma chi diavolo è, in salotto il pavimento era bagnato e ogni cosa era bagnata e io ero bagnata e nuda e continuavo a buttare acqua dappertutto quando il rumore di colpi ricominciò accompagnato da una voce smorzata dietro la porta che chiamava: «Perla? Perla?».

Andai ad aprire. Gabriel mi vide ed emise uno strano suono.

«Entra.»

«Ma cosa...»

«Sbrigati.»

Entrò. Chiusi la porta e tornai in salotto. Gabriel mi seguì e, arrivato sulla soglia della stanza allagata, si fermò, confuso, boccheggiante. Mi sentivo come una che è appena uscita da uno stato di trance. Cercai di immaginare che aspetto potesse avere la casa ai suoi occhi e cercai le parole per dirgli cos'era successo, da dove veniva quell'acqua dall'odore pungente e che giorni avevo passato in compagnia di un ospite che a un certo punto era comparso dal nulla e poi, quasi altrettanto improvvisamente, era sparito. Ma non mi uscì niente. Intanto, Gabriel sembrò riprendersi.

«E così, questa è casa tua.»

«No, non è casa mia.»

«Ah. Giusto.»

«È casa loro. La casa di Héctor e Luisa.»

«Capisco.»

Gabriel mi fissava. Mi sentii nuda. Pensai di invitarlo a sedersi, ma non c'era più nemmeno un angolino asciutto, così restai in piedi accanto a lui e mi lasciai guardare. E in quell'istante capii che, al di là delle parole che avrei scelto e del tempo che ci avrei impiegato, non sarei mai riuscita a comunicargli fino in fondo la mia esperienza. Se ci avessi provato, forse avrebbe scelto di credermi – o avrebbe finto di credermi, per il mio bene, era così gentile – oppure avrebbe eliminato le parti più strane della mia storia cercando di razionalizzare il resto. Ma non aveva importanza. Perché a prescindere da ciò che Gabriel avrebbe pensato, a prescindere da ciò che avrei scelto di dire o di non dire, ciò che era accaduto in quella stanza – le cose che avevo visto e percepito e che ero arrivata a capire – non era comunicabile, né a lui né a nessun altro. Ci sono esperienze nelle quali solo tu puoi entrare, che solo tu puoi contenere. Troppo grandi per essere condivise. È difficile anche solo contenerle fra le braccia: traboccano nel buio oltre te, riversandosi, e si espandono in lunghe corde di luce che ti trafiggono con un doloroso spasmo di solitudine e al tempo stesso ti legano al mondo, perché le cose grandi che ti succedono, per quanto terribili, sono pur sempre generate dal mondo e quindi, forse, ti offrono un posto dove stare nel momento stesso in cui ti scacciano da un altro, pur schiacciandoti con il peso di un io che non può essere pienamente comunicato a nessuno. Anche se la maggior parte di noi continua a provarci. Stringiamo legami, coltiviamo la fiducia, raccontiamo storie; ci sforziamo di articolare ciò che abbiamo dovuto vivere per diventare ciò che siamo. A volte, se siamo molto fortunati, chi ci ascolta riesce a cogliere un frammento autentico di ciò che volevamo dire, come una scintilla in una stanza buia, ma mai tutto in una volta, nemmeno la nostra migliore amica può farlo, o il nostro grande amore, perché l'insieme è indicibile. E non può vivere in nessun altro luogo, solo nella nostra pelle. Perché è lì che fiammeggia, enorme, rischioso, interamente nostro.

Finalmente Gabriel fece un passo verso di me. Gli dovevo una qualche spiegazione, una spiegazione qualunque, e aprii la bocca per provarci.

Ma lui disse: «Dunque è questo che volevi farmi vedere».
La stanza. Si riferiva allo stato in cui era ridotta la stanza.
«No, non era questo.»

«No?»

«Era qualcosa di più. Quello che c'era prima.»

Si avvicinò ancora e mi prese la mano bagnata. «Perla», disse. «Va tutto bene. Tu forse hai pensato che questo spettacolo mi avrebbe fatto scappare, ma non è così. Capisco benissimo perché l'hai fatto.»

«Davvero?»

«Ma certo. Con quello che devi aver passato.»

«Ma c'è dell'altro, Gabriel. Sono successe tante cose, in questi ultimi giorni.»

«Lo immagino.» Mi abbracciò. Le sue mani sulla mia schiena, sicuramente quelle mani potevano sostenere qualsiasi cosa, una torre scricchiolante, un albero ferito. «Adesso andiamo a casa. Più tardi mi racconterai tutto.»

«Ma ormai non posso più mostrartelo.»

«Perché?»

«Perché se n'è andato.»

«Chi se n'è andato?»

«Mio padre.»

Sottovoce, Gabriel chiese: «Di quale padre stai parlando?».

«Di tutti e due. Li ho perduti entrambi.» Stavo piangendo. «Se ne sono andati tutti.»

«Io non me ne sono andato», mormorò lui tra i miei capelli. «E nemmeno tu.»

Lasciai libero sfogo alle lacrime.

Aveva ragione. Io non me n'ero andata.

13.

IL RITORNO A CASA

L'uomo e sua moglie arrivarono a casa la sera tardi, dopo un viaggio in traghetto dall'Uruguay durante il quale lui aveva guardato fuori dal finestrino l'acqua che si stendeva vasta e nera in ogni direzione, acqua di mare prima e poi, gradualmente, anche se nessuno avrebbe saputo dire esattamente in quale punto si verificasse la trasmutazione, acqua di fiume, altrettanto vasta e nera e distesa come il manto di un re a lutto.

Sua moglie non gli aveva rivolto la parola né sul traghetto né sul taxi che avevano preso dopo lo sbarco. Qualche ora prima lui le aveva chiesto di lasciarlo parlare con la figlia per primo, da solo, «Lasciami provare», ma lei aveva ribattuto: «Ormai lo sa, non si può più tornare indietro», al che lui aveva chiuso bruscamente la valigia sul letto delle loro vacanze. Sul traghetto e anche nel taxi silenzioso l'uomo aveva preparato con cura le parole da dire alla figlia, frasi meticolosamente scolpite che non ebbe occasione di pronunciare perché, quando arrivò a casa e aprì la porta, gli andò incontro solo un odore stranissimo che lo fece temere per sua figlia, chissà cos'era successo in quella casa mentre lui era via. Ma forse, pensò, era stata proprio lei a causare quell'odore dimenticando qualcosa (ma cosa?) in giro a marcire e lasciando che quella puzza si diffondesse per tutta la casa, avrebbe dovuto avere un po' più di buonsenso, e gridò il suo nome in tono severo mentre accendeva la luce.

Gli si parò davanti agli occhi la stanza devastata. Divano, pareti, libri, tutto era fradicio e distrutto. Si guardò attorno e poi guardò ancora, chiamò ad alta voce sua figlia e andò a cercarla nello studio, in cucina, in corridoio, poi ancora in salotto, dove sua moglie era rimasta immobile come un tronco d'albero. Poi vide il quadro, quello dipinto dalla sorella perduta, con la nave e il mare, e la parete tutto attorno macchiata di schizzi d'acqua. Solo il quadro si era salvato, le sue pennellate blu erano miracolosamente intatte. La nave si levava dalle onde con una forza indomabile che gli sembrò quasi violenta.

«L'ammazzerei», disse l'uomo.

E sua moglie: «Non ne avrai l'occasione».

«E questo cosa dovrebbe significare?»

«Se n'è andata.»

«La troverò.»

«Se ne sarà comunque andata.»

«No, io la tratterrò e...»

«Héctor, l'abbiamo persa. È finita.»

Lo sconvolse la freddezza della sua voce e anche il fatto che non si girasse a guardarlo mentre parlava. «No», disse. «No.» Corse su per le scale, cercando sua figlia, gridando il suo nome dapprima in bruschi latrati, poi in lunghi gridi protratti, il suo nome, quello che le aveva dato quando era una cosettina preziosa che lui aveva salvato dagli abissi dell'inferno, "è così che ho scelto il tuo nome, perché ho dovuto immergermi negli abissi per trovarti, *hija*, è così che io e te abbiamo cominciato, è così che sei diventata mia, non si può dire nemmeno che tu fossi al mondo finché non ti ho portata qui, perché il posto schifoso, ignobile in cui sei nata non poteva nemmeno dirsi mondo, sono stato io a pescarti fuori da lì, io e nessun altro". Sul pianerottolo del primo piano ripensò alla primissima volta in cui l'aveva vista, a come lei lo aveva guardato, a come lui aveva pensato: "Un pesciolino, ha gli occhi di un pesciolino". Aveva solo quattro giorni e, anche se nei giorni e nelle notti a venire ci sarebbero state infinite lacrime, in quel momento non piangeva. Si era appena svegliata da un pisolino, in un cassetto di legno dentro una stanza buia. Le si era avvicinato senza fare rumore, chissà, forse dormiva ancora, ma quando l'aveva raggiunta lei si era voltata dalla sua parte e lo aveva guardato con quegli occhi neri che non sbattevano le palpebre e che sembravano senza fondo. Quello sguardo aveva cancellato di colpo la stanza... e il resto di quel maledetto edificio. Erano tutti così i neonati? Non lo sapeva. Non aveva esperienza di bambini. Ma non aveva mai sentito dire che una persona potesse cadere negli occhi di una neonata come un sasso cade negli abissi del mare. "Con quegli occhi", aveva pensato, "nessuno dirà mai che somiglia a Luisa, ma non importa, è quella giusta per noi, è lei." In quel primissimo giorno si era domandato se col tempo i suoi occhi avrebbero perso quel loro strano potere, ma non lo avevano perso. "Tu non la conosci, questa parte della storia, vero *hija*? Certo che no, sono così tante le cose che non sai, le cose che non hai nemmeno cominciato a capire, ma adesso dove sei, dove sei, in bagno no, in corridoio no, la tua stanza è sottosopra ma tu non ci sei, la camera matrimoniale è vuota, le pareti gridano la tua assenza", e a quel punto le sue giunture cedettero come se all'improvviso la colla che le teneva insieme si fosse dileguata e lui cadde lentamente in ginocchio. Sua moglie, che stava salendo le scale dietro di lui, gli posò le morbide mani sulle spalle, sussurrando: «Lasciala andare».

«La costringeremo a tornare.»

«È troppo tardi.»

«No.»

«Non è più nostra figlia.»

«Come puoi dire una cosa del genere?» gridò lui, ma la conosceva piuttosto bene, quella donna, e non provò sorpresa. Il cuore di sua moglie era un labirinto, le cose potevano caderci dentro e perdersi senza lasciare traccia, senza la possibilità di rivederle o di sentirne ancora parlare. Il suo non era un cuore chiuso, piuttosto un cuore complicato, pieno di circonvoluzioni buie in cui era meglio non addentrarsi. E comunque le prove contro la ragazza erano schiaccianti: l'acqua che impregnava il bel divano italiano non avrebbe più potuto essere asciugata. A lui non importava niente del divano o delle pareti o dei libri, ma non sopportava l'idea che qualcuno avesse cercato di danneggiare il quadro, il quadro di Mónica, l'ultimo ricordo di sua sorella, "*hija*, come hai potuto farmi questo, se solo tu l'avessi conosciuta, Mónica era una brava ragazza nonostante le sue illusioni e i suoi errori, mi portava la minestrina a letto quando avevo la febbre, mi insegnava a pattinare, a catturare scarafaggi e a rubare i biscotti senza farci scoprire. Ti somigliava tanto, anche in viso vi somigliavate, vedendovi in piedi una accanto all'altra chiunque avrebbe pensato, senza esitare, che eravate parenti".

«No», disse. «Non posso lasciarla andare.»

E lei: «Non hai altra scelta. Se l'avessi davanti in questo momento, cosa le diresti?».

Cercò di costruirsi nella mente quella conversazione, lo scambio che avrebbe avuto con la ragazza, con sua figlia. Sicuramente lui avrebbe gridato, poi avrebbe cercato di spiegare, dopo di che lei si sarebbe sciolta e sarebbe tornata da lui. Oppure lei avrebbe opposto resistenza e lui si sarebbe irrigidito e avrebbe usato parole tali da spezzare la sua volontà. Oppure lui sarebbe stato rigido fin dall'inizio e avrebbe cercato di spezzare la sua volontà ma lei non glielo avrebbe permesso, la ragazza che era stata capace di conciare a quel modo la stanza del pianoterra avrebbe potuto continuare a guardarlo con durezza, con occhi non disposti a piegarsi e poi... e poi... non riuscì a completare il pensiero perché un'acqua scura gli inondò il cervello come aveva inondato la sua casa e improvvisamente fu travolto dai ricordi, quelli di cui non parlava mai, che gli si imposero contro la sua volontà e gli inzupparono la mente di sospiri, odori e suoni che dovette respingere e poi respingere ancora con la forza disperata di un uomo che annega, e a quel punto, con orrore, capì che per continuare a respingere quei ricordi doveva lasciare andare sua figlia. Solo allora vide davvero ciò che aveva perso, ed era raggiante come il sole. E, come il sole, accecava.

14.
TU

Il giorno dopo la mia fuga da casa andai alla sede delle Abuelas, uno spazio accogliente e caotico nel centro di Buenos Aires. Mi accolse Marta, una donna gentile con un cardigan giallo e gli occhi tristi. Mi ascoltò molto più a lungo di quanto avessi in mente di parlare. Mi fece anche delle domande, ma non mi forzò a rispondere quando era evidente che non ce la facevo. Riempì un formulario con i miei dati e mi prenotò l'esame del sangue. Ci voleva qualche mese, disse, per l'analisi del DNA. Nel frattempo volevo dare un'occhiata al libro dei genitori scomparsi? Scrollai la testa. No, non volevo. Avevo fatto il massimo che potevo, per quel pomeriggio. Uscii dall'ufficio, entrai nell'ascensore e quando mi ritrovai fuori, nella tiepida aria di marzo, pensai: "E adesso?".

Non ne avevo idea.

La città era così piena e io così vuota.

Per nove ore non feci che camminare e camminare, cercando chissà cosa, fissando porte, facce e grondaie con la lenta intensità di un'esule, anche se non avrei saputo dire se stessi tornando alla mia terra natale o andando alla deriva in un paese sconosciuto. Scese la notte, si accesero i lampioni. Mi ero persa. Dopo cinque ore i piedi mi pulsavano dal dolore. Mi tornò in mente una fiaba che avevo letto da bambina, che parlava di una sirenetta che voleva vivere sulla terraferma. Allora una strega trasformava la sua lunga coda di pesce in un paio di gambe, condannando però per sempre i suoi piedi a dolori atroci – per lei ogni passo sarebbe stato come camminare su schegge di vetro – affinché non dimenticasse mai la sua condizione di straniera né potesse scordare la sua liquida patria. "Io però non sono una sirena", pensai, "e una patria non ce l'ho." Così continuai a camminare, un isolato dopo l'altro, lungo vicoli e viali, e le gambe continuarono a portarmi in giro con una forza stupefacente, nonostante il male ai piedi, e, chissà, forse erano davvero incantate. Dopo le cose pazzesche che avevo visto, perché non credere anche a quest'ultima storia stramba? Gambe nuove per una nuova vita. Nuove membra per una ragazza spezzata. "No", pensai, "per una *donna* spezzata"... e questo mi fece ridere forte, senza far caso agli avventori di un bar all'aperto che mi guardarono stupiti con l'aria di pensare: "Quella è fuori di testa". Passai oltre e continuai a camminare, attraverso la strada, dietro quell'angolo, persa nel dedalo infinito di Buenos Aires.

Nelle settimane seguenti non feci granché. Trascorsi lunghe ore sul balcone di Gabriel (il *nostro* balcone, precisava lui), studiando o fingendo di studiare mentre la luce del sole inondava le pagine dei libri. Restai a casa da sola, con l'unica compagnia di Lolo, che avevo portato con me come un passeggero clandestino nascosto nella borsetta, e lo fissavo mentre lui fissava la parete. Cucinavo con Gabriel, grata per le sue chiacchiere e per i dischi di jazz che riempivano il silenzio sollevandomi dal dovere di farlo io. Di notte, a volte, facevamo l'amore; altre volte lui mi teneva abbracciata senza chiedermi niente, nemmeno la spiegazione delle mie lacrime. Che non avrei saputo spiegare nemmeno a me stessa.

In facoltà riuscii a rimettermi in pari e a mantenere il mio rendimento accademico soprattutto grazie a Marisol, che mi passò gli appunti delle lezioni, accettò di studiare con me e mi ascoltò con sincera amicizia. Quando una persona cambia, non sempre gli amici la seguono là dove sta andando e a volte si staccano da lei, tutto d'un colpo oppure un po' alla volta. È ciò che accadde con quasi tutte le mie amiche, ma non con Marisol. Anzi, ci scoprivamo più intime che mai.

«Questa nuova Perla mi piace», mi disse un giorno.

«È un po' più fragile di quella di prima.»

«No, non è vero. Solo che adesso sa di che pasta è fatta.»

Spesso, al mattino, restavo un po' a letto senza aprire gli occhi. Era strano svegliarsi nel cuore della città invece che ai suoi margini, con la roca canzone dei motori già nelle orecchie insieme ai programmi radiofonici, alle grida, a tutte le vane commedie della vita cittadina. Nei primi tempi mi dava fastidio essere invasa a quel modo, senza tregua, ma ben presto sviluppai una sorta di tossicodipendenza e diventò impensabile svegliarmi in altro modo.

Pensavo spesso all'uomo che era stato mio ospite. Il tempo trascorso con lui sembrava il più reale che avessi mai vissuto, più vivido di tutti gli anni precedenti. Mi mancava molto, ma a volte percepivo la sua presenza accanto a me. Lo sentivo nell'umidità opprimente di una giornata afosa, in un improvviso refolo di pesce marcio e rame che non poteva venire né dalla finestra aperta né dalla cucina. In uno sciaguattare laddove non c'era acqua. In una ninnananna sommessa che calava su di me nel cuore della notte. In quei momenti avrei voluto tendere la mano a toccarlo, o correre da lui, ma non sapevo in quale direzione correre – a destra o a sinistra, avanti o indietro –, così mi arrendevo, accendevo una sigaretta e soffiavo il fumo verso il cielo come un evanescente messaggio. Avrei tanto voluto raggiungerlo nel luogo dove stava.

Nei primi giorni, nemmeno la morte mi sarebbe sembrata un prezzo eccessivo. In fondo avevamo avuto solo una notte per stare insieme senza barriere. Avevamo ancora tante conversazioni da fare, tanti vuoti della nostra vita da colmare, spazi che non avevamo condiviso e che ci supplicavano perché li occupassimo, perché ci entrassimo, come se il passato che ci era stato rubato fosse una grande tela bianca in attesa dei colori che solo noi avremmo potuto stendervi.

Ma non potevo morire; non c'era alcuna garanzia che nella morte lo avrei ritrovato, e anche quando mi sforzavo di immaginare il nostro nebuloso ricongiungimento in una fluttuante sfera di luce, non lo vedevo mai accogliermi a braccia aperte. Al contrario, mi spingeva via, *Non puoi entrare*, e allora io dicevo, *Ma come, ho fatto così tanta strada per rag-*

giungerti, e lui mi chiudeva la sfera in faccia dicendo, *Tu sei quella che deve vivere.* Mi sentivo chiedere, *Perché?* e lui mi rispondeva nell'unico modo possibile: *Perché tu puoi.*

Queste le cose che vedevo nel nero assoluto del soffitto mentre giacevo sveglia accanto a Gabriel. In quelle lunghe nottate sentivo il mondo stendersi attorno a me in ogni direzione, immenso, non cartografato, e mi vedevo come una barchetta disancorata. Come dondolavo. Come vorticavo su me stessa per il dolore. Che paura avevo di capovolgermi. "Non ho più niente", dicevo al grande spazio nero che mi avvolgeva. "E invece no", pensavo, "non è vero, fa' una lista e tienitela stretta: ho il mio corpo, ho la mia testa, la mia verità, le mie parole. Ho questo letto con dentro un uomo appassionato, una tartaruga con la mandibola rotta, una pila di libri di testo in attesa sul balcone. E ho del tempo. Ho molti anni davanti, se il destino me li concederà, e devo trovare un modo per viverli. Perché io devo vivere. Ma non solo... io *voglio* vivere." Mi scoprivo dentro questa volontà e la tenevo stretta con entrambe le mani.

Nelle notti buone, in quello spazio nero mi sembrava di vedere la danza di piccole spirali, i fili attorcigliati del DNA, custodi dei segreti più sacri. Diventavano sempre più grandi, frustavano l'aria con la loro lunga coda e vagavano qua e là per il buio.

Ovviamente pensavo molto anche agli altri miei genitori. A quelli che mi avevano cresciuta e che, pur non conoscendo l'indirizzo di Gabriel, avevano sicuramente altri mezzi per rintracciarmi. Per quanto ne sapevo, non ci provarono mai. Per molto tempo mi aspettai di veder comparire mio padre nel cuore della notte, di sentirlo bussare alla porta per ordinarmi di tornare subito a casa. Distesa sul letto, vedevo lui e Luisa irrompere nel nostro appartamento e precipitarsi su di me agitando le braccia e tendendole per schiaffeggiarmi o per trascinarmi via, o entrambe le cose. Ma prima di raggiungere il letto le loro sagome si dissolvevano nell'oscurità. Mi sforzavo di non pensare a loro, ma non ci riuscivo. Spesso cercavo di immaginare com'era stato il loro ritorno a casa. Visualizzavo la scena e vedevo passare sui loro visi tutto un ventaglio di espressioni man mano che scoprivano il diluvio che aveva devastato la loro casa. E se l'irruzione notturna era forse un po' troppo teatrale, non era poi così improbabile che venissero a cercarmi all'università, se proprio volevano trovarmi, dato che quello era un edificio pubblico, facilissimo da raggiungere, e nessuno avrebbe potuto impedire loro di invaderne i corridoi.

Non lo fecero mai. La cosa mi dava un'esaltante sensazione di vittoria ma al tempo stesso mi dilaniava con un dolore insopportabile. Mi chiedevo se sarebbe mai successo... se Héctor si sarebbe mai materializzato nel corridoio che portava a una delle mie aule per apostrofarmi davanti a tutti i miei compagni. Non so dire se fosse il mio incubo peggiore o il più segreto e temuto dei miei desideri. Ogni volta che uscivo dall'aula, alla fine di una lezione, trattenevo il fiato e non lo buttavo fuori finché non avevo lasciato senza incidenti l'edificio. Per me quell'uomo infestava i corridoi dell'università, triste figura opalescente che mi tormentava con la sua assenza. A volte, in lontananza, vedevo una persona camminare per la strada e mi sembrava Héctor o Luisa, e allora il mio corpo si irrigidiva e si copriva di sudore, finché lo sconosciuto si avvicinava spezzando l'incantesimo. Non erano loro. Non erano mai loro. Io ne ero felice e lo dicevo chiaramente, sia a me stessa sia a Gabriel.

«Non voglio mai più parlare con quei due.»

Pensavo di vederlo sorridere con aria di approvazione, per rassicurarmi, invece lui mi fissò con sguardo indagatore. «Davvero?»

«Davvero.»

«Nemmeno un'ultima volta?»

«Perché mai dovrei?»

Si strinse nelle spalle. «Per dar loro modo di rispondere alle tue domande. In fondo te lo devono.»

Dapprima trovai difficile anche solo immaginarlo. Erano usciti dalla mia vita e volevo che ne restassero fuori. Non avevo voglia di ascoltare le loro spiegazioni inadeguate, le loro voci, nemmeno il rumore dei loro passi che venivano verso di me. Ma una volta, mentre ero sdraiata al buio nei più profondi recessi della notte, incapace di zittire il clamore dei miei pensieri, per un attimo intravidi un tempo remoto in cui avrei anche potuto trovare la forza e la sfrontatezza di riprendere i contatti. Sarebbe accaduto solo in un futuro molto lontano, se mai fosse accaduto, e anche allora di sicuro non in casa loro (che nelle mie fantasie era eternamente zuppa e devastata, come il relitto di una nave). No, l'incontro sarebbe avvenuto in centro. Immaginavo una me stessa più grande, una donna che con gli anni avrebbe raccolto fiducia in sé stessa in qualche campo misterioso di cui ancora non sapevo niente, e mi vedevo entrare in un bar per incontrare l'uomo di nome Héctor, in attesa seduto a un tavolino. La donna sicura di sé avrebbe insistito per pagare caffè e croissant, e avrebbe guardato l'uomo dritto negli occhi anche quando lui avesse distolto lo sguardo. Avrebbe tenuto in mano tutte le sue domande come un ventaglio di carte da gioco, che sicuramente si sarebbero confuse e sparpagliate non appena avessero cominciato a parlare, non appena lei avesse detto *Se ti faccio delle domande, risponderai?* e lui avesse annuito e poi obbedito esponendo il terreno desolato fra di loro. Poi la donna sicura di sé avrebbe trovato il modo di prendere gli urgenti buchi di conoscenza che aveva dentro e costringerli in parole, in frasi banali del tipo *perché hai fatto questo* o *perché non hai fatto quest'altro* o *che sogni hai fatto in tutti questi anni,* domande che avrebbero appiattito l'enormità di ciò che lei avrebbe voluto porgergli nella coppa delle mani unite, ma è pur sempre il meglio che possiamo fare, no? Le parole sono incomplete, eppure ne abbiamo bisogno. Sono i contenitori che danno forma ai nostri ricordi, impedendo loro di sgocciolare via. Così lei avrebbe ascoltato le cose che lui aveva da dire. Le avrebbe lasciate entrare dentro di sé, avrebbe bevuto il suo caffè e immagazzinato le sue risposte in un punto del cervello saldo e robusto, dove non avrebbero potuto farle del male ma non sarebbero nemmeno andate perse.

Con un po' di fortuna anche lui l'avrebbe ascoltata e allora lei avrebbe raccontato la sua versione che, se lei fosse stata abbastanza coraggiosa e lucida, avrebbe contenuto anche lui, quel bar affollato e l'Argentina intera.

Cinque settimane dopo la mia fuga andai con Gabriel a Montevideo per conoscere la sua famiglia. La casa era accogliente e disordinata, con fotografie appese un po' dappertutto.

Al centro del salotto troneggiava il ritratto seppiato di un uomo anziano, con i capelli ancora folti e un numero incredibile di catene d'oro. Era il nonno della madre di Gabriel, come mi disse lei stessa, migrato in Uruguay dalla Spagna e proprietario di un circo viaggiante da lui battezzato Calaquita, «piccolo teschio», in onore del giorno della sua nascita, coincidente con la festa dei morti. *Calaca*, ovviamente, era una parola messicana, esotica tanto per gli spagnoli che per gli uruguaiani... quasi altrettanto strana dell'abitudine messicana di celebrare il giorno dei morti con musica, fiori e scheletri danzanti per le strade. Da piccolo, il nonno era stato costretto a trascorrere il giorno del suo compleanno nel cimitero del villaggio, insieme alla madre e alle zie in lacrime, dolenti, completamente vestite di nero. E così, anche se lui si divertiva a parlare del nome del suo circo quasi fosse chissà quale battuta di spirito, Talia lo aveva sempre inteso tanto come una facezia quanto come un esorcismo, in parti uguali. Era cresciuta ascoltandolo raccontare dei suoi viaggi in giro per il paese con quella carovana di carri dipinti a colori vivaci, e del gruppo di eterogenei artisti di strada che erano stati i suoi migliori amici.

«Tengo qui la sua foto», mi disse la madre di Gabriel, guardandola con una certa perplessità, «perché il nonno è stato la persona più eccentrica della famiglia.»

Fu quel commento, più di qualsiasi altra cosa, a mettermi a mio agio. Avevo cercato di prepararmi a quell'incontro, incerta su cosa dovessi aspettarmi e preoccupata soprattutto all'idea di conoscere la madre di Gabriel. Poi, mentre percorrevamo il tragitto fra il traghetto e casa loro, mi era sembrata un po' troppo gentile, un po' troppo pronta a ridere

delle mie battute, e avevo pensato che forse si comportava
così perché le facevo pena. Ma in seguito, a casa sua, in
quella sua goffaggine vidi soprattutto un indizio del suo fer-
vido desiderio di mettermi a mio agio. Mentre mi accompagnava a vedere le fotografie, mi prese sottobraccio con un
gesto spontaneo, quasi spensierato.

«Chiamami pure Talia», disse. «E, per favore, niente "lei",
diamoci subito del "tu". Finirai col farmi sentire vecchia o
peggio ancora mi comunicherai che qui non ti senti come a
casa tua.»

Poi tutta la famiglia cominciò a preparare l'*asado*, con
un procedimento collettivo talmente abituale che la suddi-
visione dei compiti avvenne quasi in automatico: il padre di
Gabriel accese la carbonella e la alimentò con precisione
scientifica, Gabriel e sua sorella Carla sparirono in cucina a
preparare la carne e io fui mandata fuori insieme alla sorella minore, Penélope, a chiacchierare un po' davanti a un
bicchiere di vino. Penélope era la più taciturna della famiglia, ma si sciolse quando le chiesi dei suoi studi. Era talmente appassionata di chimica che avrei potuto ascoltarla
per ore. Non ne capivo molto, ma mi sembrava affascinan-
te quel racconto di molecole, ioni e nuvole di elettroni che
mi ricordava i grafici che ci facevano disegnare a scuola,
con gli atomi collegati fra loro da linee e frecce senza punta: un modo piuttosto ingegnoso, a ben vedere, di ordinare
l'universo, anche se quell'aspetto dell'universo stesso era
troppo minuscolo per essere visibile a occhio nudo. "Il
mondo è stato scritto in una grafia microscopica che l'occhio umano non può nemmeno cominciare a percepire",
pensai fra me e me mentre Penélope mi versava dell'altro
vino e ricominciava a parlare.

Il ragazzo di Carla ci raggiunse per cena e ci stringemmo
attorno al tavolo del patio con la tovaglia a quadretti ricama-
ta a mano. Parlavano tutti insieme. Bisticciavano, ridevano.
Sembrava che non fossero mai d'accordo su niente e che
quelle divergenze li divertissero un mondo. Nessuno mi
forzò a parlare né accennò ai miei genitori, né pronunciò la
parola «*desaparecido*». Il mio bicchiere era sempre pieno di vi-

no, indipendentemente da quanto ne bevessi. Gabriel aveva l'aria di un bambino che apre un regalo a lungo desiderato.

Dopo mangiato, al tramonto, andammo sulla Rambla, il lungo viale che costeggia il fiume. Molte altre persone erano uscite a passeggiare vicino all'acqua, con in mano la zucca del *mate* come si usa in Uruguay, versando l'acqua bollente da un thermos nella zucca ovunque si trovassero, all'aperto, su una panchina, sugli scalini che scendevano all'acqua o camminando, invece di restare in cucina come si fa in Argentina. Passeggiammo in un delicato grappolo amebico. Gabriel mi teneva il braccio attorno alle spalle e ripensai all'ultima volta in cui avevamo passeggiato insieme su una spiaggia uruguaiana, prima, prima che tutto avvenisse. Ovviamente era stato a Piriápolis, non a Montevideo, ma faceva lo stesso, la lunga distesa scura davanti a noi era il Río de la Plata, il fiume che conoscevo fin da piccola, solo visto dall'altra sponda. Com'era vasto. E che strana sensazione camminare su una sponda e immaginare l'esistenza dell'altra.

Talia mi si avvicinò con la zucca. In quella famiglia era lei l'insindacabile *cebadora*, la persona addetta a servire il *mate*, ed era venuto il mio turno. Presi la zucca dalle sue mani e bevvi.

«Perla», mi disse poi sottovoce. «Se mai ne avessi voglia. Non so, capisci cosa voglio dire. Di parlare.»

L'infuso era perfetto, amaro e rinfrescante. La zucca gorgogliò mentre succhiavo l'ultimo sorso.

«Va tutto bene, mamma», disse Gabriel.

«Voglio solo farle sapere che...»

«Non starle addosso.»

«Non le sto addosso. Ti sto addosso, Perla?»

Le resi la zucca e scrollai la testa.

«Ascolta, so che ci siamo appena conosciute. Voglio solo dirti che ci sono. In fondo le madri per una ragazza non sono mai abbastanza.»

Un colpo di accetta in mezzo al petto. La notte, subitamente distrutta, giaceva a pezzi ai miei piedi.

«*Mamá.*»

«Oddio. Ho detto la cosa sbagliata.» Talia sospirò. «Scusa. A volte mi capita di dire cose sbagliate.»

Avrei voluto risponderle, ma troppe cose mi infuriavano dentro e non osai aprire bocca. Sarebbe stato meglio se non avessi bevuto tanto vino.

«Scusa», ripeté e si dileguò.

Qualche minuto dopo la famiglia si fermò su un frangi-flutti proteso sull'acqua, si fermò come un sol uomo, come un maledetto sol uomo, quella famiglia e i suoi stramaledetti rituali di tutta una vita. Gabriel mi condusse un po' oltre, su uno scoglio dove potevamo stare soli.

«Stai bene?»

Mi appoggiai contro di lui e ascoltai il ruggito che avevo dentro, nel quale si infiltrava un lieve sussurro che diceva, *Non è colpa sua, non è colpa sua, l'accetta era già lì e tu continui a caderci sopra quando meno te l'aspetti, ma un giorno avrai una pelle nuova e sarai una donna che potrà camminare lungo un fiume senza che delle semplici parole rischino di spaccarla in due.* Non ci credevo molto, a quel sussurro, ma mi ci aggrappai come a una gomena di salvataggio.

«A volte è un po' indelicata, mia madre. Ma le sue intenzioni sono buone. Vorrebbe sinceramente esserti amica.»

«Gabo.»

«Mmm.»

«Non parlare.»

«Va bene.»

«Starò bene.»

«Okay.»

«Voglio solo stare qui e guardare l'acqua. Vuoi guardare l'acqua insieme a me?»

Annuì. Continuammo a guardare in silenzio e, quando la sua famiglia si alzò e se ne andò, restammo là per ore e ore, io e lui da soli, insieme davanti al grande fiume, ad attraversarne la superficie con gli occhi tracciando infinite traiettorie nel buio.

Ciò che non avrei mai immaginato, quella sera, è che la madre di Gabriel sarebbe poi diventata una delle mie migliori amiche. Stasera, a distanza di sei anni, mentre me ne sto qui seduta davanti alla finestra aperta, posso assicurarti che Talia è una delle persone più generose che incontrerai a questo mondo. Il giorno della mia laurea si presentò con un mazzo di fiori talmente grande che quasi non riuscivo a vederla mentre avanzava verso di me tenendolo fra le mani, e pianse come se avesse atteso quel momento per anni. E un anno dopo, quando sposai suo figlio, fu il suo abito da sposa che indossai, stretto in un punto e allargato in un altro, adattato a una nuova sposa ma proprio il suo abito bianco, con i suoi pizzi classici e il suo stile anni Sessanta. Quel giorno, quando mi disse: «Per me sei come una figlia, Perla, la mia terza figlia», fui in grado di ascoltare quelle parole esattamente nel senso che avevano per lei, con gioia e amore e quasi senza dolore.

Sei anni. Ovviamente non ho ancora finito di diventare me stessa; quella del diventare è una strada che non finisce mai. Ma oggi sono una persona diversa dalla ragazza spaventata e spezzata che scappò da una casa dei quartieri residenziali per provare a salvarsi la vita. In quanto psicologa, ogni volta che un paziente entra nel mio studio resto sbalordita dalla sua fiducia e dal modo in cui la nostra conversazione, a poco a poco, apre e dipana il suo labirinto interiore di luci e d'ombra. Questo lavoro mi dà forza e mi espande. Come il matrimonio. Perché il matrimonio, ho scoperto, non è semplicemente lo spazio vuoto fra due persone, la somma passiva di due parti, ma un animale a sé stante, con un suo respiro e una sua muscolatura, con un suo ritmo, insistente, e dei suoni propri, inimitabili. Ci mette alle strette. Ci fa delle richieste. Ci sbalordisce con la sua bellezza. Ci traina quando ci sentiamo stanchi o perduti. È questo che io e Gabriel abbiamo formato: un legame così intenso da avere una vita e un movimento propri.

E tutto ciò è ancora più vero da quando ho dentro te.

Come sei perfetta. Sussurri di una perfezione quasi insopportabile. Un ditino del piede, una vertebra, una palpebra, ogni tua parte è una rivelazione; dove le teneva immagazzinate, il mio corpo, le conoscenze necessarie a creare te? Quanti altri corpi si sono tramandati quelle conoscenze, di era in era, affinché tu ora potessi raggomitolarti così dentro di me, piccola e completa e pronta a nascere? Poco dopo aver scoperto di essere incinta, ho imparato che le bambine hanno tutte le loro uova già formate, in miniatura, fin da quando sono nell'utero. Questo significa che l'uovo da cui sei nata tu era già dentro di me prima che io nascessi. Vale a dire che quando ero dentro mia madre, di cui non ho mai visto il viso, un piccolo bagliore di te era già lì, una piccolissima scheggia dentro una bambina piccola dentro una donna. Quando la fecero sparire, dunque, insieme a lei fecero sparire anche me e te. Per questo ogni ricomparsa – tua, mia, nel futuro – appartiene in ugual misura a tutt'e tre. Ecco perché ho passato la notte davanti alla finestra aperta per raccontarti questa storia, per prepararti al mondo o forse per preparare il mondo a te. Perché è la tua storia, ma anche la storia di tutti, e la tua esistenza ha già portato a una comprensione nuova: adesso che ti ho avuto nel mio corpo, vedo con maggiore chiarezza la profondità di ciò che è andato perso. Portarti dentro ha generato nuove alluvioni di dolore, ma mi ha aiutato anche a vedere la profondità di ciò che non può andare perso, fili infrangibili, invisibili alla mente, incancellabili dal corpo.

Il corpo è il primo regalo che riceviamo; il secondo è il nome. E tu, il tuo, ce l'hai già: Gloria. Possiedi tutto ciò che serve per affrontare il mondo e ormai sei pronta a entrarvi, lo so per via di queste prime contrazioni che premono e rabbrividiscono lungo il mio corpo. Dolorose ed eccitanti. Non sono abbastanza grande per tenerti ancora dentro di me, hai bisogno di più spazio, dico bene? È ora che io ti dia, come si dice, alla luce.

All'inizio avevo paura del parto, ma adesso non più. Non so se sono pronta a diventare madre, ma so che non c'è niente, assolutamente niente che desideri di più di incontrarti faccia a faccia, di stringerti a me, di guardarti negli occhi. Il mondo ricomincerà daccapo, con te. Lo so che sembra una formulazione esagerata. Ma ogni neo-mamma ne è convinta, e – chissà – forse abbiamo tutte ragione, forse accade ogni volta, milioni di volte al giorno in tutto il pianeta.

Nasce un bambino, il mondo si rinnova. Accadrà anche oggi, fra poche ore, quando uscirai da me. Sono sicura che sarà prima della mezzanotte perché ho sempre saputo che saresti arrivata il 2 marzo, per questo non mi sono stupita affatto quando sono cominciate le contrazioni, ieri sera, dopo che tuo padre è andato a dormire lasciandomi sola qui sul balcone a guardare le strade di quella che presto sarà la tua città, Gloria, e a ripensare a tutto il passato, per te ma anche per me. Adesso le onde sono più ravvicinate; sei tu che ruggisci per nascere. E io rinascerò insieme a te, Gloria, come tutte le mamme del mondo. Ci sono ancora tante cose che vorrei raccontarti su questi ultimi anni, su un lungo passato e su un futuro ancora più lungo, ma stanotte non ti dirò più niente perché ormai è ora di andare. Nell'altra stanza Gabriel sta ancora dormendo, con la valigia a portata di mano per il nostro breve soggiorno in ospedale. L'ha preparata lui stesso, con estrema cura, come se la sicurezza del tuo arrivo dipendesse dalla perfezione con cui piegava i tuoi minuscoli pigiami. L'ha fatta e rifatta più volte, risistemandone il contenuto all'infinito, finché non gli ho detto: «Gabo, non preoccuparti, è tutto a posto, la valigia è perfetta, sarai un padre meraviglioso». E allora, per un momento, mi è sembrato più spaventato che mai, nonostante tutto quello che abbiamo passato, così ho preso il suo viso tra le mani e me lo sono appoggiato sul pancione affinché potesse sentire i tuoi calcetti sulla guancia. Non si stanca mai, di quei calcetti. Aspetta solo di conoscerlo... non ci vorrà molto, anzi, accadrà prestissimo. Vorrei parlarti ancora, ma ormai le contrazioni sono troppo forti e comunque ci sarebbero sempre altre cose da dire, perché la storia non finisce mai, e continuerà a tornare in cerchi infiniti per tutta la tua vita, almeno fintanto che io sarò qui con te per potertela raccontare. Lascia che ti dica solo un ultimo pezzetto e poi andremo a svegliare papà.

La telefonata arrivò due mesi dopo la mia fuga dalla casa di Héctor e Luisa. Ero in cucina a lessare le zucchine per Lolo.

«Perla?»

«Sì, salve.»

«Sono Marta, chiamo dalla sede delle Abuelas.»

«Come stai?»

«A meraviglia», disse lei e la sua voce era allegra come una mongolfiera in volo. «Abbiamo trovato una corrispondenza.»

Fissai la pentola che ormai aveva cominciato a bollire, grosse bolle che venivano a galla silenziosamente e scoppiavano sulla superficie dell'acqua.

«Il nome di tua madre era Gloria.»

Il vapore si levava torcendosi e io non riuscivo più a muovermi.

«Gloria Rossella Ramos. I suoi genitori ti hanno cercato, e anche quelli di tuo padre. Lui si chiamava Adelmo Rossella.»

"Adelmo", pensai e desiderai che in quel preciso istante lui tornasse da me per potergli comunicare ciò che avevo scoperto, restituirglielo, *Ecco, questo è il tuo nome, puoi assumerlo di nuovo. Adelmo.* Marta stava ancora parlando, ma io non la sentivo quasi più attraverso il vapore scintillante che sembrava riempire la stanza, saturare la mia pelle e arrampicarsi fino al soffitto e oltre, attraverso gli altri appartamenti, attraverso il tetto, fino all'azzurra volta del cielo.

«Perla? Ci sei?»

«Sì, ci sono. Ci sono.»

«So che tutto ciò sarà sconvolgente, ma... i tuoi nonni non ce la fanno più ad aspettare, vogliono conoscerti. E le zie e gli zii. I cugini. Sei ancora disposta a incontrarli?»

«Sì.»

«Quando?»

«Loro quando potrebbero?»

«Quando vuoi tu. Sono pronti. Dipende solo da te.»

«Oggi?»

«Se per te va bene.»

«Alle sette?»

«Se per te va bene.»

L'acqua tracimava dal bordo della pentola, allagando i fornelli. Abbassai la fiamma. «Sì. Va bene.»

Ci salutammo e riagganciai. Gabriel si affacciò nel vano

della porta, con una speranza schietta dipinta sul viso. «Li hai trovati?»

«Sì. Loro hanno trovato me. Ci siamo trovati a vicenda.»

«Perla», disse, poi si bloccò, come se non ci fossero parole con cui affrontare quel momento.

«Li incontrerò stasera.»

«Vuoi che venga con te?»

Scrollai la testa. Sapevo che, almeno per quella prima sera, dovevo andarci da sola. Nessuno poteva varcare quella soglia insieme a me, nemmeno Gabriel.

Cinque ore dopo ero in metropolitana e fissavo le persone che mi stavano attorno – persone solenni, o tormentate, o chiuse, o orgogliose, o azzimate, o sole – come se fossi appena atterrata sul loro pianeta, nella loro città, *buon signore, potrebbe dirmi come devo interpretare questo posto?* Il treno percorse velocemente le gallerie buie fino alla mia stazione e dai sotterranei della metropolitana fui rilasciata nella luce. Il sole si librava sopra i tetti dei palazzi del centro e io avrei potuto gridare al cielo e ai comignoli *mia madre si chiamava Gloria*, ma trattenni l'urlo e lo lasciai a intorbidirsi là dov'era mentre raggiungevo l'edificio che, al terzo piano, ospitava la sede delle Abuelas. Spinsi il portone barocco in legno che infinite persone prima di me avevano aperto e chiuso, per centinaia d'anni nella storia di questo paese, premetti il bottone per chiamare l'ascensore e quando lo vidi arrivare trattenni il fiato e non buttai fuori l'aria mentre le porte si chiudevano e salivo, secondo piano, terzo piano, finché le porte si aprirono a destra e a sinistra e là, nell'ingresso rivestito di pannelli di legno, c'era una folla di persone che non avevo mai visto ma che mi fissavano con le mani aperte e sul viso la stessa espressione che devono avere avuto i parenti di Lazzaro vedendolo tornare dalla morte. Facce sospese fra la gioia, il singhiozzo e l'esclamazione, che aspettavano solo che facessi quell'ultimo passo per uscire dall'ascensore ed entrare fra loro, e quando lo feci dei suoni si riversarono da quelle persone carichi di tutta la gioia e il dolore che finalmente potevano lasciare andare. Furono due donne le prime a correre verso di me. Gli altri parenti che le circondavano cedettero loro il passo, come se il loro slancio fosse l'unico passo possibile in una danza dalla coreografia antica. Avevano i capelli bianchi, erano nonne, con gli orecchini d'oro e la camicetta della festa, le braccia tese all'unisono, e tutt'e due sorridevano, e tutt'e due piangevano, e mi abbracciarono da entrambe le parti dicendo: «Sei tu, sei proprio tu». Presto ci sarebbero stati nomi da imparare, cose da mangiare e risate a gola spiegata, ma in quel momento per me le braccia di quelle due donne furono il mondo. Mi abbandonai al loro abbraccio, un abbraccio lungo e feroce che parlava e parlava di cose da lungo tempo perdute e di cose a venire e di cose che non erano mai state abbandonate. Nessuna delle tre lasciò andare le altre. Ci tenemmo strette e i nostri corpi continuarono a parlare mentre il sole del tardo pomeriggio si raccoglieva in un grande mantello tutto attorno a noi.

Nel suo racconto *La biblioteca di Babele,* Jorge Luis Borges descrive un universo nel quale un numero infinito di scaffali contiene tutte le espressioni scritte che gli esseri umani sono in grado di creare. Solo lì potrei sperare di trovare l'elenco completo della mia gratitudine, altrettanto vasta e ramificata. Per il momento, e fintanto che quella biblioteca infinita non si rivelerà, dovrò accontentarmi di questo modesto abbozzo.

Per le ricerche: grazie a mia zia Guadalupe López Ocón, per avermi accompagnata su e giù per le strade di Buenos Aires inseguendo le tracce di questa storia, e per la dedica che fece alla mia copia di *Nunca más;* a mia zia Cuti (Ester María López Ocón), per l'impareggiabile ospitalità e per aver marciato con me tra le Madres de Plaza de Mayo; e a tutte le mie zie, i miei zii e i miei cugini dei rami argentini della famiglia, i Batllas e i López Ocón, per avermi ospitata, istruita e accudita in tutta la fase di caccia e raccolta da cui è nato questo libro.

Grazie a Vanesa González-Rizzo e a Natalia Bruschstein, per aver condiviso con me le loro storie più intime in una lunga nottata a Città del Messico. A Evelyn Rinderknecht Alaga, per i libri. Alle Madres e alle Abuelas, per ogni singola goccia di ciò che hanno fatto e continuano a fare. A Horacio Verbitsky, Ernesto Sábato, Marguerite Feitlowitz, Jacobo Timerman e a tutti gli altri scrittori che con la loro penna coraggiosa e inesorabile hanno regalato al mondo e a me delle fonti insostituibili. Ai registi Estela Bravo e Peter Sanders, per avermi mandato una copia dei loro potenti documentari *¿Quién soy yo?* e *The Disappeared.*

Per la scrittura sono in debito con Micheline Aharonian Marcom, sotto la cui brillante guida è nato questo libro. Ho un debito anche con Daniel Alarcón, per le sue luminose intuizioni e la sua guida. Ringrazio il Programma MFA del Mills College, la Hedgebrook Residency e il Macondo Workshop per lo spazio e il sostegno che mi hanno dato, e Fernando Sasco ed Enrique Loedel del consolato uruguaiano in California per la loro costante generosità. Ringrazio anche i seguenti amici, che hanno riletto le bozze o mi hanno aiutato in altri modi: Leila Abu-Saba (ci manchi, *querida*), Eduardo Cabrera, Sara Campos, Héctor Mario Cavallari, Aya de León, Marcelo de León, Jenesha de Rivera, Frances Hwang, Shanna Lo Presti, Marc Anthony Richardson, Julia Azar Rubin, Cleavon Smith, Joyce Thompson e Allison Towata. Siete stati tutti fantastici.

Nel mondo dell'editoria, grazie infinite a Victoria Sanders, mirabolante agente ed essere umano, i cui poteri sono così formidabili che dovremmo tutti esserle grati se, come gli jedi, li usa solo a fin di bene. Grazie anche ai suoi fantastici associati, Chris Kepner, Bernadette Baker-Baughman e Benee Knauer, che ogni giorno fanno accadere tantissime cose. A Chandler Crawford, straordinario agente per l'estero, per la sua capacità di operare infiniti miracoli. E a Sara Nelson, il cui grande sostegno e la cui fede nei miei libri mi fanno sentire piccola.

Quanto alla mia editor presso la Knopf, Carole Baron, la sua passione, la sua genialità e la sua dedizione sono sicuramente senza pari. Per questo libro è stata lei a fare la differenza... e che gioiosa differenza! Un grazie di cuore anche a Sonny Mehta, per la guida e l'intenso entusiasmo. Anche Emily Milder, un altro membro dello staff della casa editrice, mi ha regalato commenti incisivi per i quali le sono molto grata. Lo stesso vale per tutti i redattori della Knopf e della Vintage, per non parlare dei miei quindici e passa editori esteri: per me siete tutti supereroi. Per andare al lavoro dovreste mettervi un mantello rosso.

Infine voglio ringraziare la mia famiglia, a cominciare da Pamela Harris, moglie e sorella dell'anima, senza la quale

niente di tutto ciò sarebbe stato possibile, per continuare
poi in giro per il mondo in tutti i posti in cui si è sparpaglia-
to il clan De Robertis – Marazzi – Canil – Martínez – Grimal-
di – Batlla – López Ocón – Pascal – Aldama – Edwards –
Friarson. Una mappa del mio cuore sarebbe piena delle
strade che portano a voi.

Carolina De Robertis
LA BAMBINA NATA DUE VOLTE

1° gennaio 1900. Il primo giorno del secolo non è mai come gli altri, men che meno a Tacuarembo, minuscolo villaggio del Sudamerica. La folla è radunata intorno all'albero più grande del paese e non crede ai propri occhi: la piccola Pajarita è tornata. Rifiutata dal padre, era scomparsa pochi mesi dopo la nascita. Eppure ora è lì, in cima, appollaiata sopra un ramo sottile. Per alcuni si tratta di un miracolo, per altri è una strega, ma per tutti d'ora in poi Pajarita sarà «la bambina nata due volte», una ragazzina circondata di mistero, con un talento speciale per curare con le erbe. Un dono prezioso che anni dopo le permetterà di sopravvivere a Montevideo, sola contro tutti, insieme ai propri bambini, tra cui la figlia Eva, fragile e testarda, che vuole realizzare un sogno, diventare poetessa. Ma spetterà a Salomé, l'ultima discendente, restituire alle donne della sua famiglia quello che si meritano. Lo potrà fare solo ribellandosi, a costo, forse, di sacrificare il suo bene più grande. Dalle lussureggianti e incantate colline di Rio de Janeiro ai vicoli oscuri di Montevideo, dalle strade scintillanti di Buenos Aires fino alle piazze rivoluzionarie di Cuba, la storia di tre generazioni di donne indimenticabili intrecciata magnificamente al destino di un continente in continua lotta.

Finito di stampare nel mese di maggio 2015
da Press Grafica s.r.l., Gravellona Toce (VB)